THE UMBRELLA ACADEMY
SANGRE JOVEN

ALYSSA SHEINMEL

GRANTRAVESÍA

ADVERTENCIA SOBRE EL CONTENIDO: Este libro incluye discusiones sobre disforia de género, consumo de alcohol y drogas, depresión, trastornos alimentarios, breves pensamientos de autolesión y menciones de agresión.
NOTA DEL EDITOR: Ésta es una obra de ficción. Los nombres, personajes, lugares e incidentes son producto de la imaginación de la autora o se utilizan de forma ficticia, y cualquier parecido con personas reales, vivas o muertas, establecimientos comerciales, acontecimientos o lugares es pura coincidencia.

The Umbrella Academy. Sangre joven

Título original: *Young Blood (An Umbrella Academy YA Novel)*

© 2024 Universal Content Productions LLC.
Reservados todos los derechos.

Publicado originalmente en inglés en 2024 por Amulet Books,
un sello de ABRAMS, Nueva York.
(Reservados todos los derechos en todos los países por Harry N. Abrams, Inc.)

Traducción: Rosa Martí Sánchez

Ilustración de cubierta: Michael William Rogers
Diseño de cubierta: Brann Garvey

D.R. © Editorial Océano, S.L.U.
C/ Calabria, 168-174 - Escalera B - Entlo. 2ª
08015 Barcelona, España
www.oceano.com

D.R. © Editorial Océano de México, S.A. de C.V.
Guillermo Barroso 17-5, col. Industrial Las Armas,
Tlalnepantla de Baz, 54080, Estado de México

Primera edición: 2024

ISBN: 978-84-127944-5-8 (Océano España)
ISBN: 978-607-584-001-7 (Océano México)

Todos los derechos reservados. Quedan rigurosamente prohibidas, sin la autorización escrita del editor, bajo las sanciones establecidas en las leyes, la reproducción parcial o total de esta obra por cualquier medio o procedimiento, comprendidos la reprografía y el tratamiento informático, y la distribución de ejemplares de ella mediante alquiler o préstamo público. Diríjase a CEDRO (Centro Español de Derechos Reprográficos, www.cedro.org) si necesita fotocopiar o escanear algún fragmento de esta obra.

IMPRESO EN MÉXICO / *PRINTED IN MEXICO*

COMENTARIO DEL EDITOR

Hemos trabajado en estrecha colaboración con Elliot Page y los creadores de *The Umbrella Academy*, así como con amigos de la comunidad trans, para retratar la historia de Viktor en estas páginas de una manera fiel a su singular trayectoria.

En el episodio 2 de la tercera temporada, Diego pregunta: «¿Quién es Viktor?». A lo que Viktor responde: «Yo soy Viktor. Siempre lo he sido». A pesar de que nuestra precuela se sitúa antes de la transición de Viktor, hemos optado por utilizar su nombre y el pronombre «él» para representar con precisión y respeto la identidad de este personaje.

CAPÍTULO 1

LUTHER

Otra misión que pasará a la posteridad como un éxito. Cuando Luther entra con sus hermanos en la Academia, aún nota cómo fue quitarle una pared de encima a una víctima del terremoto, lo siente de verdad, nota la flexión en los brazos, y vuelve a escuchar al Hargreeves de su cabeza ordenándole, cronómetro en mano, que se mueva más rápido, midiendo el tiempo que le ha llevado rescatar a cada víctima, llevando la cuenta de cuál de los hermanos de Luther ha rescatado a más personas.

Luther no necesita preguntarle a Hargreeves el número exacto, *sabe* que es él quien más vidas ha salvado. Es el Número Uno, el más fuerte, el líder.

—Date prisa, *boy scout* —le suelta Diego y se le acerca. Lo dice como si fuera un insulto, pero Luther lo toma como un cumplido: los *boy scouts* siempre están preparados, hacen lo correcto, creen en la comunidad y en el deber cívico. No es que Luther haya sido alguna vez *boy scout*, pero eso es lo que ha oído que dicen de ellos.

A simple vista, la gente no se da cuenta de lo fuerte que es Luther. Está en forma, pero no es como para que los músculos le revienten la americana cuando flexiona los brazos, aunque eso quizás se deba a que mamá se la ha hecho a medida y la arregla cada vez que crece un centímetro.

Luther se atusa su pelo rubio mientras sube los escalones que conducen a la puerta principal. Le lloran los ojos porque le ha entrado un poco de polvo. La Academia no tiene precisamente un exterior muy acogedor. La entrada principal está flanqueada por pilares cuadrados y la propia puerta es lo suficientemente ancha como para que pase un coche. Aun así, es el único hogar que Luther ha conocido. Hargreeves adoptó a Luther y a sus seis hermanos recién nacidos, y los trajo aquí desde siete lugares distintos del mundo. Para Luther no hay nada mejor que volver a casa tras una misión que ha sido un éxito.

Toma la mano de Allison cuando cruza el umbral y ella le sonríe. Luther nota que la sangre le corre por las venas, que le baja la adrenalina, y siente el subidón que aparece después de tanta acción. Aprieta los pies contra el suelo de madera, disfruta con el crujido del parqué bajo su peso; sabe que es lo bastante fuerte como para abrir un agujero en el entarimado de una patada. Mamá le espera en el vestíbulo con una bandeja con leche y galletas. Luther toma una galleta y se bebe un vaso de leche tan rápido que le gotea por la barbilla. Está tan emocionado que tiene que contenerse para no arrojar el vaso contra el suelo y ver cómo se hace añicos.

Se obliga a volver a dejarlo con cuidado en la bandeja de mamá. A pesar de sus mejores esfuerzos, el vaso acaba rompiéndose porque lo ha agarrado con demasiada fuerza.

—No conozco mi propia fuerza.

Quiere sonar arrepentido (mamá tendrá que repararlo), pero las palabras acaban saliendo con orgullo. Se *siente* orgulloso. Se yergue aún más, tensa sus anchos hombros. Se da cuenta de que Viktor está entre las sombras, detrás de mamá, con el estuche del violín en la mano.

«No sabe lo que se pierde, encerrado en casa», piensa Luther. Por una fracción de segundo, sopesa decirlo en voz alta: «No sabes lo que te pierdes». Pero en ese momento Allison le quita de un manotazo el polvo que se le ha quedado en la americana del uniforme azul marino y rojo, y Luther pierde el hilo. Allison lleva la máscara sobre la frente, lo que le mantiene el pelo negro y rizado alejado del rostro.

Luther y sus hermanos empiezan a toser sin control a causa del polvo que queda suspendido en el aire. Mamá, por supuesto, ni siquiera pestañea.

—Perdón por el desorden, mamá —se disculpa Diego.

—No te preocupes —dice mamá, sonriendo con su rostro perfectamente simétrico. Lleva el pelo rubio recogido en una trenza a la altura de la nuca y un delantal de cuadros atado a la cintura—. Mañana tu ropa estará como nueva. Déjala fuera antes de acostarte y esta noche te la lavo.

Vuelve a esbozar su sonrisa perfecta, siempre tan contenta de limpiar todo lo que ensucian.

—*Bibidi Babidi Bu* —canturrea Klaus—. Es como si tuviéramos nuestra propia hada madrina. ¿Puedes convertir mi viejo y raído uniforme en un vestido de baile, hada-mamá?

Mamá pestañea desconcertada. «Parece que cuando papá construyó a mamá no la programó para que entendiera las referencias a *Cenicienta*», piensa Luther.

—Ni caso, mamá —señala Ben de pronto—. Sólo es una broma de Klaus.

—Oh... —responde su madre, y luego sonríe como si entendiera la broma—. Muy gracioso, Klaus.

Luther sabe que debería disculparse por el polvo —mamá tendrá mucho que limpiar—, pero ahora mismo está demasiado emocionado como para lamentarse por nada. Aún nota los abrazos de gratitud de toda la gente a la que ha rescatado. «Una pérdida de tiempo», diría Hargreeves (es lo que *dijo* el Hargreeves de su cabeza), así que Luther se ha visto obligado a interrumpir los abrazos, aunque a él le habría gustado seguir. No como Klaus, que ha recibido los halagos con alegría.

—Repasemos la misión otra vez —empieza Hargreeves, y los guía por el vestíbulo de mármol. Como siempre, lleva un traje de corte perfecto, el bigote gris rizado hacia arriba y la perilla terminada en punta. Pasan de largo la amplia escalera de madera y atraviesan pilares arqueados hasta llegar al comedor. Hargreeves se quita los guantes de cuero y los golpea contra sus manos desnudas.

Luther se quita el antifaz y lo tira al suelo. «Lo recogeré más tarde», piensa, pero sabe que no es verdad. Mamá o Pogo lo recogerán antes de que tenga la oportunidad.

—Hemos ido al norte y hemos arrasado —espeta Diego—. ¿Qué más hay que repasar?

Las palabras de Diego expresan exactamente lo que siente Luther, aunque nunca lo diría. Allison suelta un gritito y Luther le guiña el ojo mientras se sientan a la mesa del comedor. Allison está frente a él. Tiene los ojos enrojecidos y llorosos por el polvo, el pelo casi parece gris, pero sigue estando muy guapa. Papá está entre los dos, presidiendo la mesa.

—Desde el principio, Número Uno —ordena su padre, y Luther hace una mueca de fastidio. Odia que el mal carácter de Hargreeves se vuelva contra él, aunque eso suceda muy pocas veces.

Respira hondo y responde como un estudiante que hace una presentación en clase. Pero Luther nunca ha estado en un aula propiamente dicha. Hargreeves y mamá se encargaron de la educación de Luther y sus hermanos, centrada tanto en el entrenamiento para usar sus poderes como en el aprendizaje de las letras y los números. Luther no recuerda exactamente qué edad tenía cuando se dio cuenta de que a otros niños se les educaba de forma diferente. Por supuesto, otros niños (como a Hargreeves le gustaba señalar) habían nacido de forma distinta. A diferencia de Luther y sus hermanos, la mayoría de los niños no nacían de mujeres que daban a luz espontáneamente sin haber estado nueve meses embarazadas.

Y también a diferencia de Luther y sus hermanos (excepto Viktor), los demás niños no tenían superpoderes, por lo que no necesitaban la clase de entrenamiento que ofrecía la Academia Umbrella.

Allison era capaz de obligar a cualquiera a hacer lo que ella quisiera con sólo susurrarle al oído «He oído un rumor»; Klaus se comunicaba con los muertos; Diego empuñaba cuchillos con una precisión extraordinaria; Ben tenía tentáculos ocultos entre los omóplatos; Número Cinco era capaz de viajar en el espacio y el tiempo... o, al menos, fue capaz de hacerlo hasta que se perdió en el intento. Luther no está seguro, nadie lo está, de si el Número Cinco sigue manteniendo sus poderes en el lugar y el momento en el que se halle.

El poder de Luther no es tan llamativo ni extraño, pero es igual de útil: es excepcionalmente fuerte.

—Nos enteramos de que había habido un terremoto a unas dos horas al norte —comienza Luther. Se da cuenta de que Allison tiene un minúsculo bigote de leche en el labio superior, pero no se acerca a quitárselo.

—Algo que no es habitual —añade una vocecita. Luther se gira y ve a Viktor sentado a su lado. Sabe que no debería sorprenderle verlo allí: es su hermano, como los demás; pero en realidad no se parece en nada a los otros.

Luther zapatea bajo la mesa, y una pequeña nube de polvo se desprende de sus pantalones. Viktor tose.

—Lo siento —se disculpa.

—No pasa nada.

Ahora a Viktor también le lloran los ojos.

Luther apoya las manos en la mesa de caoba. Papá siempre los reúne aquí. «El comedor es perfecto», piensa Luther, «no sólo para las comidas familiares, sino también para repasar sus misiones». Pero esta noche, Luther tiene que concentrarse para mantener las manos quietas. Quiere volver a salir, salvar otra vida, resolver otro misterio. Como mínimo, quiere ir al gimnasio a hacer pesas. Necesita hacer algo con toda esa energía.

Luther se tira del cuello de la camisa. Normalmente el uniforme le queda como una segunda piel, pero ahora mismo nota que tiene la piel cubierta de polvo, pegajosa por el sudor. Llevan los mismos uniformes desde que eran niños. Bueno, obviamente, no los mismos uniformes: mamá los adaptaba a medida que iban creciendo. Luther aún no ha terminado de crecer, sigue ganando musculatura, tiene que hacerse aún más fuerte. Espera que la americana le vuelva a apretar pronto, que el cuello de la camisa le aprisione la nuez para que mamá tenga que volver a hacerle arreglos en el uniforme. Se pregunta cómo acabará siendo de grande y fuerte.

Luther mira a Allison al otro lado de la mesa. Mamá no ha tenido que hacer nada con el uniforme de Allison desde su último cumpleaños. Le queda perfecto, pero es que a Allison todo le queda perfecto. Luther la observa mientras toquetea el collar que él le regaló y que ella nunca se quita. Allison lo sorprende mirándola y sonríe.

—En efecto, es poco habitual, Número Siete —continúa Hargreeves, y Luther se vuelve a concentrar en el repaso de la misión—. Así que, aunque aparentemente nos hemos dirigido al norte del estado para ayudar en las operaciones de rescate, ¿cuál era el verdadero propósito de nuestra misión? ¡Número Dos! —brama Hargreeves y Diego levanta la vista de su plato, que mamá ha llenado con carne asada, judías verdes y patatas nuevas. El polvo se le ha acumulado en las mejillas y parece que luce una barba canosa.

Luther sabe que no debe distraerse con la comida antes de que papá haya terminado la reunión. Y por eso él es el Número Uno, sentado al lado de papá, mientras que Diego está en el otro extremo de la mesa. Tal vez papá degrade a Diego y ponga a Allison en su lugar; ella sería mucho mejor Número Dos.

Hargreeves se burla:

—¿Cuál era el verdadero objetivo de nuestra misión?

—Descubrir el origen de la actividad sísmica —responde Diego con la boca llena. Luther sacude la cabeza disgustado.

—¿Y cuál era su verdadero origen? —pregunta Hargreeves, centrando su atención en Allison—. ¿Número Tres?

—Un emplazamiento ilegal de *fracking* a pocos kilómetros de una pequeña localidad. Su trabajo ha provocado movimientos tectónicos en la tierra y ha contaminado las aguas subterráneas.

«Lo mejor de la misión», piensa Luther, «fue sacar a la gente de entre los escombros. Irrumpir en las oficinas de la empresa de *fracking* ilegal para desenmascararlos estuvo muy bien, pero nada como el subidón de salvar vidas». Se pregunta qué estarán haciendo ahora esas personas, qué les dirían a la Academia Umbrella si tuvieran la oportunidad.

Hargreeves vuelve a sentarse y apoya las manos en el pecho.

—¿Y por qué estás tan seguro de que esa perforación ilegal es la causa del terremoto?

—¿Qué otra cosa podría haber sido?

Por suerte, esa vez Diego ha tragado saliva antes de abrir la boca.

—Nunca demos por hecho que se conoce el objetivo de una misión desde el principio. Al fin y al cabo, lo que ha empezado como una labor de rescate ha acabado convirtiéndose en una oportunidad para sacar a la luz prácticas empresariales sucias, ¿no es cierto?

—Seguía siendo una misión de rescate —interviene Luther.

Aún siente los dedos polvorientos y desesperados de los supervivientes entrelazados con los suyos cuando los sacaba de entre los escombros. Todavía puede oírlos: «¡Gracias!» y «¡Me has salvado!» y «¿Cómo ha podido pasar esto aquí?».

Hargreeves levanta la mano para silenciar a Luther, que se da cuenta de que no debería haberlo interrumpido. Mira el candelabro sobre la mesa; la luz centellea entre los cristales de un modo que parece casi festivo, lo que es apropiado. Deberían sentirse festivos; deberían estar *celebrándolo*.

Sin embargo, en ese momento Hargreeves pregunta:

—Dime, Número Dos, qué es exactamente lo que ha salido mal.

DIEGO

Diego tiene que contenerse para no poner los ojos en blanco. Nada habría salido mal si él hubiera estado al mando. En cada misión, siempre, Hargreeves los arrastra de vuelta a este comedor y enumera cada paso en falso y cada error de cálculo. Pero nunca, ni una sola vez, ha mencionado lo que todas y cada una de las misiones tienen en común: que Luther está al mando.

Si por Luther hubiera sido, probablemente habrían llamado amablemente a la puerta de la petrolera. Ha sido Diego el que ha forzado las cerraduras con sus cuchillos, el que se ha adentrado por los pasillos de puntillas y le ha puesto un cuchillo en la garganta a algún pez gordo hasta que ha admitido sus fechorías. Sacar a las víctimas de entre los escombros ha estado muy bien, pero nada es comparable a lo que se siente cuando se hace *justicia*.

Por supuesto, *eso* Hargreeves no lo ha visto. Nunca ve a Diego en su mejor momento, porque siempre está fuera de la acción, observando desde una distancia segura, más interesado en su estúpido cronómetro que en lo que realmente está pasando.

Quizás, si estuviera más atento, vería que en realidad Diego es tan héroe como Luther, incluso más. A Luther no le gusta hacer el trabajo sucio, pero Diego no deja que nada le impida llevar a término un encargo.

Diego se sube los calcetines hasta la rodilla, que le pican donde le aprietan las pantorrillas. Está harto de vestirse como un niño. Algún día quemará su chaleco de rombos. Pero si lo hiciera ahora, a la mañana siguiente se encontraría con que mamá le habría dejado uno nuevo doblado a los pies de la cama.

—¿Qué importa lo que haya salido mal? —refunfuña Diego mientras se mete el tenedor lleno de comida en la boca. Las misiones le dan hambre y mamá lo sabe. Siempre le tiene preparada su comida favorita cuando vuelven de una misión. Le gustaría pensar que es algo que hace sólo por él, pero lo hace por todos los miembros de la Academia. Al menos ella los cuida, no como papá.

—Hemos ganado —continúa Diego, con la boca llena—. Hemos salvado a los ciudadanos, hemos desenmascarado a la malvada empresa petrolera. Hemos ganado.

Diego nota los cuchillos bien guardados en los bolsillos que mamá le confeccionó. Eso es algo que le encanta de su uniforme: son compartimentos secretos que los demás no tienen. Mamá hizo arreglos en el uniforme de Ben para adaptarlo a sus tentáculos, pero no es lo mismo. No es tan genial como tener compartimentos secretos para guardar las armas que sólo él empuña.

Ni siquiera Luther es capaz de hacer lo que él hace. Diego se imagina eliminando a su hermano con un movimiento de muñeca. En realidad, nunca le haría daño, pero, aun así, es bueno saber que *puede hacérselo*.

—A lo mejor papá tiene razón —interviene Allison—. Quizás no basta con ganar.

—¿Qué se supone que significa eso? —Diego se tira del cuello. Si por él fuera, se vestirían de negro para las misiones. Mamá también tendría que hacer arreglos en esa ropa para poder guardar sus cuchillos. Pero el negro sería mucho más práctico, un color perfecto para escabullirse. Seguirían llevando antifaz, como los justicieros que van con disfraz. Pero a papá le gustan los uniformes; quiere que todo el mundo sepa quiénes han evitado la catástrofe.

—Quizás la forma de ganar sea tan importante como la victoria —profiere Allison.

—Sólo estás enfadada porque hace más de un año que no eres portada de la revista *Teen Dream*.

—No le hables así —salta Luther desde el otro extremo de la mesa.

—No me digas cómo tengo que hablar —replica Diego—. Además, Allison sabe cuidarse sola.

A veces Luther trata a su hermana como si fuera una damisela en apuros, pero Diego sabe que no lo es. Allison es tan capaz de dar pelea como los demás. Hoy le ha dado una buena paliza a un ejecutivo petrolero que la doblaba en tamaño...

Diego ve por el rabillo del ojo a Ben y Klaus al otro extremo de la mesa, discutiendo. Ben trata de evitar que Klaus le robe comida del plato.

—Tu comida sabe mejor que la mía— se queja Klaus.

—Quizás si hubiera algo en tu plato que no fuera helado derretido, sabría mejor —Ben levanta el tenedor en señal de amenaza.

Diego silencia el sonido de la disputa. La verdad es que no entiende cómo Ben lo soporta.

—No estoy enfadada porque haga mucho que no soy portada de una revista boba —insiste Allison—. Es sólo que tal vez hemos dejado de ser portada porque...

—Son tan idiotas que no se enteran de que tienen una buena historia ni cuando les cae del cielo, literalmente —interrumpe Diego.

—O porque no estamos haciendo un trabajo lo suficientemente bueno —aduce Allison—. Piénsalo. Antes una multitud nos esperaba cuando volvíamos de una misión. Hoy a lo sumo había cinco personas, y ni siquiera parecían muy emocionadas cuando hemos salido del coche.

—Entonces, ¿qué? ¿Acaso no vale la pena ayudar a la gente si no estás rodeado de fans que te adoren? —arremete Diego.

—Yo nunca he dicho eso —argumenta Allison.

—Es por Número Cinco —plantea Ben en voz baja. Todos se giran hacia él. Incluso Klaus deja de comer—. Dejaron de escribir sobre nosotros tras la desaparición de Número Cinco. Después de eso, ya no éramos una historia tan *adorable*.

—No teníamos nada de *adorable* —contraataca Diego—. Íbamos por el mundo atrapando delincuentes, salvando vidas. Eso es duro, no *adorable*.

Ben niega con la cabeza y señala la pared de atrás, en donde están enmarcadas varias portadas de revistas. En todas hay un miembro de la Academia Umbrella sonriendo, con los brazos cruzados sobre el pecho o apoyados en las caderas. Los chicos llevan pantalones cortos azul marino y calcetines negros hasta la rodilla, y Allison luce una falda de cuadros escoceses. Todos llevan americana, chaleco de rombos y antifaz. Para Diego, los antifaces son la única parte del uniforme que tiene sentido. Para el resto de prendas son demasiado mayores.

Reconoce que, en su día, la prensa probablemente pensaba que eran adorables. La gente no hace figuritas de acción si no piensa que al menos eres adorable. Pero no se trataba de eso. Se *trataba* de ayudar a la gente.

Y lo han hecho hoy, independientemente de lo que diga Hargreeves.

—¡Niños! —interrumpe Hargreeves—. Número Tres tiene razón. Actuáis como si hubierais evitado la catástrofe, pero no sabemos a qué otras amenazas se enfrentará la gente de este pueblo en los próximos días.

—Hemos desenmascarado a la petrolera, papá —le recuerda Diego—. Dejarán de hacer *fracking*. No habrá más terremotos.

—¿Cómo puedes estar tan seguro?

De nuevo, Diego tiene que contenerse para no poner los ojos en blanco. No importa lo bien que lo hagan, Hargreeves sabe cómo hacer que parezca que han fracasado.

Al menos esta noche, Diego sabe que cuando mamá por la noche le devuelva el uniforme recién lavado, le dirá lo orgullosa que está de lo que han hecho hoy.

ALLISON

Allison picotea su perrito caliente. No tiene valor para decirle a mamá que ya no es su comida favorita. Hace años que no lo es. De alguna manera, cuando crecen un centímetro, mamá se da cuenta al momento y adapta los uniformes a su tamaño, pero nunca se ha fijado en que Allison apenas come el que se supone que es su plato favorito. Para Allison tiene sentido: mamá no necesita comer nada, y además, ella no crece.

Allison sabe que la atención que reciben de la prensa en realidad no tiene nada que ver con lo bien que hacen su trabajo. El público prefiere que las cosas no vayan del todo bien. Hace que todo sea más emocionante, más trepidante, un verdadero espectáculo.

Lo cierto es que, justo después de la desaparición de Número Cinco, la prensa los persiguió con más tenacidad que nunca. A los reporteros les fascinó que Hargreeves se negara a dar explicaciones. Cuando le preguntaban sobre la Academia Umbrella, sólo recibían un «Sin comentarios» por respuesta, algo que nunca había sucedido antes. Papá siempre había recibido bien a los periodistas, los invitaba a casa para sesiones fotográficas y entrevistas, así que su cambio de actitud despertó el interés del público. A veces Allison se pregunta si papá lo hizo a propósito, provocando intriga, buscando atención.

Pero ahora son mayores y resulta más complicado vender la imagen de «encantadora familia de superhéroes» que cautivaba cuando eran sólo unos niños.

Allison inclina la cabeza y se fija en la lámpara de araña que cuelga sobre la mesa. Todo el mobiliario es muy oscuro: mesa de madera oscura, sillas de madera oscura. El suelo es de mármol blanco y negro, pero de algún modo los cuadrados blancos parecen grises, igual que la luz de la lámpara, que siempre es tenue. Y, por supuesto, Hargreeves mantiene las cortinas bien cerradas, no puede arriesgarse a que los vean curiosos y periodistas; aunque tampoco lo intenta nadie hoy en día.

Diego no se equivocaba del todo. Allison echa de menos que la admiren. No porque le encantara ver su cara en las portadas de las revistas —que sí que le encantaba—, sino porque esa admiración le hacía sentirse *parte* de algo, de algo más que de la Academia Umbrella. Firmar autógrafos, responder a las preguntas de las entrevistas, posar para las fotos..., todo eso la hacía sentirse genial.

Recuerda cómo ha luchado esa tarde contra ese ejecutivo petrolero. Debería haber sido emocionante, pero la verdad es que no... no lo fue. No ha pensado en nada antes de propinar la primera patada, de pegarle un puñetazo. Se sentía como un robot al que han programado para moverse sin pensar. Mira a mamá, de pie en un rincón, paciente, esperando para recoger la mesa cuando acaben de cenar. Se pregunta si mamá se siente así alguna vez, consciente de su programación. Pero mamá no *siente* nada, así que probablemente no.

Cuando estaban rodeados de admiradores, Allison al menos se sentía especial. La gente quería estar cerca de ella porque no se parecía a nadie que hubieran visto antes. Allison mira fijamente a Luther intentando averiguar si él también tiene alguna vez ese tipo de inquietud, pero Luther sólo le sonríe.

A él le encanta cuando papá y Diego se pelean, le encanta que le recuerden que Diego nunca será el Número Uno...

—Papá tiene razón —afirma Luther con convicción al cabo de un momento—. Tenemos que hacerlo mejor la próxima vez. Deberíamos revisar la misión paso a paso para identificar cualquier error.

—Bien dicho, Número Uno —cacarea Hargreeves.

Ben suspira.

—¿No podemos tener una comida *normal* en lugar de repasar nuestras misiones?

—¡Chin, chin! —sugiere Klaus y levanta su vaso de leche como si fuera una copa de vino—. Por una comida normal.

Klaus se levanta y da una vuelta alrededor de la mesa como si fuera a hacer un gran brindis en una cena formal.

«Si fueran otro tipo de familia», piensa Allison, «celebrarían fiestas en esta sala. Es el tipo de sala construida para celebrar veladas glamurosas».

—Ahora dejadme pensar. —Klaus ladea la cabeza—. ¿Qué hacen las familias *normales* en las comidas?

Cierra los ojos como si intentara imaginárselo y luego niega con la cabeza. Sigue dando vueltas alrededor de la mesa, dando golpecitos en la cabeza a sus hermanos.

—Pito, pito, gorgorito... —profiere con cada toque. Luego se detiene y se vuelve con brusquedad—: ¿Las familias normales juegan al «pito, pito, gorgorito» durante las comidas?

Cuando nadie contesta, Klaus niega con la cabeza y se deja caer en su asiento.

—Supongo que nunca lo sabremos —puntualiza, y luego se ríe.

Allison no puede evitarlo y también se echa a reír. Es absurdo para cualquiera de ellos imaginar de qué hablaría una familia normal durante la cena; ¿cómo iban a saberlo?

Pero Ben permanece impasible:

—No tiene gracia, Klaus.

—Quizás la tendría si no te lo tomaras todo tan en serio.

Klaus aprieta los labios en una línea recta y cruza los brazos sobre el pecho tratando de parecer disgustado. Pero incluso cuando frunce el ceño le brillan los ojos como si fuera a echarse a reír en cualquier momento.

—Esto es serio —insiste Ben—. Actuar como héroes es nuestro *trabajo*, y nuestro querido viejo es en realidad nuestro *jefe*. Esto no es una mesa de comedor, sino una sala de juntas. ¿No ves que no es normal, Klaus?

Sin embargo, Klaus ya no presta atención. Allison no sabe si está distraído por un fantasma o si se trata de su habitual desgana. Nunca se sabe con Klaus. Nadie sabe, excepto quizás Ben.

Hargreeves niega con la cabeza.

—Vosotros no sois normales.

Allison se tapa la boca con la mano y le pregunta en voz baja a Luther:

—¿Sabes qué le pasa a Klaus?

—¿Eso te hace sentir normal? —la reprime Hargreeves—. ¿Cuchichear desde el otro lado de la mesa? ¡Qué maleducada!

Allison deja caer las manos sobre el regazo.

—¿Y qué será lo siguiente? —continúa Hargreeves. Se quita el monóculo y lo limpia distraídamente con el pañuelo, como si Allison le hubiera aburrido—. ¿Llevar un pendiente en la nariz? ¿Teñirte el pelo de rosa? ¿Hacer fiestas de pijama? ¿Escaparte para salir por la noche como hacen los adolescentes *normales*? Allison siente una chispa de añoranza ante la idea de una fiesta de pijamas. Al otro lado de la mesa, de pronto, Klaus vuelve a prestar atención.

—A mí, llevar un pendiente en la nariz y teñirme el pelo me suena genial.

—Ay, Número Cuatro, siempre tan rápido aportando información útil. ¿En qué otras actividades de adolescentes normales te gustaría participar?

—A ver, ¿emborracharme y drogarme a espaldas de mis padres? Ah, espera, que eso ya lo hago —dice Klaus soltando una carcajada.

Hargreeves pone cara de asco:

—Desde luego, Número Cuatro. ¿Cuántos preciosos rituales de paso a la mayoría de edad te has perdido?

Allison no puede evitarlo: se estremece ante el sarcasmo en la voz de su padre. Se imagina los ritos de iniciación en los que no ha participado: su primera cita, su primer beso, sacarse el carnet de conducir, comprarse un vestido para el baile de graduación, solicitar plaza en la universidad, ir a comprar ropa con sus amigas, incluso que le rompan el corazón. Allison sabe que, si soltara que en realidad anhela ese tipo de experiencias, Hargreeves le hablaría con la misma frialdad con la que acaba de hablar a Klaus, así que se guarda para sí sus pensamientos.

De repente Hargreeves se levanta bruscamente y arroja la servilleta sobre la mesa, a pesar de que su plato está vacío, como siempre. Nunca come. Mamá sirve a los demás sus comidas favoritas: un sándwich de mantequilla de cacahuete y mermelada con una ración de patatas fritas para Ben, helado con sabor a chicle para Klaus, rosbif para Diego, una hamburguesa con patatas para Luther y un perrito caliente para Allison. Ésta echa un vistazo a la mesa, tratando de recordar cuál es la comida preferida de Viktor, pero él está encorvado sobre su plato, con su largo pelo castaño cubriéndole el rostro.

Y aunque Allison sabe que mamá le hace el uniforme a medida, como a todos, a Viktor la ropa siempre parece quedarle un poco grande. Allison no alcanza a ver lo que tiene Viktor en el plato y siente una punzada de culpa por no haberse fijado antes. Peor aún, tampoco recuerda la comida favorita de Número Cinco.

—Vosotros nunca seréis normales —anuncia Hargreeves con una voz que retumba en la sala—. No llevo diecisiete años trabajando con vosotros para acabar con una casa llena de jóvenes normales.

—*Trabajando* con nosotros —arremete Ben enarcando las cejas—. Es justo a esto a lo que me refiero.

—No hay más que ver a Viktor —critica Hargreeves como si Ben no hubiera dicho nada, elevando la voz hasta casi el alarido. Hargreeves señala el lugar de la mesa donde Viktor sigue encorvado.

«Es tan canijo», piensa Allison. «Debería sentarse erguido».

—Preguntadle qué se siente al ser *normal* —suelta Hargreeves.

Viktor parpadea, visiblemente sorprendido por ser el centro de atención, algo que Allison no recuerda desde cuándo no ocurría. Siente algo en las tripas que no es capaz de identificar, casi como culpa, aunque sabe que es absurdo. Allison no tiene la culpa de que Viktor carezca de poderes como los otros, de que Viktor sea *normal*, que es la palabra que Hargreeves sigue escupiendo como si fuera una maldición.

Allison se pregunta si Hargreeves se planteó alguna vez devolver a Viktor a su madre biológica al darse cuenta de que no tenía poderes, como cuando compras unos pantalones que no son de tu talla. Se imagina a Viktor metido en una caja, con la palabra «devolución» garabateada en un lateral.

No, eso no está bien. Ninguna de sus madres biológicas los *abandonó*, sino que Hargreeves los buscó y los trajo a casa.

Los trajo aquí, a este enorme edificio donde ha dedicado más esfuerzo en entrenarlos para que se conviertan en un *equipo* que a criarlos como una *familia*.

VIKTOR

Viktor no entiende de qué se quejan sus hermanos. Ser normal es lo peor que le ha pasado nunca.

Esa tarde, mientras los demás se han ido corriendo a evitar la catástrofe, Viktor se ha quedado en casa tocando el violín.

Mamá estaba sentada escuchando y aplaudía entre tema y tema, pero sus cumplidos le parecían vacíos. Mamá es la única persona que ha elogiado su música, y en realidad no es una persona, sino un robot programado por Hargreeves para desempeñar el papel de madre. A Hargreeves nunca le ha impresionado que Viktor domine un nuevo tema, y lo máximo que han hecho sus hermanos ha sido pedirle que baje el volumen cuando practica.

Al resto de la familia, el talento musical de Viktor les importa tanto como su talento para luchar contra el crimen. O sea, nada.

Cuando papá sale de la habitación, Diego se repantiga en la silla y pone los pies sobre la mesa, con botas y todo, dejando un estropicio que mamá y Pogo limpiarán más tarde. Klaus se desliza de la silla hasta quedarse en el suelo, tumbado boca arriba bajo la mesa, suspirando como si la alfombra fuera el colchón más mullido del mundo.

—Una forma de que deje de comer de mi plato —murmura Ben.

Luther arrastra su silla al otro lado de la mesa para sentarse junto a Allison, y los dos siguen comiendo, con las cabezas muy juntas.

—Esto es una mierda —opina Diego—. Estoy harto de los reproches de papá después de cada misión. Hoy hemos hecho un buen trabajo.

—Papá sólo quiere que lo hagamos lo mejor posible —insiste Luther.

—No —replica Diego—. Lo que quiere es controlar todos los aspectos de cómo llevamos a cabo la misión.

—¿A nadie más le parece extraño que trabajemos? —interviene Ben —. Es muy raro, ¿no? La mayoría de los adolescentes no han trabajado en toda su vida.

Ben es el único, aparte de Viktor, que no se ha movido desde que papá ha salido de la estancia. Sigue sentado en su silla, terminando su cena.

—Sin ánimo de ofender, papá habla de ser normal como si fuera una tragedia —añade, mirando durante un instante a Viktor que nota cómo se le encienden las mejillas—. Pero me pregunto cómo sería una comida en la que habláramos de algo más que de nuestra última misión.

Ben se atusa su pelo negro y liso. Le cae algo de polvo de las puntas, pero por lo demás está tan perfecto como siempre.

—¿Y si pudiéramos utilizar nuestros poderes de otra manera? —pregunta Allison inclinándose hacia delante.

—¿Cómo, de otra manera? —inquiere Luther—. ¿Crees que tenemos recursos sin aprovechar con los que cumpliríamos las misiones más rápido? Tal vez a eso se refería papá: sabe que si nos esforzamos más seremos más poderosos.

Luther flexiona los músculos como si se imaginara a sí mismo aún más grande, aún más fuerte. Cuando eran más pequeños, su padre solía llevar a Viktor a las misiones para que marcara el ritmo mientras sus hermanos salvaban el mundo. Todos parecían tan poderosos que resulta difícil imaginar que dispongan de algún recurso que todavía no hayan descubierto.

—Me refería a qué pasaría si utilizáramos nuestros poderes para hacer otra cosa —explica Allison.

Luther se queda boquiabierto, casi incapaz de comprender que sus poderes pudieran usarse para algo más que impartir justicia. Si alguien le preguntara a Viktor, él sabría decir docenas de usos alternativos para sus poderes. Ben con sus tentáculos sería de gran utilidad a los granjeros que no pueden permitirse maquinaria más moderna. Klaus sería capaz de ayudar a las familias en duelo a dar su último adiós. Allison podría negociar la paz entre naciones en guerra. Diego sería un chef de talla mundial. Luther resultaría muy útil a la hora de hacer mudanzas. Hay incontables maneras de ayudar a la gente que no implican luchar contra el crimen.

Pero Viktor se guarda sus pensamientos para sí. Nadie le pregunta nunca nada. Hargreeves ya ni siquiera le pide que marque el ritmo. Esa tarde, mientras practicaba una pieza de Bach, ha estado imaginando lo que sus hermanos estarían haciendo en la misión. En su mente, Allison difundía un rumor que obligaba a los malos a deponer las armas, mientras que Luther atrapaba a aquellos que no habían escuchado el rumor. Diego utilizaba sus cuchillos para forzar todas las cerraduras, Ben atravesaba las paredes con sus tentáculos y Klaus obtenía información de las víctimas que los villanos habían mandado al Más Allá. Los hermanos de Viktor nunca le han preguntado qué se siente al ser normal, ni siquiera cuando su propio padre lo ha insinuado.

—¿Te has preguntado alguna vez cómo habríamos utilizado nuestros poderes si hubiéramos ido a una escuela normal? —cuestiona ahora Allison.

Diego lanza cuchillos contra la pared como si jugara a los dardos.

—Los otros niños estarían celosos —alardea, y arroja los cuchillos de una forma que hace que vuelvan a él como bumeranes—. Piénsalo bien, convencerías con tus rumores a todos los profesores para que te pusieran sobresalientes.

—Y también podría convencerlos para que pusieran sobresalientes a mis amigos.

—¿Qué amigos? —Diego señala con las manos la habitación que les rodea. No hay amigos, sólo hermanos.

Cuando se mueve, levanta polvo de su uniforme, lo que hace toser a Viktor. Diego recupera los cuchillos que han quedado clavados en la pared y comienza a lanzarlos de nuevo.

Viktor se pregunta si tendría amigos de haber ido a una escuela normal. Aquí es un bicho raro porque no tiene poderes, pero, en un colegio normal, quizás sí que habría encajado. O quizás también allí habría estado marginado.

—¡Yo habría hecho amigos! —responde acaloradamente Allison.

—No ser normal es un privilegio —apunta Luther.

Viktor le da la razón en silencio a su hermano mayor. Aunque técnicamente tienen la misma edad, es imposible no ver a Luther como el mayor. No sólo porque es físicamente más grande, sino porque es el Número Uno, mientras que Viktor es el Número Siete.

—Los adolescentes normales no evitan delitos —insiste Luther—. No salvan vidas. Piensa en lo que hemos hecho hoy ahí afuera.

—Esa petrolera encontrará otro lugar donde perforar —aventura Ben, lanzando la servilleta sobre la mesa.

—Ni hablar— replica Diego, haciendo girar un cuchillo entre los dedos—. Hemos destruido su cuartel general.

—Hemos destruido un edificio — corrige Ben—. Lo que es bastante irónico, si lo piensas.

—¿Por qué? —pregunta Diego.

—Acudimos al lugar para salvar a la gente que se había quedado sepultada entre los escombros a causa de un terremoto...

— Y eso hicimos —interviene Luther.

—Pero hemos acabado destruyendo otro edificio.

—Sí, pero ese edificio era de los malos —Luther lo simplifica todo.

Ben suspira:

—El caso es que la petrolera puede instalarse en otro lugar. Todo lo que ha pasado hoy aquí podría suceder otro día en otro sitio.

—¡Pues entonces también iremos a rescatar a esas personas!

Luther levanta la mano como si esperara que alguien le chocara los cinco, pero nadie lo hace.

—Habríamos sido normales —insiste Ben— si papá no nos hubiera adoptado, si hubiéramos estudiado en una escuela normal...

—Nunca habríamos sido *como los otros niños* —asegura Diego—. Odio darle la razón a papá, pero esta vez la tiene.

—Somos especiales —dice Allison, dándole a la palabra «especiales» un tono de importancia.

—Quizás podríamos haber encontrado una forma de ser especiales y aun así encajar —sugiere, anhelante, Ben.

Viktor mira a su hermano y siente que aún hay esperanza. Si sus hermanos fueran un poco más normales, quizás incluirían a Viktor en sus aventuras de vez en cuando.

—¡Hagámoslo! —grita Klaus mientras saca la cabeza de debajo de la mesa. La parte de atrás de su uniforme está cubierta de motas de polvo que la aspiradora de mamá no ha recogido, o tal vez sean restos de la misión.

—¿Hacer qué, Klaus? —pregunta Allison con impaciencia.

—Ponernos un pendiente en la nariz, teñirnos el pelo, escaparnos por la noche para irnos de fiesta... tal como ha sugerido nuestro querido padre.

Viktor y sus hermanos miran a Klaus, confundidos.

—Venga, hermanos, una fiesta, como los que son normales. Sin ánimo de ofender —añade Klaus, haciéndose eco de lo que ha dicho Ben y echando una mirada furtiva a Viktor.

Viktor no se ha ofendido. Al menos Ben y Klaus le han tenido en cuenta.

Diego pone los ojos en blanco.

—No vamos a arrastrarnos por las cloacas, Klaus.

Viktor sabe que Klaus se escapa de vez en cuando, aunque nunca ha averiguado cómo lo hace. Aparentemente, *es así*.

Luther parece tan asqueado como se siente Viktor.

—¿Te has estado escapando por el alcantarillado?

—Quien no arriesga, no gana —responde Klaus como si caminar entre mierda (literalmente) no fuera gran cosa.

Viktor se estremece, y Ben abre mucho los ojos.

—Saldremos por otro lado —promete Klaus— La cuestión es estar *fuera*, ¿no?

Viktor ve que Allison asiente con la cabeza, pero Ben dice:

—No es eso lo que yo tenía en mente.

—Papá quiere que nos acostemos pronto. Tenemos entrenamiento por la mañana —añade Luther.

Llueva o haga sol, la Academia Umbrella se levanta al amanecer los siete días de la semana para entrenar. Incluso Viktor se levanta al alba, aunque nunca le han pedido que entrene. La mayoría de los días se sienta con mamá en la cocina, se entretiene con el desayuno y luego toca el violín. Mamá aplaude con cada interpretación. Viktor no está seguro de si realmente tiene talento o si mamá simplemente está programada para reaccionar así.

—Vamos, Luther, *por favor*. —dice Allison con una sonrisa persuasiva—. Rompamos las reglas por una vez.

—Pierdes el tiempo, Allison —se burla Diego—. Al señor santurrón le da demasiado miedo saltarse una sola regla.

Ahora Luther se levanta y vuelca la silla, que se rompe al caer. Viktor está seguro de que ha sido sin querer, igual que el vaso que ha roto antes, Luther es así de fuerte.

—No le tengo miedo a nada —gruñe Luther.

—Demuéstralo —lo reta Diego.

Diego hincha el pecho. Es más bajo que Luther, pero Viktor se da cuenta de que Diego intenta que no se note, como si la altura no fuera más que una ilusión óptica.

Luther resopla:

—De acuerdo, me apunto.

—Yo también —acepta Allison, levantándose con una sonrisa.

—Ya somos tres —se anima Klaus, como si no fuera el que ha empezado todo esto.

Ben se encoge de hombros:

—Cualquier cosa es mejor que quedarse aquí.

—¿Viktor? —pregunta Allison volviéndose hacia él.

Los ojos de Viktor se abren de par en par, sorprendido. Intenta recordar la última vez que Allison le dirigió la palabra. Ciertamente, nunca habría imaginado que ella lo incluiría en sus planes.

BEN

Viktor puede sernos útil —suelta Allison encogiéndose de hombros.

«Tiene razón», piensa Ben. «Viktor es el único que tiene experiencia real en ser normal».

A diferencia de Ben, Viktor no se ha pasado la tarde alzado sobre los tentáculos que le salen de la espalda para ayudar a una víctima del terremoto atrapada en el décimo piso de un edificio que se derrumba, ni los ha usado para golpear a un ejecutivo de la petrolera hasta hacerlo sangrar, sabiendo que si dudaba lo machacarían a críticas, no sólo Hargreeves por perder el tiempo, sino también el resto de la Academia. Dirían que Ben se había ablandado y que ablandarse ponía en peligro las misiones.

Ben piensa que no es de blandos plantearse si realmente es necesario golpear a un ejecutivo petrolero para que empiece a hablar. Pero prefiere guardarse esa opinión para sí mismo.

—Una norma —propone ahora Ben, intentando que su voz suene tan firme y autoritaria como la de Luther. A pesar de sus esfuerzos, su tono suena como si hiciera una pregunta—. Esta noche, nada de poderes.

—¿Qué quieres decir? —pregunta Diego, frunciendo el ceño.

—Si de lo que se trata es de pasar una noche normal, entonces tenemos que ser normales de verdad. Si usamos nuestros poderes, no vamos a integrarnos con los demás.

Diego y Luther refunfuñan, pero Allison asiente:

—Ben tiene razón. Una noche normal significa que no debemos destacar. O al menos no por nuestros poderes. —Guiña un ojo, como si pensara que ya hallará otra forma de ser especial.

—Una observación muy astuta por parte de la hermana que usa sus poderes para conseguir literalmente todo lo que quiere —bromea Klaus.

Allison parece sorprendida.

—¡No es cierto!

Klaus levanta las manos como si ya no recordara qué es lo que ha dicho que ha molestado a Allison.

A veces Ben siente que él es el único que no *disfruta* con sus poderes. A Klaus tampoco le entusiasman, pero no se espera que los use de la misma manera. Nadie envía a Klaus a la cámara acorazada de un banco lleno de criminales para que acabe con todos ellos. Nadie obliga a Klaus a ser un asesino.

Diego le ha llamado eso hoy, cuando han irrumpido en las oficinas de la petrolera.

—Entra ahí, asesino —le ha dicho, guiñándole un ojo como si fuera una broma.

Ben no ha vacilado, sabe que no puede hacerlo, pero tampoco le ha visto la *gracia*. Trata de recordar sus primeras misiones. ¿Disfrutaba entonces? ¿Se divertía como los demás? ¿Cómo sería su vida si nunca hubiera tenido que utilizar sus poderes para evitar catástrofes; si sólo fueran una parte más de él, como esas personas que tienen una visión perfecta, o son zurdos, o aprenden nuevos pasos de baile sin esfuerzo?

Ben mira a Viktor, y por un instante imagina cómo sería él si no tuviera poderes: pasaría a ser Número Siete, el olvidado en cada misión. La idea debería entristecerle, pero en lugar de eso siente un extraño tirón en su interior, no muy distinto a la sensación de sus tentáculos moviéndose bajo la piel, perfectamente plegados entre los huesos, envolviendo los órganos. De vez en cuando siente una punzada que le recuerda que están ahí, listos para moverse y extenderse. Eso es lo que se siente: un anhelo punzante.

—A ver, Número Siete, tú que eres normal —vocea Diego, volviéndose hacia Viktor—, ¿cómo salimos de aquí? ¿Qué propones?

Klaus abre la boca, pero Diego levanta el puño antes de que Klaus diga nada.

—¿Viktor? —insiste Diego.

Viktor balbucea y no responde. Ben no le culpa; la mirada de Diego es intensa. Se vuelve hacia Allison.

—No creo que Viktor vaya a ser de mucha ayuda —dice, como si fuera el remate de un chiste.

—Viktor está tan bien equipado para esta misión como el resto —interrumpe Ben, que ofrece a Viktor una mirada tranquilizadora, aunque se odia a sí mismo por llamarla «misión». Porque esto no es una misión de papá. De eso se trata.

Ninguno de nosotros seis —Ben tiene que esforzarse para no decir siete— tiene experiencia en el mundo real.

—*Au contraire, mon frère* —interviene Klaus, quitándose el polvo de las mangas de la americana—. Olvidas que llevo años escapándome de esta casa.

Ben pone los ojos en blanco.

—Klaus, por última vez, no voy a nadar en aguas de cloaca.

—Como si yo fuera a compartir mis pasadizos secretos contigo —se burla Klaus, pero Ben sabe que a Klaus nada le gustaría más que compartir su experiencia. Le ha invitado innumerables veces a sus escapadas nocturnas, pero él nunca ha aceptado.

—Vale, entonces, ¿cuál es tu gran idea? —pregunta Ben.

—Sígueme —ordena Klaus, haciendo un gesto con el dedo mientras enarca una ceja. Klaus siempre tiene que ser el centro de atención.

Ben y sus hermanos siguen a Klaus de puntillas. Se dirigen hacia la gran escalera del vestíbulo.

—Vamos a tener que dividirnos —susurra Klaus en tono lúgubre—. La mitad va hacia arriba y la otra mitad hacia abajo.

—¿Cómo?

—La mitad de nosotros trepará por la ventana del ático y se deslizará por el tubo del desagüe, y la otra mitad saldrá por la entrada de servicio.

Ben suspira. ¿Realmente esperaba un plan más elaborado por parte de Klaus?

—¿Y eso es todo? ¿Es ése tu brillante plan? Si es tan fácil, ¿por qué te escapas por las alcantarillas?

—Porque el sistema de alcantarillado es la única forma de salir sin activar la alarma.

—Bueno, ¿y cómo vamos a hacer para que no salte la alarma esta noche?

—Aún no he llegado a esa parte del plan. Venga, Ben, que tú eres el cerebro de esta operación.

Los ojos de Klaus se abren de par en par con expectación, como si no le cupiera la menor duda de que Ben sabrá lo que hay que hacer.

Pero Ben no lo sabe.

KLAUS

¿Tiene él que pensar en *todo*? No es culpa de Klaus que sus hermanos no estén dispuestos a caminar por las cloacas, una ruta que a él siempre le ha funcionado. A veces a Klaus se le olvida lo escrupulosos que llegan a ser sus hermanos. Hace falta mucho más para que sienta escrúpulos alguien que está acostumbrado a oír regularmente a los muertos. A veces los fantasmas quieren contarle todos los horripilantes detalles de cómo murieron; como hoy, cuando los fantasmas de las personas que no han sobrevivido al terremoto le han contado con minuciosidad qué se siente al morir aplastado por el peso de medio edificio. Hargreeves y sus hermanos esperaban que Klaus se concentrara en su misión: salvar a los supervivientes y castigar a los ejecutivos de la petrolera. No tenían ni idea de que en su mente había gente hablando de materia gris y de que habían visto sus propios intestinos desparramados por el suelo. Por una vez, a Klaus ya le gustaría ver a Hargreeves luchando contra una horda de malhechores mientras escucha todo lujo de detalles sobre pulmones perforados, heridas de bala y asfixia.

Tal vez entonces papá lo entendería y dejaría de exigirle que se endureciera.

A lo largo de los años, Klaus ha oído descripciones de lo que se siente al ahogarse, al asfixiarse, al marchitarse debido a la enfermedad. Ha oído lo que se siente cuando te atropella un autobús y oyes cómo te crujen cada uno de los huesos; cuando te ahogas en tu propia sangre. Ha oído lo que se siente al sufrir una reacción alérgica tan grave que se te cierra la glotis y jadeas en busca de aire, consciente en todo momento de que vas a morir porque alguien no te dijo que la tarta de chocolate llevaba cacahuetes. Sabe lo que se siente al morir porque un dedo del pie roto no tratado sufrió sepsis y la infección se extendió por la pierna hasta la ingle antes de que los médicos lograran detenerla.

Así que, comparado con todo eso, pasearse por una cloaquita no es nada.

—Vale, tacha el plan de las alcantarillas —estipula Diego—. Quizás deberíamos centrarnos en nuestro destino cuando salgamos de aquí.

—Eso es poner el carro delante de los bueyes —argumenta Klaus, imitando el ruido de las pezuñas contra el suelo para ilustrar su punto de vista.

—Nadie te ha preguntado —replica Diego.

Klaus se cruza de brazos y se aparta de un soplido un mechón de pelo castaño de la frente. Todo sería mucho más fácil si superaran su aprensión por las alcantarillas.

La americana de Klaus le aprieta los omóplatos. Es alto y larguirucho, y en lo que a él respecta, el soso uniforme de la Academia no le favorece en absoluto. Todo el atuendo es terrible: la americana azul marino con ribetes rojos, el chaleco a rombos, la corbata negra perfectamente planchada que le aprisiona el cuello y unos pantalones que le llegan justo por encima de las rodillas. Si le dejaran, Klaus cree que podría dotar a este atuendo de cierto estilo, pero sabe que Hargreeves nunca se lo va a permitir.

—Entonces, ¿adónde deberíamos ir, Klaus? —pregunta Allison.

—Creía que a nadie le interesaba mi opinión —protesta con un mohín Klaus, aunque sabe exactamente adónde ir y no le cuesta mucho soltarlo—. ¿Cuál es el único lugar de la ciudad donde hay fiesta garantizada todas las noches?

—Los muelles —sugiere Diego.

—Un bar —propone Ben.

Klaus niega con la cabeza.

—Vosotros dos tenéis que salir más.

—Ésa es la idea— le recuerda Ben.

—La *universidad* —indica Klaus como si fuera obvio, porque en realidad lo es—. En la otra punta de la ciudad.

—¿Cómo vamos a llegar allí? —objeta Allison—. Además, somos demasiado jóvenes para fiestas universitarias.

—No piden identificación, hermanita —asegura Klaus—. Iremos en coche.

En la imaginación de Klaus empieza a formarse un plan, que se vuelve más complicado con cada palabra que dice.

—¿En coche? —repite Allison.

—¡Al garaje! —grita Klaus triunfante mientras Ben trata por todos los medios de que baje la voz.

—Al garaje —repite Klaus más bajito, y va hacia las escaleras traseras que acaban en la entrada del garaje donde está aparcado Hermes, el Rolls-Royce Silver Shadow de Hargreeves.

—¡No! ¡De ninguna manera! —protesta Ben. Escaparse es una cosa, pero ¿robar un coche? ¿En serio, Klaus?

—Ya que estamos en el baile, ¡bailemos! —ironiza Klaus.

—¿Qué quieres decir con eso? —pregunta Diego.

A Klaus se le ocurre que no es el tipo de expresión que la mayoría de los adolescentes conozcan, y mucho menos, utilicen. Pero la mayoría de los adolescentes no tienen el cerebro hasta arriba de expresiones anticuadas procedentes de ciudadanos de siglos pasados.

«No pasa nada», se dice Klaus. En cuanto se cuelen en la fiesta, las voces de los muertos quedarán silenciadas por la música a todo volumen, los saludos a voz en grito y los miembros de la fraternidad animando a beber de un trago a alguien que sostienen boca abajo sobre un barril de cerveza.

Y si eso no basta para acallar las voces, hay otras formas aún más eficaces.

Klaus busca el pomo de la puerta que conduce del sótano al garaje. Luego busca el botón que abrirá la enorme puerta que da al jardín, pero Allison le agarra la muñeca antes de que llegue a pulsarlo.

—Vas a hacer saltar la alarma —susurra Allison.

—¿Por qué susurras? Aquí abajo no hay nadie más.

—Papá se pondrá como loco si activamos la alarma —advierte Allison.

—Por eso tenemos que darnos prisa.

—¿Qué?

—Tenemos que subir al coche y largarnos de aquí antes de que a papá le dé tiempo de llegar.

—¿Ni siquiera vas a intentar desactivar la alarma? —protesta Ben espantado.

Klaus se encoge de hombros.

—No sé cómo hacerlo.

Pero ¿qué les pasa a sus hermanos? Él es telépata, no mecánico.

—¿Así que tu plan es simplemente huir tan rápido que papá no pueda atraparnos? —resume Diego.

—¿Se te ocurre algo mejor?

Diego lo mira impasible y luego se vuelve hacia sus hermanos en busca de ayuda. Todos se encogen de hombros.

—Muy bien, entonces... a por todas —ordena Diego, señalando la puerta del garaje.

Klaus sonríe como si no pudiera esperar a que las cosas se compliquen.

—¿Estáis listos para salir pitando?

—¿Tienes por lo menos las llaves de papá? —pregunta Ben.

—Llevo desde los doce años puenteando a Hermes.

En aquel tiempo, Klaus también se colaba en el garaje. Se sentaba en el asiento del conductor y asía el volante, imitando el sonido del motor mientras fingía conducir. Entonces no abría la puerta del garaje, sólo practicaba para más adelante. Le costó varios intentos, pero al final consiguió arrancar el coche. Nunca había estado tan emocionado. No recuerda cuánto tiempo estuvo allí sentado; debió de ser un buen rato, porque lo siguiente que supo fue que Pogo lo estaba llevando a la cama.

—Muy bien, hermanitos —prosigue Klaus—. A la de tres, corred hacia Hermes. Abriré el garaje, le haré un puente y nos largamos. *A la de una, a la de dos...*

—¿Por qué no te subes al coche y haces el puente antes de abrir la puerta? —interrumpe Ben—. Así tendrás más tiempo antes de que suene la alarma.

—¿Nunca has oído hablar de la intoxicación por monóxido de carbono? —cuestiona Luther—. No podemos quedarnos en el garaje con la puerta cerrada y el coche en marcha.

Klaus niega con la cabeza.

—Eso es un cuento de viejas.

«Cuento de viejas». Otra expresión que seguro que no utilizan muchos adolescentes.

—Anda que no he pasado yo tiempo aquí sentado con el motor de Hermes en marcha y estoy perfectamente bien.

—¿Bien? Eso es relativo —se burla Ben y le da un golpecito en la cabeza a Klaus.

—La intoxicación por monóxido de carbono no es un mito —señala Allison, y Klaus recuerda vagamente haber conocido al fantasma de alguien que murió así. Hmm... Quizás él sea inmune. En cualquier caso, no es en eso en lo que debería estar pensando ahora.

Ahora debería estar pensando en sacar a sus hermanos de esta casa antes de que cambien de opinión. Cree que Luther será el primero en ceder. O quizás Viktor. Aunque sea el más normal del grupo, es el que tiene menos experiencia en el mundo exterior. Ya ni siquiera viene a ver las misiones.

—¿Sabéis que empiezo a pensar que no queréis salir esta noche? —comenta Klaus, ladeando la cabeza, tratando de que suene como un reto. Nadie puede resistirse a un reto.

—Claro que queremos ir —responde Luther, aunque no suena muy convencido. Klaus sospecha que, en parte, Luther desea que Hargreeves llegue antes de que puedan salir por la puerta.

Pero Klaus lo ve claro: Diego y Ben parecen decididos. Incluso a Allison le brillan los ojos, aunque puede que sólo estén irritados por el polvo del terremoto. (Lo que le recuerda a Klaus que tendrán que asearse. No pueden presentarse en la fiesta con ese aspecto). Mientras tanto, Viktor no ha dicho ni una palabra, pero Klaus nota una emoción en sus ojos que nunca antes había visto.

—Muy bien, larguémonos de aquí. *A la de una, a la de dos...*

BEN

Ben sujeta la muñeca de Klaus antes de que diga «a la de tres».

—¿Y ahora qué? —gimotea Klaus, a la vez que Ben se lleva un dedo a los labios. Cuando sus hermanos por fin se callan, oyen el ruido de las pisadas de Pogo sobre el suelo de madera. Aunque Pogo camina erguido, como ningún otro chimpancé en el planeta, su andar es inconfundible. Lleva las gafas en perfecto equilibrio sobre la nariz y una corbata a rayas anudada de manera impecable. Ben no recuerda haber visto a Pogo sin su impecable traje de tres piezas.

—Buenas noches, jóvenes Hargreeves —saluda Pogo, con una formalidad que hace que Ben se estremezca—. Habéis hecho un buen trabajo esta tarde.

—Papá no ha pensado lo mismo —murmura Allison, cruzándose de brazos. Ben nota la sorpresa en el rostro de Luther, no acostumbrado a que Allison critique a su padre.

—Vuestro padre está orgulloso de lo que habéis logrado hoy, os lo aseguro —asevera Pogo, aunque sólo Luther parece convencido.

—¿Os ibais a la cama? —pregunta Pogo al cabo de un momento. Ben cree que hay una nota de ironía en su tono, como si Pogo sospechara de sus verdaderas intenciones. Si no, ¿qué hacen rondando la puerta que da al garaje? A veces Ben piensa que Pogo escucha detrás de todas las puertas. ¿Cómo puede saber todo lo que ocurre en la casa?

—Pues claro, Pogo —responde Klaus, con un tono exagerado de inocencia —. Sólo estábamos estirando las piernas antes de subir.

Pogo asiente.

—Lo pregunto porque esta noche voy a actualizar el sistema de seguridad.

Ben agudiza el oído cuando Pogo continúa:

—La alarma estará desconectada de diez a diez y cuarto. Aseguraos de dejar bien cerradas las ventanas, ya que se podría colar alguien en esos quince minutos.

—Creo que podemos arreglárnoslas, Pogo —afirma Luther hinchando el pecho.

—Entendido —responde Klaus saludando a Pogo con un gesto marcial mientras se aleja.

Diego pone los ojos en blanco.

—Típico de papá tener un elaborado sistema de seguridad que nos obligue a dormir con las ventanas cerradas a cal y canto.

—Sí, papá es un auténtico monstruo por querer mantenernos a salvo —suelta Luther con sarcasmo.

Ben se asombra de lo despistados que pueden ser sus hermanos.

—¿No habéis *oído*?

—¿Oído el qué? —tantea Viktor. A diferencia del resto de sus hermanos, su voz es tranquila y seria.

—Pogo nos ha dicho cuándo estará desconectada la alarma. Podemos salir entonces sin activarla.

Klaus resopla.

—Ya os he dicho que lo de la alarma era algo secundario...

—La alarma volverá a estar conectada cuando volvamos —apunta Allison.

—Ya nos ocuparemos de cómo volver —insiste Klaus, preocupado de que los demás se acobarden.

«Bueno», piensa Ben, «Klaus no tiene que preocuparse de que eso me pase a mí. Nada me impedirá tener una noche normal».

Ben no se había dado cuenta de las ganas que tenía de escabullirse hasta que Hargreeves lo ha mencionado durante la cena. Si fuera necesario, incluso dejaría que Klaus lo arrastrara por las cloacas.

—Hagámoslo —ordena Ben con firmeza.

—¡Vamos, entonces! —grita Klaus, y todos rápidamente le hacen callar. Ben le agarra la mano para evitar que abra la puerta del garaje.

—Recuerda que hay que esperar hasta las diez de la noche.

Klaus se encoge de hombros, visiblemente decepcionado.

—Vamos —los anima Ben y los guía del garaje a la sala de juegos. Se sientan a la estrecha mesa donde desayunan y almuerzan (sólo cenan arriba, en el comedor, con papá), frente a la barra que hace las veces de cocina. Aquí, los suelos no son tablas anchas de madera maciza ni gruesas losas de mármol, sino linóleo. En lugar de techos arqueados con pilares adornando las esquinas de la habitación, hay un techo endeble de gotelé. La mesa es baja, de cuando eran pequeños.

Ben se limpia el polvo del pelo y la cara con un trozo de papel de cocina. Lanza el papel a sus hermanos para que hagan lo mismo. Se tira de los puños de las mangas. Nota que, bajo el chaleco, lleva la camisa blanca arrugada y aún algo húmeda por el sudor de la misión anterior. Ben se pregunta cómo son las comidas en las casas de otras familias. Tal vez en otras casas los padres discutan los deberes y las notas con la misma intensidad. Quizás, después de todo, la constante decepción de papá sea uno de sus rasgos más normales.

Ben lo ha visto en la tele (cuando se cuelan en el estudio de papá para verla) y lo ha leído en libros (proporcionados por mamá y Pogo; los únicos materiales de lectura que les da papá están relacionados con sus misiones): padres sermoneando a sus hijos para que estudien más y saquen mejores notas. Quizás papá debería calificar su rendimiento con notas. Eso podría ser un paso hacia la normalidad.

Por otra parte, Ben también ha visto programas y ha leído historias sobre padres comprensivos y orgullosos. Mamá desempeña ese papel, pero mamá no es como la madre de nadie, a pesar de que papá la haya diseñado con sumo cuidado. Mamá es la que les puso nombre y la que les cura las heridas y les prepara la comida e incluso les da el beso de buenas noches, pero Ben está seguro de que es la única madre del mundo que por la noche se enchufa a la pared para recargarse, la única madre capaz de apagarse por completo.

Todos los demás creen que la actualización del sistema de seguridad es una feliz coincidencia, pero Ben no está tan convencido. Puede que Pogo esté genéticamente diseñado (o lo que sea que papá haya hecho con él), pero a veces Ben piensa que es el más normal de todos. Desde luego, es el único adulto de la casa capaz de comprender que Ben y sus hermanos quieran escabullirse en mitad de la noche. Aunque es tan leal a papá que...

De repente, Klaus mira el reloj y anuncia:

—¡Las 9:55!

Se quedan en silencio hasta que dice:

—9:56 —y luego—: ¡9:54!
—¿Cómo? —exclama Ben.
Klaus le guiña un ojo.
—Es broma: ¡9:57!

Ben sabe que Klaus estaba de broma, pero se le encoge el corazón al pensar que el tiempo podría retroceder, que podrían no llegar a salir esa noche. Siente mariposas en el estómago. Está impaciente por largarse de aquí.

A las 9:59 Klaus inicia una cuenta atrás segundo a segundo.

—¿Preparados? —anuncia Klaus— ¡Tres, dos, uno!

Klaus prácticamente corre hacia la puerta del garaje. Ben le sigue los pasos, casi tan entusiasmado como su hermano.

CAPÍTULO 8

ALLISON

—¿Cuándo te has sacado el carnet de conducir? —pregunta Luther, mientras Klaus saca a Hermes del garaje y lo lleva a la calle.

—¿Quién ha dicho que lo tenga? —Klaus se ríe y pisa el acelerador con tanta fuerza que Allison cae hacia atrás contra el asiento.

Está apretujada entre Luther y Diego en la parte de atrás. Klaus conduce y Viktor y Ben comparten el asiento del copiloto. Allison sabe que no es legal, pero no cree que sea inseguro. Además, la mayoría de las actividades de la Academia Umbrella no son legales. De hecho, Hargreeves no consulta con las autoridades antes de enviarlos a salvar el mundo.

Tampoco es que sus misiones sean especialmente seguras. De eso se trata, ¿no? Si fueran seguras, cualquiera podría hacerlo. La idea hace que Allison se incorpore un poco y que sus hombros choquen con los de Luther y Diego.

Tiene que admitir que, con o sin carnet, Klaus sabe lo que se hace.

—¿Quién te ha enseñado a conducir? —interroga, sintiendo una punzada de celos. Quizás Hargreeves le ha enseñado a Klaus algo que ha ocultado al resto.

—El año pasado un piloto de la NASCAR se instaló aquí —Klaus se da golpecitos en la frente—. Murió en la pista, en un accidente espectacular, pero sabía lo que hacía.

Por descontado que Klaus ha recibido muchas más lecciones que los demás. Papá solía encerrarlo en una cripta para que «superara sus miedos».

—Vaya —elogia Allison con timidez—. Eres realmente bueno.

—Gracias —Klaus se gira para mirarla y parece sinceramente complacido.

—¡Mira hacia delante! —exclama Ben.

—¿Qué? —responde Klaus.

Ben se inclina por delante de Viktor, agarra la cabeza de Klaus y la gira para que mire a la calzada.

—Relájate, hermano —aconseja Klaus, mientras se inclina hacia delante para abrir la guantera y saca un par de guantes de cuero.

—Apuesto a que no sabías que aquí es donde guarda papá sus guantes de piloto.

—¿Dónde los iba a guardar si no? —murmura Ben.

Klaus suelta el volante para ponerse los guantes. Ben se apresura a agarrarlo para evitar que el coche se salga del carril.

—¡Menudo agonías estás hecho! —Klaus hace un mohín y vuelve a colocar las manos en el volante, enderezando el coche como si tal cosa.

Allison se inclina sobre Luther para bajar la ventanilla y respirar el aire fresco como si fuera la primera vez, como una reclusa recién salida de la cárcel. Sabe que eso es absurdo, que han salido un millón de veces, incluso hoy mismo han estado de misión entre escombros en el norte del estado.

Entonces, ¿por qué se siente como si acabara de liberarse?

—¿Y ahora qué? —sugiere Ben.

Allison ve que se agarra con tanta fuerza al cinturón de seguridad que tiene los nudillos blancos; claramente no está tan impresionado como ella por la destreza de Klaus al volante. Klaus se agacha para hacer que Ben se suelte, pero Ben lo aparta de un manotazo.

—¡Ahora haremos lo que nos dé la gana! —grita Diego.

Luther le da un apretón en el hombro a Allison, que no sabe si está emocionado o nervioso.

Klaus ríe.

—Ahora nos dirigimos al otro extremo de la ciudad.

—¿Y luego qué? —pregunta Viktor.

Klaus se inclina hacia el otro lado del coche, en plan conspirador.

—De ahí, al mundo entero. —Se endereza—. Bueno, quizás no al mundo entero, pero sí al campus universitario. Como os he dicho, ahí siempre hay una fiesta a la que apuntarse. ¿Dónde creéis que me escabullo siempre?

—Nunca lo había pensado —responde Ben, pero Allison sabe que miente por la voz que pone. Se pregunta cuántas noches ha pasado en vela esperando que Klaus volviera a casa sano y salvo.

Allison mira por la ventanilla y ve pasar la ciudad. Está oscuro, pero las calles están iluminadas por farolas de color amarillo lechoso. Con esa luz, todos los edificios parecen grises, las ventanas oscuras. Siguen conduciendo y atraviesan un barrio residencial. Ahí los edificios son más bajos y hay más ventanas iluminadas, que refulgen tras cortinas y persianas. Allison se imagina a las familias de dentro: niños que hacen los deberes, padres que ven el noticiario, perros suplicando que les dejen salir. Todos esos desconocidos haciendo lo que hacen las familias normales. Y esta noche, Allison está más cerca de ellos de lo que nunca ha estado.

—¿Qué quieres? —le pregunta Allison a Luther, casi sin aliento.

—¿Eh? —responde él, con una sonrisa en los labios.

—¿Adónde irías, qué harías si pudiéramos hacer lo que quisiéramos?

Luther se encoge de hombros.

—Vamos, seguro que hay algo —insiste Allison.

Luther frunce el ceño, concentrándose. Al rato responde:

—Supongo que querría pasar el rato contigo.

Ella sonríe. Ella también quiere eso, pero también quiere... *más*. Quizás esta noche lo averigüe.

—Es raro, ¿no? —comenta Allison, mirando por la ventanilla una vez más—. Ésta es la primera vez que salimos sin ningún tipo de supervisión.

—Nunca lo había pensado —confiesa Luther.

—Nos hemos escabullido por todos los recovecos de la Academia —Luther señala el edificio que han dejado atrás—. Como conocemos toda clase de rincones que papá desconoce, nunca me he sentido como si no pudiera escapar a su supervisión, si de verdad quiero.

Allison asiente, aunque no está de acuerdo. Cada vez que se han escapado, papá siempre los ha encontrado. Esta noche es la primera vez que se siente realmente fuera de su alcance. Lo que hace que encajar aquí sea mucho más importante, como si fuera su oportunidad de demostrar que puede hacerlo sin que Hargreeves la vigile.

Allison se mira. De ninguna manera va a encajar. Ninguno de ellos va a hacerlo. Todos siguen llevando sus uniformes.

—Deberíamos habernos cambiado antes de salir —aventura.

—No había tiempo —señala Diego—. Además, ¿qué íbamos a ponernos, el pijama?

Diego tiene razón. Realmente no tienen ropa aparte de sus uniformes, sus sudaderas de entrenamiento y sus pijamas.

Allison cierra los ojos y recuerda una sesión de fotos que hizo para una revista juvenil. La peinaron, la maquillaron y le pusieron un vestido de seda azul brillante como si fuera a un baile de graduación. Pero antes de que la cámara disparara la primera foto, su padre la obligó a que se pusiera el uniforme. La Academia Umbrella tenía una imagen que mantener. Allison no entendía por qué llevar un vestido iba a dañar su imagen, pero ahora lo comprende: papá no quería que nadie se fijara en ella antes que en su uniforme. No quería que los lectores la miraran dos veces antes de reconocerla como miembro de la Academia Umbrella.

Quizás esta noche debería haber tomado prestado algo del armario de mamá. Su ropa no es muy moderna que se diga, pero Allison cree que, dada la oportunidad, podría haber lucido un *look* retro.

—No podemos ir a una fiesta así vestidos —sentencia Allison con firmeza—. ¡Klaus! —grita intentando llamar su atención, lo que es casi imposible estos días. Allison no está segura de si es por todas las voces que tiene en la cabeza, por el brandy que le ha visto robar del mueble bar de su padre o por algo peor.

—¿Sí, mi querida Allison? —responde Klaus de inmediato, girándose en su asiento.

—¡Mira la calzada! —ordena Ben.

—¡No me seas agonías! —responde Klaus.

—¿Tú qué te pones cuando vas a esas fiestas? —le pregunta Allison.

—Huy, ojalá te hubieras animado a salir por las cloacas. No te imaginas los conjuntos que tengo ahí guardados.

Allison arruga la nariz con sólo pensarlo.

—Pero no te preocupes —añade Klaus con un guiño—. Te tengo cubierta.

Klaus gira bruscamente a la izquierda: se salta un semáforo en rojo, pero al menos pone el intermitente, que es más de lo que ella esperaba.

Allison nunca había sentido celos de Klaus. En realidad, nunca ha sentido celos de ninguno de sus hermanos; no le importa ser la Número Tres, y le gusta más su propio poder que el de los demás. Es mucho más útil en el mundo real. Sin embargo, esta noche por primera vez siente una punzada de envidia. Klaus nunca ha esperado a que Hargreeves le ofreciera el mundo real; simplemente se lo ha tomado por su cuenta.

Esta noche Allison hará lo mismo.

CAPÍTULO 9

VIKTOR

Klaus ha aparcado delante de una tienda de ropa de segunda mano. Bueno, técnicamente ha aparcado delante de una boca de incendios que está frente a una tienda de ropa de segunda mano, lo cual está prohibido, pero Viktor está demasiado impresionado por las habilidades de aparcamiento en paralelo de su hermano como para decir algo al respecto. Sus hermanos tampoco lo mencionan.

Una vez que ha apagado el motor, Klaus salta del asiento del conductor como si tuviera un resorte, Viktor y Ben dejan el asiento del copiloto, y sus hermanos salen de la parte de atrás del vehículo de uno en uno. Klaus se dirige hacia la tienda de segunda mano como si ya hubiera estado aquí una docena de veces.

—¿Cómo sabías que la tienda estaría abierta? —pregunta Viktor.

—No es la primera vez —responde Klaus con un guiño—. Además, es la ubicación perfecta. Estamos a sólo una manzana del campus.

—¿Del campus universitario en el que te has estado colando últimamente?

Klaus vuelve a guiñar un ojo.

—Te invito a que me acompañes cuando quieras —susurra, como si fuera un secreto que sólo le ofrece a él, pero Viktor sabe que no es cierto. Klaus es muy de «amar a la persona con la que está»; si Allison (o Ben, o Luther, o Diego) hubiera hecho la pregunta, también se habría ofrecido a llevarlos. Klaus no es quisquilloso.

Aun así, la muestra de afecto de Klaus hace que Viktor se sienta especial. Quizás sea porque apenas se fijan en él, pero Viktor cree que es por algo más. Klaus es una de esas personas que iluminan todas las habitaciones en las que entra. La gente se fija en él, pero no en plan «¿Quién es ese bicho raro? ¡Sacadlo de aquí!». Por el contrario, Viktor siempre parece mimetizarse con el decorado, aunque en realidad eso no es cierto: en casa, intenta pasar desapercibido, pero acaba destacando porque es el único que no tiene poderes. En el mundo real, cuando Hargreeves llevaba a Viktor con él a las misiones (para marcar el ritmo y para vigilar a sus hermanos), nadie se fijaba en él.

Viktor imagina a sus hermanos esta noche entrando en una fiesta en la que hay un montón de gente normal y corriente. Por una vez, Viktor será el que encaje. No es que a sus hermanos les moleste destacar, pero esta noche todos quieren pasar desapercibidos, y por eso han hecho ese pacto de no usar sus poderes. Para Viktor, encajar esta noche debería ser fácil.

—Seguidme, hermanos —ordena Klaus mientras abre la puerta de la tienda de segunda mano, haciendo sonar una campanilla que está sobre su cabeza.

La tienda es enorme y los hermanos se dispersan rápidamente para explorarla. La ropa se amontona en filas como si fueran paredes, sin ton ni son, es imposible saber dónde se encuentran las cosas en este laberinto de tienda, o al menos eso le parece a Viktor. No hay secciones, con la ropa de hombre a un lado y la de mujer al otro; ni las prendas están organizadas por tallas o estilos. Viktor observa unos vaqueros rotos que cuelgan sobre unas relucientes botas plateadas.

—Es como buscar un tesoro —vocifera Klaus desde el pasillo de al lado, y saca un jersey semitransparente de lo que parece una pila de ropa sucia. Klaus empieza a desnudarse allí mismo, en el centro de la tienda, para probárselo.

—¡Klaus! —grita Ben—. No puedes desnudarte en público.

—¿Quién va a impedírmelo?

—¡El probador está ahí mismo! —brama Ben, y señala una hilera de habitáculos con cortinas en la parte trasera de la tienda.

¡Mojigato! —chilla Klaus, dirigiéndose hacia los probadores y recogiendo más prendas por el camino.

Viktor sigue curioseando. Se da cuenta de que muchas de las prendas son *vintage*. Los pantalones de campana de los setenta están junto a los *leggings* teñidos de los ochenta y los vaqueros ajustados de los noventa. Al igual que sus hermanos, Viktor nunca ha tenido la oportunidad de elegir su propia ropa. Se mira el uniforme: la americana, los zapatos formales. Nunca le pareció bien llevar el atuendo de la Academia Umbrella cuando en realidad no es uno de ellos. Le sorprende que Hargreeves no insista en que se ponga otra cosa. Pero entonces Hargreeves habría tenido que inventar algo, y eso es más esfuerzo del que jamás ha dedicado a Viktor.

Allison amontona en los brazos de Luther un vestido de color pastel tras otro. Diego sólo recoge ropa negra: camisetas negras, jerséis negros, pantalones negros, botas negras.

—¿Vas a un funeral? —le pregunta Klaus.

—Técnicamente, un funeral es un tipo de fiesta —gruñe Diego—. Sólo que el invitado de honor simplemente no se entera de que va por él.

—Eso no tiene ningún sentido —grita Luther desde el otro lado de la tienda, con la voz amortiguada por montañas de tafetán.

—Es un grupito de gente que se reúne para homenajear a alguien. Es prácticamente lo mismo que una fiesta de aniversario —replica Diego.

—Una fiesta de aniversario de muerte —murmura Viktor, y Klaus se echa a reír.

—«Fiesta de aniversario de muerte» suena mucho mejor que «funeral» —reconoce.

—Viktor, prométeme que, cuando muera, me harás una fiesta de aniversario de muerte, no un funeral.

Viktor se ruboriza, pero asiente con la cabeza, lo que Klaus entiende como una promesa, porque le devuelve la sonrisa.

Luego, Klaus saca lo que parece una falda del perchero que tiene delante y la añade a su creciente montón de ropa. A Klaus no le importa que la mayoría de los chicos no lleven falda; quiere probársela. Esa idea provoca en Viktor un escalofrío de excitación.

Viktor percibe su reflejo en uno de los espejos de la tienda, medio oculto por una enorme pila de ropa. Mete la mano en un bolsillo, saca una de sus pastillas y se la toma en seco. Desde que Viktor tenía doce años, papá le dijo que se tomara una pastilla cada vez que se sintiera angustiado, nervioso, incómodo, lo que le sucede la mayor parte del tiempo. ¿Todo el mundo se siente tan extraño en su interior? ¿O sólo les pasa a los que no tienen poderes? Quizás no debería tener este aspecto porque se supone que, como sus hermanos, es especial.

Allison suelta un alarido de entusiasmo que resuena de un lado a otro de la tienda, señal inequívoca de que ha encontrado otro vestido precioso o unos vaqueros ideales. Diego suelta un ronco «¡Sí!»; seguramente ha encontrado justo lo que buscaba. Viktor apuesta a que, sea lo que sea, le quedará perfecto. Todos sus hermanos parecen saber exactamente lo que quieren ponerse. Quizás eso se deba a años de comodidad dentro de su propia piel. Por otra parte, Ben nunca pareció tan a gusto como los demás. Ben tardó años en aprender a controlar sus tentáculos. Mamá siempre tenía que hacer arreglos en su uniforme: le abría bolsillos secretos en camisas y americanas para que pudiera sacar y retraer los tentáculos. Viktor se pregunta cómo se las arreglará Ben con ropa normal, pero luego recuerda que todos sus hermanos prometieron no utilizar sus poderes esta noche, así que Ben no tendrá que preocuparse de que se le agujeree la ropa nueva. Viktor observa cómo Ben encuentra una camiseta blanca, unos vaqueros azules y una cazadora de cuero negra. Ben camina con aplomo hacia los probadores.

Viktor pasa las manos por el perchero que tiene delante, examinando vestidos pasados de moda, camisas raídas y chaquetas descosidas. Se detiene frente a unos vaqueros negros que le parecen lo bastante pequeños para que se adapten a su cuerpo estrecho. Sigue buscando hasta que encuentra una camiseta con el dibujo de un surfista un tanto descolorido y el cuello un poco dado de sí, pero que al menos parece limpia. Por último, encuentra una desgastada cazadora *bomber* marrón, similar a las de los aviadores de la II Guerra Mundial que aparecían en las fotos de los libros que mamá le daba para que leyera mientras sus hermanos estaban de misión.

A Viktor le tiemblan las manos mientras corre hacia el vestuario y se quita el uniforme. Aquí no hay espejo; las paredes son cortinas de terciopelo aplastado que huelen a incienso. Pero Viktor no necesita mirarse en un espejo. Este atuendo, esta ropa que perteneció a desconocidos hace años o incluso décadas, le sienta mejor que el uniforme que su madre le ha cosido tan primorosamente, ahora arrugado a sus pies.

«A medida», así lo llama mamá. La ropa que ella le cose está confeccionada «a medida». Una expresión que sonaba rica y pesada, como si estuviera pensada para ejecutivos, no para niños que luchan contra el crimen. A Viktor nunca le ha gustado cómo le sienta su uniforme a medida. Siempre ha pensado que eso le pasaba porque no era un verdadero miembro de la Academia Umbrella.

Viktor deja atrás el probador y se dirige a la parte delantera de la tienda, donde hay cestos de accesorios. Rebusca un rato y, al levantar la vista, se encuentra cara a cara con Klaus, que lleva lo que parece ser una falda escocesa y un jersey negro semitransparente. También se ha pintado los ojos con delineador negro y lleva los labios brillantes. Por un instante, Viktor siente una punzada de rabia: la falda escocesa de Klaus no es muy diferente de la falda del uniforme femenino de la Academia. Viktor no comprende por qué Klaus, que podría haberse puesto cualquier cosa esta noche, ha elegido eso.

Klaus mira a Viktor de arriba abajo y hace un gesto de aprobación.

— Un *look* clásico —reconoce. Desaparece todo rastro de rabia, y Viktor siente que se ruboriza de nuevo. Los elogios de Klaus se sienten extraños, pero tan agradables como la ropa que lleva puesta.

Viktor cree que nunca se ha sentido así de bien.

KLAUS

Una mujer le grita que está dando de sí el jersey, y un hombre de grueso acento escocés vocifera que le falta la escarcela que va con la falda escocesa.

Klaus desearía que esa gente se callara. No son sus hermanos..., aunque, para ser justos, sus hermanos tampoco se callan, pero Klaus es experto en no prestar atención a su cháchara y, de todos modos, le gusta. No, quienes le chillan son los antiguos propietarios de su nueva ropa. Es lo malo de las tiendas de segunda mano: los interminables comentarios.

—¿Qué demonios es una escarcela? —murmura Klaus. No eligió la falda escocesa porque quisiera un conjunto tradicional gaélico, sino porque le daba aspecto muy *grunge*, como de jugador de hockey sobre hierba. Debajo de un montón de ropa arrugada, encuentra un par de botas militares negras con los cordones raídos. Son demasiado grandes, ¡pero le sientan de maravilla! Entonces Klaus busca hasta que encuentra un par de calcetines gruesos que las ajustan un poco mejor.

—Así ya vale —declara, tratando de ignorar sin éxito la voz que le advierte que esas botas se usaron el día que murió.

—¡Cállate! —suplica Klaus apretando los dientes.

Mete la mano en los bolsillos de un abrigo de mujer tras otro hasta que encuentra un bolso de maquillaje olvidado.

Allison pondría el grito en el cielo si le viera usar el pintalabios y el delineador de ojos de una desconocida. Pero, claro, no es el maquillaje de una desconocida; hay una voz en su cabeza que le explica exactamente cómo aplicar ese delineador, recordando con nostalgia la última vez que se lo puso.

Klaus está harto de las voces y sus historias. Está deseando silenciarlo todo.

«Sólo un poco más», se dice a sí mismo, «y estaremos en el campus». Un poco más y estarán en una fiesta multitudinaria. Si algo ha aprendido en el último año es que, en el tipo de fiesta adecuada, siempre hay alguien esperando. Y ese alguien, sea quien sea, es la clave de la tranquilidad, la clave del olvido, la clave para maquillarse sin oír una voz diciéndole si lo está haciendo bien o no.

La voz de esta noche al menos le ha sido útil, pero es un precio muy alto a pagar por llevar los ojos con el maquillaje perfecto. Aunque, al verse en un espejo cercano, reconoce que le ha quedado *genial*.

Klaus se revuelve el pelo con la mano. Hace días que no se lo lava, así que está lo bastante grasiento como para aguantar cualquier estilo que se haga. Le da volumen en la parte delantera, deja caer unos mechones artísticamente por la frente, y luego se lo alisa por detrás. Al atusarse el cabello, cae un poco de polvo de la última misión y tose. «Quizás deberíamos habernos duchado antes de salir al mundo esta noche», piensa. Pero no, si se hubieran duchado, sus hermanos quizás se habrían rajado. Klaus ha hecho bien manteniendo la emoción de su escapada nocturna.

—¡No me manches la falda de saliva! —abronca el escocés a Klaus.

Éste pone los ojos en blanco. Sólo un poco más.

Diego sale de su probador, vestido completamente de negro: pantalones cargo ajustados negros, camiseta negra entallada, botas militares negras.

—Esos pantalones te van tan prietos que se te ven los cuchillos, hermano —se mofa Klaus, pero sin desdén. Supone que Diego ha tenido que improvisar sin los bolsillos que mamá le ha cosido en el uniforme. Mamá incluso le hizo a Diego zapatos con compartimentos secretos. A Klaus le gusta la idea de la moda que es más de lo que se ve a simple vista. Aunque los uniformes de la Academia no están precisamente a la moda.

—Caray, pero ¿cuántos llevas? —pregunta Klaus, tratando de contar los bultos que hay bajo los pantalones de su hermano.

—Los suficientes para darle lo que se merezca a quien sea —responde Diego con una sonrisa.

Allison aparece a continuación llevando lo que sólo puede ser un vestido de graduación. Un fantasma le susurra a Klaus al oído que se lo puso en el baile de la promoción de 1989. Allison gira, envuelta en capas de tafetán morado. Es un vestido de corte recto, con mangas de farol que caen sobre sus hombros desnudos. El corpiño entallado hasta la cintura da paso a una falda de capas de tul rígido. Parece salida directamente de una película de los ochenta.

Del probador contiguo sale Luther con un esmoquin que le queda al menos dos tallas pequeño. Allison se pone de puntillas para abrocharle la camisa, pero los botones salen disparados.

—Si lo rompes, lo pagas, Número Uno —bromea Klaus.

Luther tira del cuello de la camisa y su nuez sube y baja mientras traga saliva.

—¿Qué clase de política es ésa? —Luther gruñe, mientras Allison le alisa el cuello y le asegura que está perfecto. Klaus tiene que contener un bufido. Estarían perfectos si fuera una fiesta de disfraces. La anterior dueña del vestido morado se burla y luego se calla. Si la gente se callara cuando los ofende, Klaus no tendría que llegar a esos extremos.

Ben agarra a Klaus por detrás y lo hace girar.

—¿Ha habido suerte? —pregunta Ben. Lleva un atuendo anodino: vaqueros, camiseta, cazadora de cuero. Klaus tiene que admitir que le queda muy bien. «Encajará perfectamente en la fiesta. Hasta que le salgan los tentáculos y haga jirones su ropa nueva», piensa Klaus con tristeza. Qué desperdicio de prendas.

—¿Suerte con qué, con lo que han elegido nuestros hermanos para ir de fiesta? ¿Quién me habría dicho que Viktor y tú seríais los únicos que no me avergonzaríais?

—Pues tú no te avergüenzas con facilidad —señala Ben, y Klaus se encoge de hombros. Tiene razón.

—De todos modos —se inclina hacia Ben y, con voz más suave, añade—, sabes que ésa no es la suerte de la que hablo.

—Ah, claro —responde Klaus, fingiendo comprobar un reloj imaginario en su muñeca—. Es la hora del control diario de Ben. «¿Es que no puede dejarlo ni un solo día?», piensa Klaus.

—¿Y? —le cuestiona Ben.

—¿Y qué? —Klaus se hace el tonto, aunque sabe exactamente lo que su hermano quiere oír.

—¿Que si has sabido algo de él?

La voz de Ben es una octava más aguda de lo habitual. Le pasa siempre que pregunta por Cinco.

—No, Ben. —responde Klaus, mientras recorre uno de los laberínticos pasillos de la tienda—. No sé nada de nuestro hermano perdido.

Ben exhala. Todos los días le pregunta a Klaus si tiene noticias de su hermano, y todos los días, cuando Klaus le dice que no, parece tan aliviado que Klaus decidió hace ya tiempo que, aunque *tuviera* noticias de Cinco, no se lo diría. Porque si Klaus no tiene noticias de Cinco, Ben puede seguir manteniendo la esperanza de que su hermano desaparecido sigue vivo, de que puede aparecer de nuevo cualquier día, en cualquier momento, en cualquier lugar. Simplemente *surgir* de la nada (Al fin y al cabo, fue así como desapareció). Klaus sabe que Ben alberga la fantasía de que algún día los siete vuelvan a estar juntos.

Ben no sabe que Klaus lleva meses tramando su huida. De un modo u otro, va a salir por patas.

Quizás esta noche sus hermanos se den cuenta de que ellos también tienen que largarse. Una noche en el mundo real y verán lo que se han estado perdiendo. No todas las salidas tienen que ser una misión, ni todas las apariciones públicas una sesión fotográfica (aunque a Klaus no le molesta la fama). Una noche perfecta y Klaus no será el único que deje atrás la Academia Umbrella. Debería ser bastante fácil demostrar a todo el mundo que las fiestas son mucho mejores que las misiones para combatir el crimen.

LUTHER

—¿Qué crees que quería decir Klaus con «si lo rompes, lo pagas»? Si no tenemos dinero —suelta Luther mientras piensa, por primera vez, que es muy extraño que, con diecisiete años, nunca haya pagado con dinero en efectivo, ni haya tenido tarjeta de crédito, ni haya comprado nada en una tienda. Recuerda que cuando eran pequeños tenían una caja registradora de juguete con monedas de plástico. Allison y él jugaban a que regentaban una tienda de comestibles, y les cobraban a sus hermanos cada vez que se sentaban a desayunar y comer. Ahora que lo piensa, eso es lo más cerca que ha estado Luther de comprar algo de verdad.

Luther sabe que las cosas cuestan dinero. No es un niño rico mimado que no se dé cuenta de sus privilegios. Es sólo que papá siempre se ha ocupado de esos asuntos. El frigorífico del sótano siempre está lleno, y cada vez que necesita un uniforme nuevo, aparece perfectamente doblado encima de su cama.

—Allison —sisea, tirando con urgencia del cuello de su camisa nueva (en realidad, vieja)—, ¿cómo vamos a pagar todo esto?

—Supongo que Klaus se encargará —conjetura Allison encogiéndose de hombros, aunque Luther se da cuenta de que no está más segura que él—. Ya ha estado aquí antes. Debe de tener algún tipo de acuerdo con el dueño.

Luther intenta averiguar qué tipo de acuerdo debe ser ése.

—¿Todos listos? —grita Klaus desde el otro lado de la tienda.

Luther baja los hombros. La chaqueta de esmoquin que Allison eligió para él le aprieta, y nota cómo se le rasga por la espalda cuando se mueve.

—Puedes ponerte la americana del uniforme —sugiere Allison, y la recoge del suelo, del lugar donde Luther la tiró al cambiarse—. Casi hace juego.

Luther vuelve a ponerse la americana que le resulta tan familiar. No hace juego, y Allison lo sabe: es azul marino, y no pega nada con los elegantes pantalones negros del esmoquin, y el escudo de la Academia Umbrella que mamá ha cosido sobre el corazón de Luther es inconfundible. Pero se siente mejor que con la chaqueta de un desconocido. Luther nota lo cómoda que es, y no sólo porque mamá se la haya hecho a medida.

Klaus se dirige a la puerta, y Luther le sigue ansioso y lo agarra antes de que pueda salir.

—¿No tenemos que pagar? —pregunta Luther.

Klaus pone los ojos en blanco.

—Por si no te has dado cuenta, éste no es el tipo de establecimiento en el que el dueño hace un cuidadoso inventario de sus existencias.

Klaus señala al mostrador, donde hay un adolescente mascando chicle, con los auriculares puestos y la nariz metida en una revista. Sus ojos tienen una mirada vidriosa que Luther ha visto en los de Klaus de vez en cuando y sospecha que el dependiente no está del todo sobrio y que, desde luego, no se toma su trabajo muy en serio. Probablemente no le importe que Luther y sus hermanos salgan de aquí con ropa robada. Lo cierto es que no han sido muy sutiles.

—No podemos robar sin más —se horroriza Luther—. Nuestro deber es capturar delincuentes, no convertirnos en ladrones.

—Esta ropa es poco más que basura, Luther. No es robar, es... —Klaus parece buscar la palabra adecuada— es cuestión de sostenibilidad. Si no nos llevamos esta ropa, acabará en algún vertedero. ¿De verdad quieres ser responsable de la contaminación del planeta?

—Claro que no —contesta Luther rápidamente, aunque se siente confundido. Klaus siempre tergiversa las cosas para que parezca que tiene razón, incluso cuando Luther está seguro de que no es así. Luther no sabe cómo lo hace.

—No pasa nada, hermanito —le tranquiliza Klaus, poniéndole una mano en el hombro—. Sé que te preocupas por la supervivencia de la Madre Tierra.

Klaus guiña un ojo y se vuelve hacia el resto del grupo.

—Además, vamos a dejarles los uniformes, así que es un poco lo comido por lo servido.

—¿Cómo lo comido por lo servido? —pregunta Luther desesperado. Odia esa sensación: la de que Klaus sea el único con experiencia en el mundo, por lo que parece mucho más sabio que él. Aunque, de lo que Klaus cuenta, Luther no es capaz de distinguir qué es real y qué es pura palabrería.

Klaus sabe hacer que las sandeces parezcan razonables, que lo escandaloso parezca normal. Ahora mismo, por ejemplo, lleva una falda y un jersey semitransparente, y aun así se le ve muy a gusto.

Antes de que Luther ponga en orden sus ideas, Klaus grita «¡Vámonos!» y hace una floritura señalando el camino hacia la puerta.

Luther decide que volverá mañana. Con dinero. De alguna forma lo logrará. Pagará todo lo que se están llevando. Y recuperará sus uniformes.

Recoge la ropa que sus hermanos han dejado tirada en el suelo y la lleva al mostrador.

—Volveré mañana —promete—. ¿Puedes guardarme esto? El dependiente levanta la vista de la revista el tiempo justo para aceptar la ropa de Luther. Parece sorprendido de que haya alguien más en la tienda. Toma la americana de Klaus y se ríe al reconocer el escudo bordado.

—Esto se venderá como rosquillas en Halloween.

—No está a la venta —insiste Luther—. Como he dicho antes, mañana vuelvo a por todo esto.

—¿Qué? —pregunta el dependiente. La música de sus auriculares le impide oír lo que dice Luther.

—¡Que no está a la venta! —brama Luther.

—Es una pena. Los disfraces de la Academia Umbrella son muy populares.

—No son disfraces. Son uniformes.

El empleado no responde, así que Luther lo repite más alto.

—Lo que sea, tío.

El dependiente extiende la mano para agarrar la ropa y en ese momento Luther ve un destello de luz por el rabillo del ojo.

Gracias al entrenamiento de Hargreeves, el primer instinto de Luther es sospechar del peligro y proteger al inocente. Antes de que le dé tiempo a pensar, Luther se abalanza sobre el mostrador para derribar al empleado.

—Pero ¿qué demonios? —grita el empleado, pero su voz queda eclipsada por el estruendo de un trueno tan fuerte que parece provenir del interior del planeta y no del cielo. La luz vuelve a parpadear. En un instante, Luther se pone en pie.

—¿Qué ocurre? —pregunta Allison.

—¡Tío, eso es acoso! —aúlla el empleado, con voz temblorosa—. ¡Voy a llamar a la policía! Trata de descolgar un viejo teléfono de disco que hay sobre el mostrador.

—Intentaba protegerte... —empieza Luther.

—¿De qué?

—De lo que eso fuera —indica Luther señalando a la calle.

—¡Pero si me has atacado! —protesta el empleado.

—¡Te estaba salvando! —insiste Luther.

Al instante, hay otro destello de luz y se vuelve a oír el ruido de un trueno.

El dependiente chilla, y el pánico hace que su pálido rostro se vuelva de color rosa brillante.

Allison salta por encima del mostrador y agarra al dependiente por las muñecas.

—Me ha llegado el rumor de que estabas tranquilo —susurra— y muy agradecido de que mi hermano te haya salvado.

El chico repite:

—Estoy tranquilo —se vuelve hacia Luther como si le viera por primera vez— y muy agradecido de que me hayas salvado.

—No hay de qué —contesta Luther. Se siente bien, a pesar de que ha sido Allison la que ha convencido al chico para que le dé las gracias. Lo cierto es que Luther tampoco está tan seguro de haber salvado a nadie. Todavía no. Algo extraño pasa en el exterior.

—¡Eh! —recrimina Ben —¿No habíamos decidido no usar poderes?

—Era una emergencia —se defiende Luther.

—Es una tormenta eléctrica —asegura Ben—. Te han lavado tanto el cerebro para que pienses que cada salida es una misión que un pequeño trueno te parece motivo de alarma.

—¿Un pequeño trueno? —repite Luther incrédulo.

Sea lo que sea lo que está oyendo, no es pequeño. Aun así, algo en la voz de Ben le hace dudar: «¿Ha dicho Ben que le han lavado el cerebro?».

—Hay alguien ahí fuera —advierte Allison, señalando el enorme escaparate de la tienda. No parece preocupada, pero Luther no puede evitarlo y corre hacia la puerta.

Y hacia una explosión de luz cegadora.

Tiembla el suelo bajo sus pies.

—¿Qué ha sido eso? —chilla Allison acercándose a él por la acera.

—¿Una réplica... —sugiere Luther— del terremoto de esta tarde?

Mira a su alrededor, frenético por encontrar a la persona que Allison ha visto a través del escaparate.

—Imposible —dictamina Ben—. El terremoto de esta tarde se ha producido a cientos de kilómetros.

—¿Quién sabe qué tipo de daños ha causado todo ese *fracking*? —apunta Allison. Intenta sonar razonable, pero le tiembla la voz.

Otra ráfaga de luz ilumina la calle y se oye un fuerte estrépito.

Son truenos y relámpagos, pero el cielo está despejado. No llueve. Ben ha dicho que es una tormenta, pero no lo es. Esto no tiene sentido.

Antes de que Luther pueda explicárselo a Ben, se oye el sonido de un cristal rompiéndose.

—¡Agáchate! —le grita Allison mientras el cristal del escaparate, que va del suelo al techo, se hace añicos.

—¡Apartaos! —vocea Diego.

Luther y sus hermanos se alejan del escaparate mientras los fragmentos de cristal se estrellan contra el suelo tembloroso.

—¡Esperad!

Luther irrumpe a través de lo que queda del escaparate para agarrar al dependiente, aún tranquilo gracias al rumor de Allison.

Luther y el dependiente salen corriendo de la tienda justo a tiempo. Luther se lanza hacia la acera, con el dependiente cargado al hombro, mientras el techo se desploma sobre los montones de ropa que hay debajo. Una sección de ladrillos rojos del lateral del edificio cae sobre la acera. La destrucción deja una nube de polvo en el aire. A Luther se le humedecen los ojos. Apenas tiene tiempo de recuperar el aliento cuando oye un alarido.

Debe de ser la persona que Allison ha visto antes en la calle, la razón por la que él ha salido corriendo de la tienda.

—¿Has oído eso? —inquiere Luther mientras el agua llena el aire. Asume que es lluvia, pero luego se da cuenta de que procede de la tienda de segunda mano. Debe de haberse roto una tubería al derrumbarse el techo.

—¿Has visto quién ha gritado? —pregunta Luther.

Viktor responde. O más bien señala, con el brazo tembloroso dentro de su nueva cazadora, la cara y el pelo resbaladizos por el agua.

Luther baja al empleado al suelo con la mayor suavidad posible.

—Tío, mi jefe me va a matar —murmura.

Luther se precipita hacia una persona tumbada en el suelo, rodeada por los ladrillos que han caído de la pared del edificio. Luther pasa directamente al modo misión: empieza a levantar los ladrillos del cuerpo yaciente, igual que hizo horas antes. Tiene la misma sensación (esa *buena* sensación, esa sensación *tan agradable*) de saber exactamente lo que tiene que hacer.

—¡Es un crío! —Les indica a sus hermanos y todos se reúnen a su alrededor. —Bueno, no es tan crío, más bien...

—... tiene nuestra edad —sentencia Allison, acercándose por detrás—. Quizás un poco mayor.

Sus nuevos zapatos de tacón, morados a juego con el vestido, repiquetean contra el suelo. No se parecen en nada a los zapatos planos de suela gruesa de goma que lleva en las misiones.

—Tal vez sea un universitario —propone Luther. No alguien que se cuela en el campus como Luther y sus hermanos. Más bien alguien que, de camino a casa, se vio atrapado por la tormenta.

—¿Cómo lo has adivinado, genio? —se burla Diego, y señala la sudadera del chico, que lleva bordado el nombre de la universidad más cercana.

Luther se inclina sobre el chico; que está inconsciente, pero aún respira. Luther mira a sus hermanos con una sonrisa en la cara.

—¡Está vivo! Tenemos que ayudarlo.

Ve la decepción dibujarse en el rostro de Allison, que se encorva dentro su vestido nuevo. «¿Se puede decir que es nuevo cuando procede de una tienda de segunda mano?», se pregunta, y luego niega con la cabeza. Ésa no es la pregunta que debería hacerse ahora. Ahora mismo debería estar pensando en cómo volver a poner en marcha sus planes para la noche, para no tener que volver a ver esa expresión en el rostro de Allison. Por supuesto, no está decepcionada porque ese chico siga vivo; le decepciona que una misión imprevista le estropee sus planes de pasar una noche normal.

—Deberíamos llamar al 911 —propone Ben—. Ellos son los profesionales médicos, no nosotros.

—Pero no podemos dejarlo aquí sin más —insiste Luther.

Ve cómo a Klaus, contrariado, se le hunden los hombros. Sabe que ninguno de sus hermanos abandonaría a alguien necesitado, pero también sabe que están deseando ir a la fiesta.

—Id vosotros —sugiere por fin—. Yo me quedo y me ocupo. Nos vemos en la fiesta.

—Tan rápido como siempre para hacerte el héroe —se mofa Diego—. Ya he visto cómo has corrido a salvar al dependiente.

—¿Tenía que haberlo dejado ahí tirado para que quedase sepultado bajo los ladrillos? —espeta Luther, con el ceño fruncido.

—Da igual. Ya has hecho bastante por una noche —insiste Diego—. Yo me quedo. Tú, vete.

—Se supone que esta noche ninguno de nosotros debe jugar a ser héroe—, les recuerda Ben.

—Es un poco tarde para eso. —murmura Klaus.

—Tenías que ser tú el que nos hiciera cumplir las normas la única noche que estamos fuera del control de papá —se queja Diego.

—¡No me hago el héroe! —Luther tose por el polvo que ha levantado el edificio al desmoronarse—. Pero no podemos dejar a este chico así.

—*No lo haremos* —asegura Diego—. Tú, vete, que yo me quedo.

—Y yo me quedo contigo —se ofrece Allison, y Luther niega con la cabeza. El motivo por el que él se ha ofrecido a quedarse es para no cortarle el rollo a Allison.

—Sólo uno de nosotros ha de quedarse —insiste Luther.

—Claro, yo —interviene Diego.

—Dios mío, ¿no puedes dejarlo pasar sólo por una noche? —se lamenta Ben—. Echémoslo a suertes o algo.

—¿Tienes una moneda? —pregunta Luther, aunque no puede imaginarse que Diego sea el que se quede. Es evidente que éste es un trabajo para el Número Uno.

Ben suspira:

—Bueno, no, pero...

—Entonces, ¿qué vamos a hacer? —implora Allison.

—¿Lo echamos a piedra, papel o tijera? —sugiere Viktor. Como siempre, su voz es más suave que la del resto, Luther tiene la sensación de estar gritando aunque no sea así.

—¡Genial! —elogia Allison, y le da un apretón a Viktor, que queda sorprendido por la muestra de afecto. Allison les hace un gesto a Diego y Luther.

—Vosotros dos. Piedra, papel o tijera. Vamos.

Luther se vuelve hacia Diego.

—¡Piedra, papel, tijera! —corean al unísono.

Primero salen dos piedras. Luego, dos tijeras.

—¡Vamos a pasarnos así toda la noche! —se queja Klaus—. Qué forma de desperdiciar el atuendo de muerte que me he agenciado.

—Podríais quedaros los dos, y el resto nos vamos a la fiesta —sugiere Ben.

—Ni hablar —protesta Klaus—. Bastante malo es ya que uno de nosotros se pierda la diversión.

—De todas formas, yo con Luther no me quedo —resopla Diego.

Luther sacude la cabeza. ¿Qué ha hecho para que su hermano lo odie tanto? Hargreeves le asignó el Número Uno; no lo eligió él. Simplemente es lo que estaba destinado a ser, igual que Diego estaba destinado a ser el Número Dos.

Por último, Diego saca «piedra» cuando Luther elige «papel».

—El papel envuelve la piedra —anuncia Viktor.

—¿Seguro que no quieres que me quede? —se ofrece Allison.

—De eso, nada —sueltan Luther y Klaus a la vez. Hace frío y, a la luz de las farolas, Luther se percata de que Allison está tiritando.

—Enseguida me reuniré contigo —le asegura.

—Sigue el sonido del caos —sugiere Klaus con una sonrisa—. Es la forma más acertada de encontrar la mejor fiesta del campus.

Luther se despide con la mano mientras sus hermanos se alejan.

—Ahora os alcanzo —promete, pero la verdad es que, ahora que está solo con una persona inconsciente a sus pies, no tiene la menor idea de qué hacer.

Entrar corriendo en un edificio en ruinas es fácil. Luther y sus hermanos llevan toda la vida entrenándose para eso. Enfrentarse a las consecuencias es algo totalmente distinto.

La Academia Umbrella nunca se ha quedado después de una misión para ocuparse del desastre que dejan a su paso.

ALLISON

Klaus los guía hasta la casa de la fraternidad. El campus de la universidad no se parece a los que Allison ha visto en películas y programas de televisión; está en medio de la ciudad, y no en un campo cubierto de hiedra.

Es un edificio alto y estrecho, situado en una manzana de casas, una detrás de otra. Klaus señala en cuáles ha asistido a fiestas, en cuáles nunca hay fiestas y en qué sótanos se ha desmayado, con fiesta o sin ella.

Hay siete escalones empinados que suben desde la acera hasta la entrada de la casa. La gente está desperdigada por la escalinata, fumando y bebiendo. Las ventanas delanteras están abiertas y el ruido de la fiesta llega hasta la calle, tal como ha prometido Klaus: música alta, risas, gritos amistosos. Allison cree que la gente de la entrada los interrogará antes de dejarlos pasar. Seguramente querrán saber quién los ha invitado o en cuál de las residencias cercanas viven. Tal vez se necesite una entrada o algo parecido. Pero nadie levanta la vista cuando Allison sube las escaleras; no sabe si sentirse aliviada u ofendida.

Justo enfrente de la puerta principal hay una escalera estrecha y diminuta. A la derecha, un angosto pasillo da paso a una gran sala en la que hay gente de pie con vasos de plástico, balanceándose distraídamente al ritmo de la música a todo volumen.

La luz es tenue, pero Allison puede ver que nadie va vestido como esperaba. Ella es la única que lleva vestido, o al menos la única que lleva un vestido elegante. La mayoría lleva vaqueros, aunque también ve *leggings*, pantalones negros e incluso un pijama de cuadros escoceses. Allison nunca se había sentido tan fuera de lugar. Le gustaría que Luther estuviera aquí, pero entonces recuerda cómo lo vistió; destacaría tanto como ella. El aire huele a cerveza y a humo de cigarrillo. No hay nada remotamente glamuroso en esta fiesta: no hay pajaritas, ni pista de baile, ni luz de velas. Bien podrían estar en un sótano cualquiera.

Allison nota que la gente mira su vestido y saca pecho. Está acostumbrada a destacar. En todas las salas en las que ha entrado, durante toda su vida, la gente se ha girado para mirarla. Por otra parte, esas salas (fuera de la Academia) solían ser escenas de crímenes, salas de reuniones, de sesiones fotográficas. Pero, por alguna razón, aquí, en esta sala, destacar no le sienta tan bien como de costumbre.

De repente Allison se da cuenta de que nunca ha estado en una fiesta de verdad. Todos los años, el día de su cumpleaños (el 1 de octubre), mamá les organiza una fiesta, pero sólo van los seis (o los siete, antes de que Cinco desapareciera), mamá, Pogo y, a veces, papá. Y papá sólo se queda el tiempo suficiente para recordarles que se han de acostar pronto porque al día siguiente han de entrenar. Allison se vuelve a encorvar. Eso será cualquier cosa, pero no una fiesta.

Esto es una fiesta. Los chicos se caen unos encima de otros y beben brebajes pegajosos en vasos de plástico. Todos llevan vaqueros y camisetas, zapatillas desgastadas o pesadas botas militares.

Suena música. No la anticuada música de fondo que escucha mamá, sino el tipo de ritmo estridente que Allison ha oído salir de la habitación de Klaus infinidad de veces. Nunca le ha comentado a Klaus que le gusta su música; a lo largo de los años ha memorizado la letra de esas canciones y le ha obligado a Luther a bailarlas en su habitación.

—¿Y ahora qué? —pregunta Diego, y Allison respira aliviada. Se alegra de que haya sido Diego el que ha hecho la pregunta y no ella. Parece casi tan asustado como Allison: tiene la mandíbula desencajada, los ojos muy abiertos, como si intentara asimilarlo todo. Se da cuenta de que Diego está tomando una nota mental de la situación: dónde están las salidas, dónde se agrupa la gente, cuántas personas hay dentro... Tal como les enseñaron a hacer.

—¡Venga, todos de fiesta! —grita Klaus y levanta los brazos y se mete entre la gente. Lo dice como si fuera lo más natural, como si se hubieran entrenado para la fiesta con la misma diligencia que para las misiones, como si supieran exactamente lo que tienen que hacer.

—Primero, una copa.

Ben lo sigue sin vacilar, pero Diego espera un momento antes de hacer lo mismo. Allison se detiene y mira a Viktor. Tiene los ojos muy abiertos, pero Allison cree detectar además una ligera sonrisa que le asoma por la comisura de sus labios.

¿Espera realmente Allison que Viktor se le adelante? ¿Cuándo ha esperado Allison que Viktor fuera mejor que ella en algo, más valiente que ella? ¿Por qué entrar en esta fiesta la asusta más que entrar en la cámara acorazada de un banco llena de atracadores armados?

Allison sabe la respuesta: porque esto último es una situación para la que se ha entrenado, mientras que lo otro es algo de lo que no sabe absolutamente nada.

Respira hondo y se acerca al bar improvisado. No se parece en nada al mueble bar de caoba y bronce de la Academia. La barra está construida con cajas vacías y tiene latas de cerveza apiladas en forma de pirámide. Alguien lanza un balón de fútbol de un lado a otro de la sala, y un tipo corpulento choca contra la pirámide de latas de cerveza al tratar de atraparlo. Pero nadie lo abuchea por el desastre. En lugar de eso, el público le aplaude, como si acabara de hacer algo increíblemente inteligente.

«¿Habrá estudiantes viviendo aquí», se pregunta Allison, «o esta casa sólo se utiliza para fiestas?». Se imagina, escaleras arriba, a alguien tratando de dormir, de estudiar, esforzándose al máximo por ignorar los sonidos que vienen de abajo.

Allison se gira para preguntarle a Klaus qué es lo que sabe de este lugar (de qué fraternidad se trata, quién vive aquí), pero él ya está al otro lado de la barra, dándole una cerveza a Diego mientras apura la suya de un trago.

—¡Klaus! —grita, pero él y Diego están enzarzados en una conversación.

Se vuelve hacia Ben, tentada de repetir la pregunta anterior de Diego, «¿Y ahora qué?», pero se niega a admitir que no sabe qué pinta ella allí.

—Así no nos integraremos, aquí de pie, todos juntos —sentencia por fin Ben. Y de lo que se trata es de integrarse, de encajar.

«¿Se trata de eso?» se pregunta Allison. Por eso prometieron no utilizar sus poderes esta noche, ¿no? Para encajar entre la gente normal.

—Eso es —asiente Diego, que aparece junto a Ben. Allison busca a Klaus, pero ya ha desaparecido entre la multitud.

Diego da saltitos en su sitio, y Allison se da cuenta de que le recorre una energía nerviosa. Agarra una lata de cerveza de la barra y le da un trago, casi con tanta pericia como Klaus.

—Allá vamos —exhorta, como si fuera el comienzo de una misión. En cuestión de segundos, Diego también se funde con la multitud.

—¿Estás bien? —se interesa Ben.

—Por supuesto —responde Allison, aunque no lo siente así. No está dispuesta a admitir lo contrario; ha estado en lugares más aterradores que éste. Sonríe cuando Ben se acerca a la barra y ella agarra su propia bebida.

De pronto, Allison se da cuenta de que Viktor no la ha seguido hasta el bar. Mira hacia la puerta, pero no lo ve por ninguna parte. Se pregunta cuánto tardará en llegar Luther.

A su pesar, Allison escruta la habitación igual que ha hecho Diego. Se imagina la voz de Hargreeves ordenándole que *descubra una vía de entrada y penetre en el interior*.

Al otro lado de la habitación hay tres chicas apiñadas en un sofá. Como todos los demás, van vestidas de forma desenfadada, pero algo en su actitud le revela a Allison que son las chicas más populares de la fiesta.

Una lleva una camiseta blanca demasiado holgada metida dentro de unos vaqueros azules rotos. Tiene el pelo rubio y sucio recogido en un moño maltrecho en la coronilla. Sus ojos están delineados con una gruesa raya negra y lleva un montón de pulseras de plástico en un brazo.

La chica a su lado tiene el pelo liso y oscuro, peinado con la raya en medio, enmarcando un rostro estrecho. No parece llevar maquillaje, pero tiene una salpicadura de pecas en la nariz. Lleva vaqueros negros y ajustados, combinados con zapatillas de deporte y una camiseta gris oscura.

La tercera luce un peinado afro corto. Lleva carmín púrpura y Allison ve que, bajo la pernera de sus vaqueros, asoman unos calcetines del mismo color que sus labios, lo que demuestra que se ha preocupado por su indumentaria. El púrpura es casi del mismo tono que el vestido pasado de moda de Allison, pero por alguna razón a la otra chica le queda mucho mejor.

Allison cruza la habitación y se sienta en la punta del sofá. Las tres chicas no le hacen ni caso. A Allison nunca la han ignorado, y no van a empezar a hacerlo ahora.

—Hola, soy Allison Hargreeves— saluda y le tiende la mano a la chica que tiene más cerca, la de la melena lisa que le enmarca la cara.

—May Tan —responde la chica, que le tiende la mano sin siquiera mirarla—. ¡Qué fuerte lo de Rebecca Abbott! —exclama, y Allison tarda un segundo en darse cuenta de que May no se dirige a ella, sino a las otras chicas.

Allison vuelve a intentarlo:

—He venido directamente de un cóctel —miente, tratando de excusar su atuendo.

Ni May ni las otras chicas responden, así que Allison lo repite, esta vez más alto.

Finalmente, la chica del carmín púrpura se vuelve hacia ella.

—Perdona, ¿te conocemos de algo?

Allison esboza su mayor sonrisa.

—Todavía no —contesta usando la misma voz que utiliza en las entrevistas para las revistas—. Allison Hargreeves —repite y vuelve a ofrecerles su mano.

—Es que esto es una conversación privada, Allison Hargreeves —espeta Carmín Púrpura.

—No creo que éste sea el mejor lugar para una conversación privada —apunta Allison sin dejar de sonreír. Le empieza a doler la mandíbula.

—¿Insinúas que nos vayamos a otro lado? —arremete Carmín Púrpura.

—¡No! —se defiende Allison—. Sólo decía que quizás todas podríamos participar, ¿no? Esto es una fiesta y he venido aquí a...

—¿Pero eres de esta facultad? —pregunta Moño Maltrecho.

—No te conozco y, de hecho, no pareces tener edad para ir a la universidad.

«Mierda». La han descubierto. Ojalá hubiera elegido, en la tienda de segunda mano, un atuendo más apropiado para pasar desapercibida. De repente se da cuenta de que incluso Viktor ha sabido qué ponerse mejor que ella. Allison desearía, más que nada en el mundo, obligar a May a cambiar sus vaqueros y su camiseta por el ridículo vestido que lleva.

Mientras lo piensa, lo recuerda: ella, Allison, puede hacerlo. Claro que puede.

Pero no debe hacerlo. Se supone que no deben usar sus poderes esta noche, porque se supone que intentan encajar, y Allison sólo lo haría para eso, para encajar. Así que quizás estaría bien usar su poder.

—De todas formas, ¿qué era lo de Rebecca Abbott? —inquiere Moño Maltrecho. May se sacude la melena y Moño Maltrecho le grita—: ¡Eh, ten cuidado!

May suelta una risita.

—Perdona.

Allison se encoge de hombros. Están compartiendo algún chiste privado del que ella no forma parte.

—Nada, que corre el rumor de que Rebecca Abbott se enrolló con Ryan sólo para que la invitaran esta noche —comenta May con malicia.

A Allison le da un vuelco el corazón. May ha pronunciado las palabras que Allison ha dicho más veces de las que puede contar. Y no ha pasado nada malo. El techo no se ha desplomado. Moño Maltrecho y Carmín Púrpura no han perdido la compostura. En lugar de eso, se ríen como si ese jugoso rumor sobre Rebecca Abbott fuera lo más interesante del mundo.

Qué bien sienta cuando la gente te cree. Cuando están pendientes de cada una de tus palabras.

Las palabras salen de la boca de Allison antes de que logre contenerse. Las chicas no le han dado opción, ya que, en la práctica, la han ignorado.

—Corre el rumor de que *os encanta* mi vestido.

CAPÍTULO 13

KLAUS

No era la intención de Klaus llegar aquí y abandonar inmediatamente a sus hermanos. Al fin y al cabo, se trataba de pasar la noche juntos, ¿no? Una noche perfecta de unión entre hermanos, sabiendo que sólo es cuestión de tiempo que tomen caminos separados. Como único miembro de la Academia que ha asistido a una fiesta, Klaus se siente responsable del bienestar de sus hermanos. O, al menos, debe asegurarse de que se lo pasen bien.

Así que se ha propuesto enseñarles cómo funciona todo. Como cuando han llegado al bar y Diego ha pillado una cerveza que se ha bebido de un trago.

—Alto ahí, hermano —advierte Klaus—. Aún es pronto. Nos aguarda una larga noche.

—¿Quién eres tú para darme lecciones de autocontrol? —pregunta Diego, limpiándose la boca. Klaus reconoce que su hermano tiene razón.

Diego aplasta la lata de cerveza vacía con el tacón, mientras abre y cierra los puños como si necesitara otra copa. Klaus se da cuenta de que Diego está nervioso. Se acerca a su hermano y le pone una mano en la espalda.

—Encajas perfectamente —le adula Klaus—. Nada *para una fiesta* como negro sobre negro sobre negro.

Klaus nota que a su hermano se le tensan los hombros. Klaus no sólo nunca ha sido el más responsable, sino que tampoco ha sido el mejor informado. Diego se sacude para sacarse de encima la mano de Klaus, quien, la verdad sea dicha, se ha sentido un poco aliviado: Diego no quiere ni necesita su asesoramiento.

Por supuesto, Klaus podría haberse quedado con sus hermanos en lugar de salir disparado hacia la multitud, con la falda escocesa flotando alrededor de las piernas. Pero el escocés sigue gritándole al oído que así no se lleva el kilt, y Klaus tiene que hacerle callar. Lo que significa adentrarse por su cuenta en la fiesta para encontrar exactamente lo que necesita.

Ahora Klaus se convence de que no se puede esperar que haga de niñera de sus hermanos toda la noche. A él nadie le echó una mano cuando se coló en su primera fiesta. Probablemente se lo pasarán mejor si los deja a su aire.

Trata de recordar si alguno de sus hermanos le ha pedido consejo alguna vez. No lo cree: siempre es Luther el que manda, y luego está Diego, que insiste en que sabe más; Allison, que se pone de parte de Luther; Ben, intentando mantener la paz, y Viktor, callado, en la retaguardia. Pero esta noche han acudido a Klaus en busca de un plan para salir de casa, y Klaus ha sabido dónde podían encontrar ropa nueva y una buena fiesta. Incluso les ha impresionado su forma de conducir. Es extraño ser el hermano que más sabe.

—¡Bonito conjunto! —le felicita alguien, y Klaus resplandece ante el cumplido.

—Un maquillaje fantástico —piropea otra persona.

«¿Es así como se siente Luther cuando está al mando de una misión? ¿Como si lo estuviera haciendo todo bien?».

Salir de fiesta es lo único que siempre le sale de forma natural a Klaus. Quizás porque es lo que más desea del mundo. Lo que implica que lo que más desea Luther es dirigir una misión. Klaus no se imagina cómo se puede desear estar al mando de esa forma.

De todos modos, no pretendía dejar solos a sus hermanos, pero esta noche tiene su propia misión. Sí, su intención era venir aquí para que sus hermanos se diviertan, pero ésa no es la única razón.

La verdad es que no puede soportar ni un minuto más de sobriedad.

Tiene derecho a tener más de un motivo. La multitarea no es un *delito*.

* * *

Klaus ha estado en suficientes fiestas de este tipo como para saber exactamente cómo desenvolverse. Lo bueno nunca está en la planta baja, que es de admisión general. Para subir, necesitas una entrada, un pase VIP, un guiño y el consentimiento de la persona adecuada. Algo que Klaus nunca ha tenido problemas para conseguir. Tal vez sea por el atuendo que lleva o por la persona que lleva del brazo, pero Klaus nunca ha tenido problemas para caer bien a la gente. Bueno, eso no es cierto. En casa, es mucho más difícil conseguir que la gente se ponga de su parte que en el mundo exterior. Quizás por eso empezó a salir a escondidas.

A veces consigue lo que quiere siguiendo su olfato. Por ejemplo, tiene olfato para el alcohol bueno y las buenas drogas. La verdad sea dicha, algunas tienen un olor muy marcado. Pero es más bien cuestión de instinto. O quizás sean las voces de su cabeza las que le indican la dirección a seguir. Al menos sirven para algo.

Salta por encima de una pareja que se está dando el lote en la escalera. Derriba unas latas de cerveza medio vacías; el líquido casi se derrama sobre la pareja, que ni lo nota.

—Oh, qué bonito es el amor —canturrea Klaus.

—¡Tío! —le grita un tipo al llegar al rellano del primer piso, mientras le pasa el brazo por los hombros como si fueran viejos amigos—. ¡Qué ropa más chula!

Klaus mira lo que lleva el otro chico: vaqueros negros, camiseta rasgada, botas de cuero muy curtidas. Tiene los ojos delineados con *kohl* y un aro en la nariz. Klaus sabe sin preguntar que es el tipo de persona que sólo escucha música triste. Y que podría ser su pase VIP esta noche.

—Gracias, tío —responde Klaus. Agarra el botellín que lleva en la mano su nuevo amigo y da un trago largo. Ya es mejor que la bazofia que sale de los barriles de abajo. Se pregunta qué estarán bebiendo sus hermanos, al recordar cómo apuró Diego aquella cerveza. ¿Debería haberles dicho que lo bueno está arriba? No, habrá más para él si se quedan abajo con la chusma.

—¿Buscas algo un poco más fuerte? —ofrece el chico levantando una ceja.

—¿Qué me ha delatado? —sonríe Klaus. El chico le devuelve la sonrisa.

—Por cierto, soy Chris —dice.

—Klaus.

—¿Qué pasa, Klaus?

Klaus suspira pesadamente.

—Cariño, tardaría toda la noche en explicarte qué pasa.

Chris le guiña un ojo.

—Tengo tiempo.

Coquetear con ese chico tan guapo le sienta de maravilla, pero no es suficiente para acallar las voces de su cabeza: le apartan de Chris, de la fiesta, igual que le han apartado de sus hermanos en la tienda de segunda mano. Klaus se siente constantemente empujado hacia una docena de direcciones distintas, que van del presente al pasado, de los vivos a los muertos.

—Cuéntame sólo una cosa —exige Chris.

Klaus piensa que las gruesas cejas de Chris son las más bonitas que haya visto nunca.

—Cuéntame qué es lo más raro del asunto.

—¿Lo más raro? —pregunta—. ¿Estás seguro?

—Sí, absolutamente.

Klaus ladea la cabeza como si lo estuviera pensando, pero ya se ha decidido: si a Chris le interesa lo raro, Klaus le dará raro.

—Puedo hablar con fantasmas —confiesa con voz baja.

En lugar de reírse o echarse hacia atrás (las dos reacciones que Klaus más esperaba), Chris sonríe aún más.

—Tienes que subir. Eres justo lo que estábamos buscando.

Klaus nunca rechaza una invitación tan halagüeña: «¿justo lo que estaban buscando?», y sigue a Chris hasta una estancia del segundo piso. «Chris y Klaus» suena bien. Dentro, todas las luces están apagadas, pero parpadean al menos una docena de velas. A su luz, Klaus distingue en el suelo un círculo de seis o siete personas sentadas con las piernas cruzadas. Van vestidas de forma similar a Chris: con colores oscuros, los ojos muy maquillados.

—¡Chicos! —aúlla Chris—. Mirad a quién he encontrado: a Klaus.

A Klaus le gusta la forma en que Chris lo presenta, como si su llegada fuera vital. Todos se vuelven hacia él y le aclaman. Klaus hace una reverencia exagerada, como si estuviera allí para montar un espectáculo.

—Vamos, tío, toma asiento —le ofrece Chris—. Estamos celebrando una sesión de espiritismo. ¿Sabías que, hace unos veinte años, murió un miembro de la fraternidad que vivía en esta habitación?

Chris dice la palabra «murió» como si fuera algo exótico y escandaloso, en vez de la única cosa que, con toda seguridad, le ocurrirá a todo el mundo algún día.

—Corre el rumor de que una novatada salió mal —continúa Chris—. La universidad lo encubrió para que la fraternidad no perdiera sus estatutos.

Klaus finge estar conmocionado, pero en realidad no necesitaba a nadie para saber que ahí había muerto alguien.

En cuanto ha entrado en la habitación, una voz se ha puesto a gritar sobre el envenenamiento por alcohol y sobre que no se había hecho justicia.

Klaus siente la tentación de darse la vuelta y salir corriendo. Pero entonces ve el alijo de Chris asomando por encima del cajón del escritorio, ese «algo más fuerte» que le había prometido. Rodea la habitación y se mete la droga en el bolsillo, de forma tan sutil que nadie se da cuenta.

Entonces Klaus se sienta junto a una chica que lleva pantalones cortos vaqueros con medias de rejilla y enormes botas de suela gruesa. Chris cruza el círculo para sentarse al lado de Klaus, con las rodillas tocándose. Todos miran a Klaus con impaciencia, como si estuvieran encantados de que se haya unido a ellos.

Si esta gente quiere comunicarse con los muertos, Klaus les ofrecerá un espectáculo de primera. Es un pequeño precio a pagar a cambio de las drogas y el alcohol. Además, le encanta dar espectáculo. Y se ha olvidado hace rato de que él y sus hermanos han prometido no utilizar sus poderes esta noche.

BEN

Ben se abre paso por la fiesta, pasando frente a la barra improvisada en el centro de la sala, frente al sofá donde Allison se ha sentado junto a las tres chicas más populares de la fiesta, el tipo de chicas que tienen estilo se pongan lo que se pongan. Se nota por la forma en que se comportan, seguras de que todo el mundo quiere ser su amigo. «No me extraña», piensa Ben. Si hubieran ido a un instituto normal y corriente, Ben no duda de que Allison habría sido la chica más popular: la jefa de las animadoras, la que sale con el capitán del equipo de fútbol.

Ben no está muy seguro de dónde encajaría él en el ecosistema de un instituto normal. En realidad, no está seguro de cómo es un instituto normal. ¿De verdad es tan estupendo ser jefa de animadoras o capitán del equipo de fútbol, o es sólo algo que ha visto en viejas películas? No hay gran cosa que Ben pueda hacer ahora respecto a su falta de conocimientos.

Ben ve una mesa de billar al fondo de la sala. Parece que se está acabando la partida: casi no quedan bolas. Se fija en la pizarra de la pared. Un tal Alex es el actual campeón; en todo el semestre, nadie le ha ganado ni una sola vez.

—¿Puedo probar suerte? —pregunta Ben.

Un tipo alto (Ben supone que es Alex) está inclinado sobre la mesa, preparando su siguiente golpe. Va vestido con chinos y un polo azul celeste con un pequeño jugador de polo a caballo cosido en el pecho. El pelo castaño oscuro le cae por la frente y, de vez en cuando, se aparta con un soplido los mechones que le cubren los ojos. Por lo visto, el oponente de Alex sólo ha conseguido meter un par de bolas (rayadas) en una tronera. Sólo queda una lisa.

—Claro, inténtalo —le anima Alex, mientras mete su última bola. Ben sonríe, y se quita la chaqueta de cuero negro. Para variar, está bien probar un juego de verdad, no un nuevo ejercicio de entrenamiento o de preparación de una misión.

Alex acumula las bolas y le lanza un taco a Ben.

—¿Quieres abrir? —le ofrece Alex.

—No, tío, empieza tú —responde Ben.

Ben tiene que reconocer que Alex es bueno. Mete una bola, luego otra... y otra.

Al final, en su cuarto tiro, falla. Se queja y se aparta para que Ben pueda alinear el tiro.

Ben estudia la mesa y selecciona su ataque. Se inclina sobre la mesa igual que Alex, sujeta el taco tal como lo ha hecho él.

Cuando se dispone a tirar, el taco se le escurre entre los dedos y cae al suelo con estrépito.

Alex y sus amigos pijos empiezan a reírse mientras él se agacha para recoger el taco.

—Tío, ¿es la primera vez que usas un taco de billar?

—En realidad, sí —reconoce Ben.

Alex deja de reírse, pero no pone mala cara.

—Muy bien, tío, te daré algunos consejos.

Agarra el taco de la mano de Ben y prepara el tiro, mostrándole exactamente cómo debe sujetar el taco, apoyado entre los nudillos, pero sin hacer fuerza.

—¿Qué tal si te damos algo de ventaja? —propone Alex—. No haré más tiros hasta que metas tu primera bola.

Es una oferta amable, pero Ben se da cuenta de que no la hace por generosidad; sino por demostrar que puede ganar incluso cuando da ventaja a su rival.

—Entonces, ¿qué?

—Entonces volverá a ser mi turno cuando falles —lo dice en un tono que deja claro que cree que Ben es incapaz de meter dos bolas seguidas.

—Me parece justo —acepta Ben.

Alex le devuelve el taco a Ben y se cruza de brazos como diciendo «toda tuya».

Ben se inclina sobre la mesa, sosteniendo el taco en las manos tal y como lo ha hecho Alex. Vuelve a tirar, no mete ninguna bola, pero consigue mantener el taco encima de la mesa, lo cual ya es un progreso.

Lo intenta una vez más. Falla de nuevo, pero al menos consigue darle a algo y las bolas se dispersan por la mesa.

Ben es el tipo de persona que permanece calmada en situaciones en las que otros se frustran. Se le ocurre que el manejo durante años de sus... «extremidades» le ha convertido en una persona excepcionalmente hábil. Alinea su siguiente tiro, esta vez tratando el taco como si fuera una extensión de sí mismo.

Mete una bola rayada. Alex aplaude, pero levanta el taco, esperando claramente que Ben falle el siguiente golpe.

En lugar de eso, Ben mete otra bola, y luego, otra. Alex parece sorprendido, pero no enfadado. Mientras Ben mete la cuarta bola en una tronera, los amigos de Alex observan, atentos. Al igual que Alex, van vestidos con pantalones chinos y polos de colores. Ben los cuenta: dos rosas, uno azul marino, uno blanco y luego está el polo azul claro de Alex. No todos llevan un jugador a caballo cosido en el pecho; Ben se fija en que uno luce unas iniciales, otro un cocodrilo diminuto.

—¿De verdad te va a reventar alguien la racha? —pregunta el chico del polo del cocodrilo. Aunque fuera hace frío, lleva pantalones cortos, como si acabara de venir de jugar al tenis.

—Eso parece —sonríe Alex—. ¿De qué vas, de estafador?

Ben se encoge de hombros.

—Sólo aprendo rápido.

Ben mete otra bola. Hay mucho ruido ahí dentro, entre los mirones, la música y los fiesteros que hay en la sala y que no tienen ni idea de que hay una partida de billar en curso. De pronto los que rodean la mesa estallan en vítores cuando Ben mete su última bola.

—¿Cómo te llamas, tío? —inquiere Alex por encima del barullo. No parece en absoluto disgustado por la derrota.

—Ben Hargreeves.

—¿Dónde has estado todo el semestre, Ben Hargreeves? Hacía meses que nadie me retaba. Ha sido aburridísimo.

Alex le ofrece la mano a Ben, que se la estrecha efusivamente. Entonces Alex le da una palmada en la espalda y Ben hace una mueca de dolor. La mano le ha dado justo en el punto donde le salen a Ben los tentáculos. La piel ahí es fina y muy sensible por estar siempre desgarrándose. Ben nunca se lo ha contado a nadie, ni siquiera a Klaus. (No tiene sentido compartir un secreto con Klaus; se lo contaría a todo el mundo).

Ben se pregunta qué pasaría si no volviera a soltar sus tentáculos: ¿Se le curaría la piel de esa zona hasta que no se diferenciara de la del resto del cuerpo? ¿Se quedarían los tentáculos latentes, bajo la piel y los huesos, alrededor de las vísceras, hasta llegar a olvidar que están allí?

Alex le ofrece una cerveza a Ben, que la acepta con una sonrisa. Los amigos de Alex no cesan de darle palmadas de felicitación y Ben aprieta los dientes. Nota cómo se le contraen los tentáculos bajo la piel. Respira hondo para calmar el movimiento de su interior. No recuerda la última vez que estuvo en un lugar donde no esperaran que utilizara sus poderes. Donde la gente ni siquiera sabía que tenía poderes. A pesar de toda la actividad que nota bajo la piel, Ben no cree haberse sentido nunca tan relajado.

Alex levanta el taco de billar.

—¿Qué, tío? ¿Listo para la revancha?

Ben sonríe de oreja a oreja.

—Por supuesto.

VIKTOR

Viktor no cree que Klaus se haya dado cuenta de que lo ha seguido escaleras arriba. No es que quisiera colarse, pero... había demasiado ruido en la planta baja. Supone que sus hermanos están acostumbrados a ese barullo, a las multitudes, con sus misiones y los fans que los adoran y las ruedas de prensa y las sesiones de fotos. El sonido más fuerte que ha oído Viktor es el de su propio violín cuando toca con las orejas muy cerca de las cuerdas. Desde luego, no está acostumbrado al bullicio. No está acostumbrado al ruido de tanta gente.

Está acostumbrado a estar solo. Suele quedarse en casa mientras sus hermanos acuden a sus misiones. Claro que mamá y Pogo también se quedan en casa, pero cada uno se retira a sus dominios cuando Hargreeves y el resto de la Academia Umbrella se van. Mamá aprovecha la tranquilidad para recargarse, Pogo para reorganizarse y Viktor para tocar el violín.

Alguien se lleva a Klaus tras una puerta cerrada de la segunda planta. A Viktor no le sorprende; Klaus es el tipo de persona en la que se fijan los demás. Igual que el resto de sus hermanos. Viktor ha visto la cara larga de Allison al entrar en la fiesta. Quizás haya sido la primera vez en su vida que no lleva la ropa adecuada. Como único hermano normal, debería haber sabido qué ponerse y haber advertido a Allison de que su atuendo no era el correcto. Al fin y al cabo, para eso lo ha invitado Allison esta noche; ella misma se lo ha dicho. Pero Viktor no sabe más que sus hermanos (excepto Klaus). Como ellos, se ha pasado la vida con el mismo uniforme.

Viktor saca otra pastilla del bolsillo. Piensa en Klaus, que se droga por diversión, que atrae a todo el mundo, que es el alma de la fiesta, el centro de atención. Viktor toma pastillas para tener los pies en la tierra.

El caso es que Viktor sí lleva la ropa adecuada. Su atuendo pega aquí más que el de Allison. Hay chicos que llevan casi exactamente lo mismo. Se alisa la camiseta sobre el vientre plano y respira hondo.

Es hora de ver de qué más es capaz. Es el momento de pasear ese atuendo.

Viktor se acerca a tres chicos que están sentados en la escalera y bloquean la subida al tercer piso.

—Eh... —empieza. Todavía nota el sabor a tiza de la pastilla.

—Eh —suelta uno de los que bloquean la escalera. Viktor se queda inmóvil, sin saber qué decir a continuación.

—¿Te estamos cortando el paso? —pregunta el que ha bloqueado la escalera, no con acritud, sino más bien como si no fuera capaz de imaginar qué otra razón puede tener Viktor para acercarse.

Viktor trata de pensar en una respuesta más interesante que un sí o un no. Intenta pensar en algo que provoque una conexión, una conversación, y que haga que las cosas vayan más allá de unas pocas palabras. Pero le falta práctica. En realidad, no cree que haya hecho ninguna práctica de conversación. Hace un esfuerzo, pero no recuerda la última vez que mantuvo una conversación con alguien que no fueran sus hermanos, mamá, papá o Pogo. Si no espera ser bueno tocando el violín sin practicar, ¿por qué esto sería diferente?

Por fin se atreve a decir:

—Sí, quiero subir arriba.

El que ha hablado antes se aparta para que Viktor pueda pasar. Cuando Viktor está unos peldaños más arriba, el obstaculizador lo llama:

—¡Eh, tío!

Viktor se vuelve. El tipo está gritando, probablemente borracho, pero sus palabras le hacen sentir a Viktor un agradable calor.

—Bonita chaqueta —le halaga el chico, y vuelve a sentarse.

—Gracias —balbucea Viktor. Sube las escaleras hasta el tercer piso, el último de la alta y estrecha casa de la fraternidad, y nota un calor agradable que se le extiende por la cara hasta llegarle al vientre.

A cada paso, el ruido de la fiesta se hace un poco más suave. Hay carteles en las paredes: de grupos de música de los que Viktor nunca ha oído hablar, de películas que nunca ha visto. Se pregunta cuánto tardarán sus hermanos en volver a casa. Y cuando decidan marcharse, ¿estará Klaus lo bastante sobrio como para conducir, o será algún otro de sus hermanos el que tendrá que aprender a hacerlo sobre la marcha? Casi se ríe al imaginar a Diego y a Luther discutiendo sobre quién va a sentarse en el asiento del conductor, aunque ninguno de los dos tendrá la menor idea de lo que hay que hacer.

Si alguno se lo preguntara, Viktor le contaría que, en realidad, sabe conducir. Pogo le enseñó el año pasado. Viktor incluso tiene carnet. Fue idea de Hargreeves. Supone que su padre pensó que, como Viktor era una persona normal, por fuerza necesitaba habilidades de persona normal para su vida. Pero sus hermanos nunca preguntan qué es lo que hace Viktor cuando ellos no están, así que Viktor nunca ha tenido ocasión de contárselo. Ahora, en el rellano del cuarto piso, Viktor agarra la manija de la puerta más cercana y la gira.

—¡Eh! —grita alguien desde dentro cuando Viktor abre la puerta. Viktor no sabe si es un saludo o una protesta.

La habitación no está oscura y vacía, como pensaba Viktor, que esperaba examinar sin llamar la atención. La única luz de la estancia proviene de una lámpara de escritorio colocada en el suelo, en un rincón. Viktor entra y cierra muy rápido la puerta, para evitar que la luz se vea desde el pasillo. Hay una cama estrecha contra una pared, debajo de la ventana. La ventana está abierta y la persiana se agita con la brisa. La cama está deshecha, con un montón de ropa apilada a los pies. Hay un escritorio en la pared opuesta, lleno de libros y revistas. Viktor cree ver un ordenador portátil debajo de todo ese papel, pero no está del todo seguro. Es evidente que a quien viva aquí le interesan más los libros que la tecnología. El dormitorio le recuerda a Viktor las habitaciones abuhardilladas sobre las que ha leído en libros como *La princesita* y *El león, la bruja y el armario*, una estancia olvidada y, al mismo tiempo, la mejor habitación de la casa.

Hay una pequeña lámpara en el suelo, delante del escritorio. Al lado, hay un chico en cuclillas junto a un viejo tocadiscos, con una pila de vinilos a su lado. No suena música, pero el chico sostiene un disco como si estuviera a punto de ponerlo en el plato. Viktor ve el nombre en la funda del disco y sonríe.

—Me encanta Bach —musita. Esta misma tarde ha estado practicando Bach. En la pared, en lugar de un póster de un grupo de rock, Viktor distingue un cartel de una orquesta sinfónica local. Eso es algo que, por una vez, reconoce.

—A mí también —coincide el chico. Se incorpora—. Soy Ryan.

Viktor abre la boca para decir su nombre y luego se detiene. «Tío» es lo que le ha llamado el chico de la escalera. Por alguna razón, esa palabra genérica le ha sentado mejor de lo que nunca le ha sentado que le llamen «Viktor». Se le ocurre que «Viktor» es exactamente igual que su uniforme de la Academia: alguien se lo dio, sin darle a elegir. Y debería quedarle bien, como también *debería* quedarle bien su uniforme, cosido con tanto cuidado por mamá, con las medidas exactas. Y, sin embargo, no es así. La ropa de la tienda de segunda mano (que ha elegido él mismo esta noche) le sienta mucho mejor.

—¿Cómo te llamas? —inquiere Ryan.

—Perdón —se excusa—, Viktor. Tropieza con la segunda sílaba, de modo que tiene que repetir su nombre. Se tensa la coleta que lleva en la nuca y se la mete por dentro de la camiseta. No se le ocurre nada más que decir. Porque sabe que sólo es por esta noche y que, al final, tendrá que volver a ponerse el uniforme y regresar a la Academia. Pero su nombre le parece tan mentira como el uniforme. Siempre se ha sentido como un impostor al llevarlo, ya que en realidad no es miembro de la Academia Umbrella. Supone que eso significa que tampoco es realmente Viktor.

Pero aún no está seguro de quién es exactamente.

—Encantado de conocerte, Viktor —Ryan sonríe, tendiéndole la mano. Lleva el pelo castaño claro rapado. Al igual que Viktor, Ryan lleva vaqueros y una camiseta negra, aunque la suya lleva estampado en el pecho el nombre de una vieja banda de música. Sus ojos color avellana se entrecierran cuando sonríe.

—Probablemente pienses que soy un bicho raro, aquí arriba escondido cuando la fiesta está abajo —se justifica con timidez Ryan cuando Viktor le estrecha la mano—. A veces necesito un descanso...

—Sé exactamente a lo que te refieres —Viktor asiente—. ¿Es ésta tu habitación?

En cuanto le pregunta, Viktor se da cuenta de que es una pregunta estúpida. ¿Por qué iba a estar Ryan aquí si no lo fuera?

—Sí —responde Ryan. No parece que piense que Viktor es tonto por haberlo preguntado—. La fraternidad me dio a elegir habitación y me quedé con ésta. Pensaron que había hecho una elección terrible —se ríe.

—¿Estás de broma? —replica Viktor, incrédulo—. ¡Si es la mejor habitación de la casa!

—¿A que sí? —reconoce Ryan—. Es la habitación más pequeña, pero no necesito mucho espacio. Además, es mucho más tranquila que las de abajo. En cualquier otro sitio, no podría escuchar mi música.

Viktor asiente. Con la puerta cerrada, no se oye nada de la escandalera de abajo.

—¿Llevas aquí desde septiembre? —pregunta Viktor, adivinando que Ryan se mudó al principio de curso.

Ryan se encoge de hombros.

—He vivido aquí el tiempo suficiente para que este lugar me parezca ya mi hogar.

A Viktor le gusta cómo suena eso. Nunca se ha sentido del todo a gusto en la Academia Umbrella. Quizás algún día encuentre un hogar en el que encaje, una habitación tan cómoda que le haga olvidar cómo se sentía en la Academia. Quizás alguien le dé la oportunidad de elegir su propia habitación.

En la Academia, Hargreeves decidió las habitaciones de Viktor y sus hermanos. Se supone que todas son idénticas: el mismo tamaño, los mismos muebles, la misma distribución, pero a lo largo de los años, Viktor y sus hermanos se las han apañado para personalizar su espacio. La habitación de Allison tiene pósteres en las paredes y joyas esparcidas por el escritorio. Diego pintó su habitación de negro y colgó dianas en las paredes para practicar con los cuchillos. La habitación de Luther tiene pesas apiladas en un rincón para hacer ejercicio incluso cuando no toca entrenamiento.

Sólo la habitación de Viktor permanece desnuda.

—Soy de aquí —ofrece Viktor—, pero no creo que vaya a vivir siempre en este lugar.

—A mí esto me encanta —reconoce Ryan—. Pero lo entiendo. Nadie quiere acabar viviendo en donde ha vivido desde niño. A menos que hayas tenido una infancia perfecta, pero ¿quién la ha tenido?

Viktor piensa en sus hermanos. Puede que sus infancias fueran mejores que la suya, pero desde luego no fueron perfectas.

—¿De dónde eres? —pregunta Viktor.

—De un pueblecito del norte llamado Dobbsville. Seguro que nunca has oído hablar de él.

Ryan sonríe, y Viktor le devuelve la sonrisa. Dobbsville le resulta familiar, aunque no recuerda por qué. Probablemente por las clases de geografía de mamá.

—En fin, ¿listo para Bach? —solicita Ryan.

—Siempre —responde Viktor con entusiasmo.

—Es su *Concierto para dos violines en re menor* —explica Ryan mientras saca el disco de la funda—. La mayoría cree que es de frikis quedarse aquí escuchando música clásica.

—Quizás el *Concierto* sea muy friki —matiza Viktor—, pero a mí me encanta. Sé tocar las dos partes.

Viktor atraviesa la habitación y se acuclilla a su lado.

—Me parece que te hace falta alguien con quien tocar —sugiere Ryan con una sonrisa.

LUTHER

Luther lleva tanto tiempo agachado junto al chico que yace en el suelo que le duelen las piernas, pero no va a moverse de ahí. El chico tiene el pelo oscuro y una sombra de barba incipiente en las mejillas, como si llevara unos días sin afeitarse. Lleva vaqueros y una sudadera con el nombre de la universidad bordado en la parte delantera.

Parece que la ambulancia tarda horas en llegar. El chico aún no ha recobrado el conocimiento, pero Luther comprueba periódicamente que sigue respirando, que su corazón aún late a un ritmo constante.

Luther no recuerda la última vez que estuvo solo. Técnicamente, no está solo: el chico está ahí en el suelo y el dependiente de la tienda de ropa de segunda mano, que ha sido el que ha llamado a la ambulancia, merodea cerca. Pero, salvo para dormir por la noche y arreglarse por la mañana, ésta es la vez que más tiempo ha pasado Luther sin la interminable banda sonora de las voces de sus hermanos.

Lo que le deja a Luther con mucho más tiempo para pensar de lo que está acostumbrado. Se da cuenta de que las palmas de las manos del chico están negras, como si se las hubiera quemado. Se inclina para oler. Así es: las manos del chico huelen a humo, como una vela recién apagada. ¿Tendrá que ver con el relámpago de antes? ¿Le habrá alcanzado el rayo?

Sin embargo, Luther no tiene tiempo de detenerse en detalles, ha de averiguar qué ha ocurrido exactamente. Le preocupa que él y sus hermanos hayan perdido demasiado tiempo discutiendo sobre quién iba a quedarse a hacerse el héroe. Si Diego se hubiera callado, habrían llamado antes a una ambulancia. Pero Diego nunca se calla. Es como si de vez en cuando pensara que tiene que ser el Número Uno, pero es obvio que las cosas no van así. Luther es el Número Uno, Diego es el Número Dos. Si mamá no les hubiera puesto nombres, nunca habrían sido otra cosa.

Luther se pregunta si mamá habría elegido un nombre para Cinco antes de que desapareciera. Quizás esperaba el momento adecuado para dárselo, pero nunca tuvo la oportunidad. Luther sabe que Ben no cree que Cinco esté muerto. Ha escuchado a Ben preguntarle a Klaus si tenía noticias de su hermano ausente.

Por enésima vez, Luther intenta despertar al chico. Una oleada de polvo se desprende de su camisa. Luther supone que el polvo procede del edificio que se ha desmoronado, igual que el polvo de los edificios derrumbados en la misión de esa tarde.

Luther no tenía ni idea de que un edificio desprendiera tanto escombro cuando se derrumba, pero cobra sentido si lo piensas: ladrillos, hormigón y bloques de hormigón convertidos en cascotes.

Ahora, por fin (parece que hayan pasado horas desde que se marcharon sus hermanos), el chico empieza a toser, justo cuando el aire se llena con el sonido de las sirenas.

Luther ni se inmuta cuando la ambulancia se detiene cerca de donde están. Ayuda al chico a incorporarse.

—¿Estás bien?

El chico parpadea, pero no contesta.

—Creo que te ha alcanzado un rayo —añade Luther, y le señala sus manos quemadas.

—No —comienza a explicar el chico—. Sólo estaba haciendo el tonto. Practicando... —Intenta levantarse, pero Luther se lo impide.

—Ha caído un rayo en este edificio. —Luther señala los escombros que tiene detrás—. Te ha dejado inconsciente.

El chico vuelve a decir:

—Estaba practicando.

—Estás en estado de shock —explica Luther—. No recuerdas lo que ha pasado. Es totalmente normal.

Los paramédicos se acercan a toda prisa, colocan al chico sobre una tabla para subirlo a una camilla. Para ello hacen falta dos personas.

«Me lo podrían haber pedido a mí», piensa Luther.

—¿Es amigo tuyo? —pregunta uno de ellos.

Luther niega con la cabeza.

—¿Has llamado a la ambulancia y te has quedado a su lado? —inquiere el otro paramédico.

—Sí —contesta Luther.

—Bien hecho —dice el paramédico, y le da una palmada en la espalda—. No todo el mundo haría eso por un desconocido.

Luther se hincha por los elogios y saluda con la mano cuando se aleja la ambulancia. Espera que el chico se recupere. Le hubiera gustado saber su nombre para poder ir a verlo al día siguiente. Pero ¿cómo va a comprobar su estado cuando esté de vuelta en casa? Si Luther intentara ir al hospital, Hargreeves querría saber por qué, y Luther nunca podría explicárselo. A diferencia de Klaus, que es capaz de inventarse cualquier historia sobre la marcha, Luther no sabe mentir.

Luther ve un pequeño bulto en el suelo. Al chico se le debe de haber caído la cartera del bolsillo. La recoge y saca un carnet de estudiante. El chico se llama Mateo, y va a una facultad de un campus cercano (eso Luther ya lo había adivinado por la sudadera). Seguro que en la fiesta encuentra a alguien que conozca a Mateo para que le devuelva la cartera.

Se aleja, pero aún sigue notando el olor a quemado de las manos de Mateo.

¿Cómo ha podido un rayo caer en un edificio y quemarle las manos a Mateo? Luther no sabe mucho de termodinámica, pero le parece poco probable. ¿Y qué provoca los relámpagos cuando no hay lluvia?

Por otro lado, el edificio no se ha derrumbado sólo por el rayo, sino también por el terremoto, que ha roto las ventanas y ha hecho que el techo se desplome.

A Allison se le ha ocurrido que tal vez se tratase de una réplica. ¿Habría causado el *fracking* tanto daño bajo tierra como para extenderse hasta la ciudad?

Luther inspira hondo, tratando de pensar. Pero entonces empieza a toser. Todavía hay polvo en el aire, el mismo polvo que ha salido de la sudadera de Mateo cuando Luther trataba de reanimarlo. El cosquilleo que Luther siente en la garganta le resulta muy familiar. ¿Y si esa compañía petrolera estuviera haciendo otras prácticas de *fracking* ilegal más cerca de la ciudad?

Luther se yergue y se sacude como un cachorro. Ben diría que está tan acostumbrado a salvar vidas que intenta convertir una casualidad en una misión. No tiene tiempo para distracciones bobas ni conspiraciones fantasiosas. Le esperan

Allison y los otros. Además, tiene que encontrar a alguien que le devuelva la cartera a Mateo.

Luther echa a correr hacia el campus, siguiendo el sonido de la música alta y del caos, tal como le aconsejó Klaus.

DIEGO

Diego se ha sentido mal desde el principio de la noche. Normalmente no se siente bien; de hecho, sólo recuerda un puñado de veces en su vida en las que se haya sentido bien: a solas con mamá en la cocina, viéndola arreglándole el uniforme para que pueda llevar sus cuchillos. Una vez, en una misión, en la que tuvo que tomar el mando durante unos minutos porque Luther estaba luchando contra una docena de potenciales secuestradores. Cuando limpia sus cuchillos tras una operación exitosa. O cuando los lanza uno tras otro y siempre dan en la diana y mamá lo anima como si fuera muy difícil, cuando para Diego dar en el blanco es de lo más fácil del mundo.

Tan fácil como respirar.

No es que respirar sea siempre fácil. No cuando durante la mitad de tu infancia te ahogabas cada vez que tratabas de decir algo.

Diego aún recuerda la sensación: las palabras atascadas no en la garganta, sino en algún lugar de la parte posterior de la boca, retorcidas entre la lengua y los dientes. También recuerda las miradas de sus hermanos, la impaciencia y la forma en que terminaban sus frases cuando se cansaban de esperar. Mamá era la única que nunca perdía la paciencia.

Ahora, con tres copas de más, Diego se apoya en la pared y observa a un grupito que baila. No hay una verdadera pista de baile en esa abarrotada y caótica casa de fraternidad, pero la música está alta y tiene buen ritmo, así que unos cuantos bailones se han abierto paso hasta el centro de la sala. Para Diego, parece más el foso de un concierto que una pista de baile.

Nota el filo de los cuchillos que lleva escondidos en sus ajustados pantalones. No le quedan bien; desde luego, no hay nada como los que le confecciona mamá. Necesitaría por lo menos una talla más, pero tampoco era cuestión de dejar los cuchillos en la tienda de segunda mano. Y desde luego no iba a dejarlos en casa, a pesar de la promesa de no usar sus poderes esa noche. Dejarse los cuchillos habría sido como salir desnudo a la calle. Al cambiarse en la tienda, Diego se ha sacado todos los cuchillos del uniforme y se los ha colocado con sumo cuidado en algún lugar de su nuevo atuendo. Por suerte, los pantalones tienen muchos bolsillos y compartimentos. Si alguien mirara con atención, vería las puntas afiladas de sus cuchillos escondidos, pero no cree que nadie le mire tanto y, además, le gusta sentirlos cerca. Cuando no le han quedado más bolsillos, Diego se ha metido los cuchillos en la cintura, y ahora puede notar el calor del metal sobre la piel. Cualquier otro se sentiría amenazado por la presión del acero contra la carne, pero Diego se siente a gusto, como si sus cuchillos fueran una mantita o un osito de peluche, aunque por supuesto de niño nunca tuvo ningún objeto reconfortante.

Diego tenía dos años y medio la primera vez que agarró un cuchillo de la mesa y lo lanzó al otro extremo de la habitación. Aún recuerda cómo sonó cuando hizo añicos un vaso que estaba en el escritorio de Hargreeves. Mamá aplaudió.

Hargreeves parecía aliviado de que por fin apareciera el talento de Diego.

Ahora Diego saca un cuchillo y se lo pasa por entre los nudillos, ocultándolo entre los dedos como haría un mago con una moneda. Esto no es usar sus poderes, razona, ya que no tiene más público que él mismo.

—¿Y ahora qué vas a hacer, sacármelo de detrás de la oreja?

Diego levanta la vista y se topa con una chica que le sonríe. Tiene los ojos redondos y azules y el pelo rojizo y liso. Lleva unos vaqueros ajustados, una camiseta negra y unas zapatillas de deporte muy gastadas. Sujeta un vaso de plástico casi vacío y sus mejillas, blancas y pecosas, están sonrosadas. Por primera vez, Diego se da cuenta del calor que hace ahí dentro.

—Es un cuchillo, no una moneda —aclara Diego.

—Un cuchillo hace que el truco de magia sea mucho más interesante —replica ella.

—O mucho más peligroso —apunta Diego con una sonrisa—. ¿Cómo te hiciste eso?

Señala una pequeña cicatriz en la barbilla de la chica.

Ella responde rápidamente:

—Me caí la primera vez que monté en una bici de dos ruedas. Me di contra una piedra del suelo.

Diego piensa en sus propias cicatrices, que señalan los cortes que se ha hecho a lo largo de los años. No sabe cómo las justificaría si la chica le preguntara.

—Debió doler —concluye Diego.

—Lo que más recuerdo es el susto que se llevaron mis padres. Mi madre me dijo que nunca había visto tanta sangre. Mi padre nos llevó al hospital lo más rápido que pudo, y luego exigió que únicamente me cosiera un cirujano plástico. Como si le preocupara que un médico normal me desfigurara o algo así, y no pudiera soportar la idea de tener una hija horrible. —La chica pone los ojos en blanco—. Qué sexista.

—Así son todos los padres —sentencia Diego y se encoge de hombros. Guarda en un bolsillo la navaja con la que había estado jugando.

Trata de pensar en una historia sobre Hargreeves que esté a la altura de la del padre de esta chica. Cuando Diego se cortaba, Hargreeves nunca se apresuró a llevarlo al hospital y, desde luego, nunca le preocupó que le quedara marca. En general, Diego tenía que seguir entrenando incluso si sangraba, y sólo después mamá iba a su habitación y le curaba los cortes. Papá la programó para que fuera capaz de suturar las heridas de Diego cuando fuera necesario. Diego no cree que papá la programara para tener la destreza de un cirujano plástico.

—No me tires de la lengua —añade la chica, pasándose el pelo por detrás de las orejas. Apura la copa y deja caer el vaso de plástico sobre el pegajoso suelo de madera. Luego lo aplasta con el tacón. Diego se bebe lo que le queda de su tercera cerveza.

—Bueno —arremete la chica—. ¿Me vas a sacar a bailar o qué?

—¿Bailar? —repite Diego. Nunca ha bailado. No con una persona que le atrae. No así.

La chica sonríe de nuevo, con las mejillas encendidas.

«Qué más da», piensa Diego. «Siempre será mejor que intentar quedarse quieto».

Toma la mano de la chica. Ni siquiera sabe su nombre; quizás debería preguntárselo, pero, según se acercan al centro de la sala, nota que la música está tan fuerte que no cree que sea capaz de oír la respuesta. En lugar de eso, la hace girar.

Cree oírla chillar por encima del estruendo. Diego siempre ha sabido moverse; no le da apuro bailar. Cierra los ojos y se concentra en el ritmo de la música, en el calor de las manos femeninas en las suyas. Mueve las caderas y gira sobre sí mismo.

—¡Eres muy bueno! —grita la pelirroja.

Diego sonríe como respuesta, la hace girar y luego baila a su alrededor. Se abre un pequeño hueco en la pista para dejarles más espacio. Acerca a la chica a su cuerpo y luego la hace girar y la aleja. La levanta del suelo y giran con los pies de ella en el aire. Cuando vuelve a dejarla en el suelo, ella le da un beso en la mejilla.

—¿Dónde has aprendido a bailar así?

Recupera el aliento cuando el círculo de bailones vuelve a cerrarse a su alrededor.

—Llevo el ritmo en el cuerpo, supongo —dice, fingiendo modestia, y se encoge de hombros. Sabe que es mentira. Puede que haya nacido con ritmo, pero ha aprendido a moverse a base de entrenamiento. La lucha implica tanta coreografía como la danza. Alguien silba, y Diego siente exactamente lo mismo que cuando la gente le aplaude durante una misión. Hace girar de nuevo a la chica pelirroja, cada vez ocupan más espacio en la pista de baile.

—¡Eh! —brama alguien, y le da un golpe a Diego en la cadera—. Mira por dónde vas, piernas locas.

«Piernas locas» suena como un insulto. Diego se da la vuelta y ve a un chico que se alza sobre él, más alto que Luther y aún más musculoso. Al igual que Diego, lleva pantalones negros, aunque los suyos no son tan ajustados. Tiene el pelo castaño oscuro, corto y engominado para que quede de punta. Diego frunce el ceño.

—No estás solo en la pista —le suelta el chico.

—No es culpa mía si mis movimientos son más amplios —responde Diego.

A Diego no le importa lo alto que sea este chico. En cualquier caso, no tiene ni la fuerza ni la destreza de Diego. A Diego le parece que todos contienen la respiración. Ya nadie baila. «Es casi irónico», piensa Diego, «que este tipo que se quejaba de no tener espacio haya despejado la pista».

Diego suelta la mano de la chica y ella parpadea como si la hubiera rechazado. Mira a Diego y luego al chico que ha chocado con él. Da un paso atrás, luego otro. Sabe lo que va a pasar casi tan rápido como Diego.

El tipo grande con el pelo de punta no es lo suficientemente rápido. Diego bloquea su primer puñetazo con el brazo derecho, le agarra el puño con el izquierdo y le retuerce el brazo por detrás.

Por fin se disipa la energía nerviosa que corre por sus venas desde que ha entrado en este edificio. O tal vez es que ahora la energía tiene a dónde ir, algo que hacer. Piensa en lo poco que tardó su rival en plantarle cara. Seguramente no es el único aquí con ganas de acción.

La improvisada pista de baile se despeja casi de inmediato, aunque la música sigue sonando. Deja que el tipo recupere el equilibrio; si lo derrota demasiado rápido, la pelea acabará enseguida, y eso es lo último que desea. Diego salta a un lado cuando el chico trata de asestarle otro puñetazo. Lo golpea con fuerza en la nuca, tal y como le han enseñado. El tipo cae de bruces y Diego da un paso atrás para darle la oportunidad de levantarse de nuevo. Pero el tío se queda en el suelo.

Con la respiración agitada, Diego mira las caras que le rodean. Le llama la atención la chica con la que bailaba minutos antes. Espera que se muestre impresionada por la rapidez con la que ha ganado, quizás incluso que se ría por lo poco que le ha costado a Diego derribar a su adversario, pero ella parece horrorizada. Sus bonitas facciones se tuercen en una mueca. Debajo de las pecas, sus mejillas han perdido todo el color. Diego está sudando. Se da cuenta de que para ella, y para todos los que están aquí, a juzgar por sus miradas, es raro que alguien sea tan bueno peleando y que las cosas se hayan puesto tan intensas.

Diego se aleja, abriéndose paso entre la multitud. En la esquina más apartada de la sala hay una puerta abierta que da al patio trasero de la fraternidad, aunque en realidad no es un patio sino un montón de latas de cerveza aplastadas y botellas rotas. Diego sale corriendo y respira hondo, su ritmo cardíaco se ralentiza.

Odia reconocerlo, pero lo cierto es que la pelea le ha sentado incluso mejor que bailar.

Se vuelve hacia la fiesta, sabiendo que el tipo al que acaba de derrotar probablemente esté de nuevo en pie, esperando el segundo asalto. Ahora tal vez incluso tenga a algunos de sus amigos a su lado, listos para entrar en acción cuando Diego lo derribe.

Diego flexiona los puños. Se enfrentará a todos.

CAPÍTULO 18

ALLISON

Al principio todo ha sido muy inocente. Ha hecho correr el rumor de que a May le gustaba su vestido. No es gran cosa. Claro, se suponía que esta noche no debían usar sus poderes, pero no es como si los usara para luchar en una misión o conquistar el mundo. Sólo quería encajar. No se la podía culpar por eso.

El caso es que sólo ha encajado a medias. Ha conseguido que May hablara con ella, pero no las otras chicas, Moño Maltrecho y Carmín Púrpura.

Así que Allison añade:

—Corre el rumor de que te mueres por decirle a tus amigas lo mucho que te gusta mi vestido.

—Jenny, Letitia —Allison sabe ahora que son los verdaderos nombres de Moño Maltrecho y Carmín Púrpura—, mirad qué increíble el vestido de Allison. Tenía que deciros lo mucho que me gusta.

Jenny y Letitia se giran hacia Allison como si la vieran por primera vez.

Muy rápido, Allison susurra:

—Corre el rumor de que a vosotras también os encanta mi vestido.

—¡Oh, Dios mío, qué retro! —chilla Jenny—. Me chifla.

—A mí también —conviene Letitia— Me encanta de verdad. ¿De dónde lo has sacado?

—De una tienda de ropa de segunda mano —responde Allison, y se inclina hacia delante en el sofá, más cerca de las otras chicas.

Jenny arruga la nariz.

—¿Está usado?

Pero esta vez, Allison tiene una respuesta preparada.

—Es mucho más sostenible comprar ropa de segunda mano. La moda rápida está destruyendo el planeta, corre el rumor de que eso es algo muy importante para ti.

—Dios mío —suelta Letitia—, la moda rápida está destruyendo el planeta.

Tal vez esto se le está yendo de las manos. Allison sólo quería que la incluyeran en su conversación. No, eso no es cierto. Allison quería sentirse mejor con su vestido, con el hecho de que llevaba algo inapropiado y pasado de moda, algo que sólo logra Klaus; porque a él todo le queda bien.

Klaus, que ha dicho que Allison utiliza sus poderes para conseguir literalmente todo lo que quiere.

«Bueno, Klaus no sabe lo que dice». Ella nunca había usado sus poderes antes para otra cosa que no fuera una misión.

¿Verdad?

La frase se escapa esta noche con tanta facilidad, como si fueran palabras mágicas aprendidas desde niña, igual que otros niños aprenden a decir «por favor» y «gracias».

Allison recuerda su primera portada de revista, cuando la prensa nunca tenía bastante de la Academia Umbrella. El fotógrafo empezó retratando a Allison junto a sus hermanos (excepto a Viktor, claro), pero en un momento dado la apartó y la fotografió a solas. Ahora no sabe si se sorprendió al descubrir que estaba sola en la portada, sin sus hermanos, con los brazos cruzados sobre el pecho y la chaqueta del uniforme flotando como una capa. ¿Le extrañó su siguiente portada en solitario, o la de después? ¿Se asombró cuando una revista publicó un desplegable en el que aparecía con las manos en la cadera y una amplia sonrisa, mostrando los dientes de leche que le faltaban?

Tal vez fue ella la que empezó, sin darse cuenta, un rumor que condicionó a periodistas y fotógrafos. Puede que sus hermanos lo supieran desde el principio, aunque ella lo ignorase.

O quizás sí se dio cuenta en su momento, pero lo olvidó en los años posteriores. Casi como si hubiera hecho correr el rumor a sí misma de que sólo recordara las cosas que quería. No le gusta esa sensación: la de no estar segura de sus propios recuerdos. ¿Quién habría imaginado que Klaus recordaría algo que Allison había olvidado?

Le preguntará a Luther; él le dirá la verdad.

Pero, de repente, Allison no está segura de querer saber la verdad, y eso la hace sentirse aún peor.

Así que, en lugar de pensar en cómo había utilizado sus poderes, Allison trata de imaginar un futuro con estas tres chicas (May, Letitia y Jenny) como amigas.

Harían juntas viajes por carretera, como ha visto que hacen las amigas en las películas. Pasarían toda la noche despiertas en sus dormitorios, compartiendo sus secretos más íntimos e inconfesables.

Pero pensar en secretos íntimos e inconfesables hace que Allison se retuerza en su asiento. ¿Han estado sus hermanos enfadados con ella durante años, sabiendo que obtenía las portadas de las revistas a base de rumores? ¿Les hizo Luther prometer que no mostrarían su enfado?

Aleja esos pensamientos de su cabeza. Seguro que no es la primera persona que ha hecho algo de lo que se avergüenza.

—Oye —le dice a May—. ¿Has hecho alguna vez algo de lo que te hayas arrepentido inmediatamente? ¿O quizás no te diste cuenta de que lo hacías en ese momento, pero después te sentiste mal por ello?

—May la mira como si hablara un idioma extranjero.

—Lo siento, pero nos acabamos de conocer. No voy a contarte todos mis secretos.

—¿Pero tienes secretos? —pregunta Allison. Seguro que May se refiere a eso, ¿no? Aunque, probablemente, la idea que una persona corriente tiene de un secreto no se parece en nada a la de Allison.

Las palabras salen de su boca antes de que pueda detenerlas.

—Corre el rumor de que las tres vais a contarme vuestros secretos más íntimos e inconfesables. Decidme algo de lo que os avergoncéis.

—Vomito la mitad de lo que como —confiesa Jenny.

—Me cuelo en los dormitorios de otras personas y les robo la ropa —reconoce May.

Allison se vuelve hacia Letitia esperando su respuesta.

—Hice trampas en el examen de álgebra del décimo grado —cuenta Letitia. Le sale sin esfuerzo, sin vacilar. Claro que hizo trampas, ése es el poder de las palabras mágicas de Allison.

—¿Por qué? — indaga Allison.

Las tres chicas responden a la vez: Letitia hizo trampas porque tenía miedo de no sacar un sobresaliente. Eso habría bajado su media académica y la habría dejado fuera del curso avanzado, lo que habría arruinado sus posibilidades de entrar en esta universidad.

Jenny vomita porque odia su aspecto: odia su pelo desordenado, su nariz aguileña y sus dientes delanteros, que siguen torcidos porque sus padres no pudieron pagarle la ortodoncia. Todo eso escapa a su control, pero lo que sí puede controlar es su peso.

May roba la ropa a otras chicas porque no puede permitirse comprar los últimos modelos. Tuvo que pedir enormes préstamos estudiantiles y tiene dos trabajos en el campus entre clase y clase. Tiene el dinero justo para pagar la matrícula, la comida y los libros, pero no le sobra nada para algo tan frívolo como ropa nueva.

—Cada cual hace lo que sea para encajar —se justifica May—. ¿O crees que estas chicas serían mis amigas si yo llevara ropa inadecuada?

—Exacto —corrobora Jenny—. Lo cierto es que a mí no me cabría la ropa si no me provocara el vómito.

Se ríe como si hubiera hecho un chiste, pero parece triste, y las otras chicas no esbozan ninguna sonrisa.

—¿No preferiríais tener amigos que os aceptaran tal como sois? —pregunta Allison. Piensa en Luther, la única persona con la que ha podido ser ella misma. Siempre ha creído que prefiere su compañía a la de cualquier otra persona por cómo es él, pero quizás también sea por cómo es ella cuando está a su lado.

—No se trata sólo de encajar —añade Letitia—, sino también de destacar. Entrar en una universidad como ésta supone ser parte del grupo de los más listos, pero para mí también destacar entre los míos. Nadie de mi familia había ido nunca a la universidad.

Jenny y May asienten, y Allison hace lo mismo. Cuando hacía correr un rumor para aparecer en las portadas de las revistas, estaba utilizando sus poderes no sólo para encajar, sino también para destacar.

—Vosotras sí que lo habéis pillado —barrunta Allison, con la voz llena de asombro. Ni siquiera Luther conoce esa parte de su personalidad, no sabe que está tan desesperada por destacar como por encajar.

Allison quiere más de esta complicidad, así que se vuelve hacia May y le comenta:

—Corre el rumor de que hay más cosas que quieres contarme.

—Me enrollé con Jeff el semestre pasado —responde May. Mira a Jenny cuando lo dice.

—¿Qué? —Jenny se pone en pie de un salto.

—¡Os habíais peleado! —razona May, retorciéndose las manos—. Estaba segura de que habíais roto. Me dijo que lo estabais dejando.

—Entonces, ¿qué pensabas, que ya habíamos roto o que íbamos a romper? —Jenny grita tan alto que la gente de alrededor se vuelve para mirarla—. Borra eso: ¿qué más daba? Aunque hubiéramos roto, no deberías haberte liado con mi novio.

—¡Si habías roto, no era tu novio! —Ahora May también está de pie—. No te pertenece sólo porque salisteis como unos cinco minutos.

—¡Cinco minutos! —chilla Jenny incrédula—. Llevábamos juntos cinco meses.

—¡Pero si no había pasado tanto tiempo de curso!

—¡No hablas en serio! —arremete Jenny—. ¿Tratas de justificar lo que hiciste? Sabes que estuvo mal, de lo contrario no lo habrías mantenido en secreto.

—¡Porque sabía que te enfadarías!

—¿Y por qué lo has soltado ahora?

May parpadea confundida.

—No lo sé.

Mira a Allison como si supiera que tiene algo que ver, pero no sabe qué.

De repente, Jenny se abalanza sobre May. Las dos chicas caen sobre el regazo de Allison y de ahí al suelo; el pelo de Jenny se le sale de su moño maltrecho mientras forcejea con May.

—¡Basta! —suplica Letitia—. Si sois las mejores amigas.

—¡Ya no! —Jenny se queda sin aliento mientras May y ella dan tumbos por el suelo. El grupito que las rodea se aparta para hacerles sitio. Allison no puede evitar fijarse en lo rápido que la gente se acostumbra a la pelea; se pregunta si este tipo de cosas pasan muy a menudo.

Letitia intenta interponerse entre las otras chicas.

—¡Parad! —vuelve a gritar, metiendo el brazo en medio de la refriega.

Jenny sale de la pelea el tiempo suficiente para decir:

—¡Cuidado, Letty! Casi me das.

Letitia se aparta, levantando las manos como dando a entender que ya no se va a interponer más entre May y Jenny.

Allison sacude la cabeza, confundida. Puede que las haya convencido para que hablen con ella esta noche, pero llevan años compartiendo secretos y bromas internas que ella no capta.

—Ten cuidado tú también, Jenny —dispara Letitia y le hace un guiño—. Cuidadito con lo que dices.

—Claro —asiente Jenny.

—Y tú, May, no querrás despeinarte —Letitia hace otro guiño.

Las chicas siguen peleándose, pero Allison se da cuenta de que ahora lo hacen *con más cuidado*. Allison nota de nuevo que comparten algún secreto que a ella se le escapa. Trata de imaginar cómo sería luchar reprimiendo algo, pero ese tipo de vacilación no está permitida en la Academia Umbrella, ni siquiera cuando los hermanos practican unos contra otros.

De repente se oye un grito, y Allison cree que la gente está jaleando a Jenny y May, pero entonces se da cuenta de que hay otra pelea en el extremo opuesto de la sala. Por el rabillo del ojo ve a Diego moviéndose veloz. La multitud cada vez hace más ruido.

—¿Y ahora qué? —se lamenta Allison. Intenta calcular cuánto tiempo llevan ahí ella y sus hermanos. Como mucho una hora. Han sido entrenados para pelear prácticamente desde que nacieron. Si se les deja en algún lugar (ya sea en una fiesta o en una misión), eso es lo que hacen. Quizás no importe si utilizan sus poderes o no.

Tal vez nunca tuvieron la oportunidad de ser normales, no sólo por sus poderes, sino por la educación que les ha dado Hargreeves.

Allison se agacha junto a May y Jenny.

—¡Corre el rumor de que dejasteis de pelearos e hicisteis las paces! —suelta, pero las chicas no pueden oírla por el bullicio que hay.

—¡Corre el rumor de que dejasteis de pelearos! —vuelve a intentarlo, pero sus nuevas amigas se apartan de ella.

Allison se vuelve hacia Letitia.

—¿Por qué no las separas? —le ruega.

Letitia niega con la cabeza.

—No quiero meterme en medio.
—¡Pero son tus amigas!
—No lo comprenderías.

Allison comprende una cosa: aquí, en el mundo real, rodeada de chicos normales, es incapaz de detener lo que ella misma ha empezado.

KLAUS

La cosa empieza bastante bien. Hay media docena de universitarios (además de Klaus) sentados en el suelo formando un círculo, a la luz de unas velas parpadeantes. Klaus sabe que ni las velas ni la música tintineante que sale de unos altavoces situados en un rincón son necesarias (ese tipo de cosas nunca marcan la diferencia). Pero si algo le gusta a Klaus es un buen espectáculo, y la música y las velas siempre dan un toque especial.

Klaus se sienta con las piernas cruzadas, las tablas de su falda escocesa plegadas sobre su regazo. Une sus manos a las de Chris y a las de una chica que masca un chicle que huele a jarabe para la tos.

—Bonito tatu —aprueba Chris, fijándose en el paraguas tatuado que asoma a través de las mangas de malla de Klaus.

—¿Esta antigualla? —se pavonea Klaus.

—Mi padre se enfadaría mucho si me hiciera uno —se lamenta Chris.

Klaus se plantea decirle a Chris que fue su padre el que le impuso ese tatuaje, pero entonces Chris le preguntaría inevitablemente por qué, y Klaus no tiene ganas de explicárselo. En lugar de eso, cierra los ojos, echa la cabeza hacia atrás y hace una inhalación profunda.

—¿Con quién queréis contactar? —pregunta.

—Con mi abuela —susurra una chica sentada frente a él—. Murió el año pasado.

La chica se arrodilla como si fuera a rezar. O quizás es porque la minifalda negra demasiado ajustada le impide sentarse de otro modo.

Antes de que Klaus sepa lo que está pasando, ve en el centro del círculo la sombra de una anciana que sujeta unas agujas de tejer.

—Dile a mi Bianca que con esa ropa parece una zorra —espeta la anciana.

Como Klaus no obedece inmediatamente, la anciana empieza a gritar.

—¡Venga, díselo, díselo ya! Si yo aún viviera, habría convencido a sus padres de que no la enviaran tan lejos de casa. La habría vigilado un poco. Dile que sé lo que ha estado haciendo con ese chico, Cole, todas las noches de esta semana. Y que no lo apruebo. La llamaron Bianca por mí (la mujer escupe el nombre), aunque yo me llamo Bertha. Pero no, un nombre tan sencillo no era lo bastante bueno para su elegante niñita. Y aquí está, en esa universidad de pacotilla, a kilómetros de casa. Díselo, díselo. La abuela Bertha no lo aprueba.

—No voy a avergonzar a tu nieta degradándola —anuncia finalmente Klaus.

—¿Qué? —pregunta la chica (Bianca, al parecer).

Klaus abre los ojos y sonríe:

—Tu abuela dice que se alegra de que Cole y tú os hayáis conocido.

—¿Cómo lo sabías? —quiere saber Bianca, con los ojos muy abiertos. Echa un vistazo a un chico sentado al otro lado del círculo, con el pelo de punta y un aro en la nariz—. Nadie sabe que estamos saliendo.

—Es que aún no lo he dejado con mi ex —se excusa Cole y se atusa el pelo.

Klaus se da cuenta de que lleva tatuado una luna en el dorso de una mano y un sol en el de la otra. Ahora es él quien piropea:

—Bonito tatu.

—¡Cole! —chilla Bianca—. La semana pasada me dijiste que se lo dirías.

—Lo haré, te lo prometo, nena.

—¡Eso no es lo que yo te he dicho! —le grita la abuela de Bianca a Klaus—. Y dile a esa chica que más le vale que mantenga las rodillas juntas...

—Muy bien, ¿quién va ahora? —vocea Klaus en un intento de acallar la voz de la vieja criticona.

—Quiero hablar con mi gato —sugiere un tipo a su izquierda—. Lo atropelló un coche el mes pasado.

—No puedo contactar con animales —explica Klaus irritado. Siempre hay alguien que pide hablar con un perro, un periquito o un jerbo muy querido. Klaus nunca entiende por qué la gente quiere comunicarse con criaturas con las que tampoco podían hablar cuando estaban vivas.

El chico parece decepcionado, pero resignado asiente con la cabeza.

—Se supone que tenemos que contactar con Jason Wright —indica Bianca—. Por eso Chris nos pidió a todos que nos reuniéramos aquí.

—Espera, ¿quién es Jason Wright? —indaga Klaus.

—Tío, ¿no conoces esta historia? —pregunta Chris incrédulo—. Pero ¿dónde has estado viviendo, en la Luna?

Klaus piensa en la Academia Umbrella, en la misma ciudad, pero tan aislada que bien podría estar en otro planeta. Si Ben estuviera aquí, le recordaría a Klaus que la Luna no es otro planeta. Pero, por suerte, Ben no está aquí.

«¿Dónde está Ben? ¿Y el resto de mis hermanos?», se pregunta Klaus, que se siente mal por haberlos abandonado a su suerte. Se suponía que iba a enseñarles cómo funcionan las cosas, ¿no? Cómo desenvolverse en una fiesta y todo eso. Pero en realidad sólo se ofreció a traerlos aquí, no a hacerles de niñera. Y no es que pasar la noche con sus hermanos sea hacer de canguro. Klaus quería salir con ellos, ¿no? Divertirse por última vez antes de abandonar para siempre la Academia Umbrella. O antes de que la abandone alguno de sus hermanos. Espera, ¿era eso lo que buscaba? ¿Que vieran mundo? Sí, pero hay más. Klaus siente un picor en la nuca, como si no debiera estar en esa habitación dirigiendo una sesión de espiritismo, aunque no puede recordar por qué.

—Ilumíname —pregunta por fin Klaus a Chris—. ¿Quién es Jason Wright?

—Al parecer, Jason Wright era, hace veinte años, un estudiante de primer año de esta fraternidad. Una mañana encontraron su cadáver en la calle. Dijeron que se había suicidado saltando del tejado.

—Sí, pero nadie se lo creyó —interviene alguien—. La autopsia mostró que su nivel de alcohol en la sangre estaba por las nubes. Todo el mundo piensa que en realidad fue un ritual de iniciación que salió mal.

—El informe del forense dice que se suicidó —continúa Chris—, pero la mitad del campus cree que fue un encubrimiento. La fraternidad debió de ser responsable de lo ocurrido e hicieron que pareciera un suicidio para no meterse en problemas y conservar sus estatutos.

Quizás algún antiguo alumno sobornó a la oficina del forense —sugiere Bianca—. ¿Sabes que al menos un presidente del país fue miembro de esta fraternidad? No te imaginas la de teorías de la conspiración que pululan por el campus.

—¿*Tú* no eres miembro de esta fraternidad? —le pregunta Klaus a Chris, pues creía que ésa era la habitación de Chris.

—¡Por supuesto que no! —responde Chris—. Sólo estoy aquí para averiguar la verdad sobre Jason y así poder echar a esos gilipollas del campus. Éste es el dormitorio del amigo de un amigo de mi amigo Eddie. Se rumorea que fue la habitación de Jason en su día.

Klaus se acuerda de las drogas que se llevó del cajón del escritorio. Tendrá que encontrar a Eddie y darle las gracias más tarde.

—Es lo suyo —opina Klaus, y vuelve a cerrar los ojos.

Trata de contactar con el fantasma que estaba gritando cuando él entró en la habitación. Debía de ser él.

—Jason Wright, ¿estás aquí con nosotros?

Pero en lugar de que un fantasma responda a su pregunta, la estancia se llena con los gritos de decenas de muertos, aunque sólo los oye Klaus.

—Oiga, joven, me uní a la fraternidad en 1952 —afirma con condescendencia un hombre trajeado—. Viví en esta misma habitación. Y le aseguro que aquí nunca ha ocurrido nada inapropiado.

—¿Aparte de la vez que intentaste forzarme y tuve que clavarte un lápiz para escapar? —aporta una mujer.

—No puedes, bajo ninguna circunstancia, hacer a la fraternidad responsable de tu agresión.

—Tú y tus supuestos hermanos lanzasteis una campaña para que me expulsaran de la universidad por ser... ¿cómo lo llamasteis?... «un peligro claro y presente para los jóvenes de esta institución».

—De todas formas, ¿para qué necesitabas tú una educación universitaria? —se burla el hombre—. Te casaste y no tuviste que trabajar ni un solo día de tu vida. Y además, moriste dos años después.

—Y tú moriste cinco años después conduciendo borracho, si no recuerdo mal.

—¡Cómo morí no es asunto tuyo!

—¡No me hables así! Si no hubiera muerto, habría vuelto a trabajar cuando mis hijos fueran a la escuela.

Klaus sacude la cabeza con fuerza, trata de no hacer caso a la discusión de los fantasmas, que va subiendo de tono.

—Jason Wright —repite—. Estoy buscando a Jason Wright.

—Sé lo que le pasó a Jason Wright —alardea otra voz, y Klaus se gira. Puede ver a un joven de aspecto enfermizo—. Lo mismo que me ocurrió a mí. Me hicieron novatadas en mi primer año. Era 1986, pero los rituales no han cambiado mucho. Intoxicación etílica. —Se pasa un dedo por el cuello con el máximo dramatismo—. Podrían haberme salvado si me hubieran llevado al hospital para un lavado de estómago. Creía que iban a hacerlo. Aún estaba vivo cuando me arrastraron escaleras abajo y me sacaron por la puerta. Pero me llevaron de vuelta a mi dormitorio y me abandonaron a mi suerte. Porque sabían que, si no me encontraban en propiedad de la fraternidad, nadie les culparía de mi muerte.

—Vaya mierda, tío —se compadece Klaus.

—Sí que fue una mierda —asiente el hombre—. Con el pobre Jason Wright, fueron demasiado vagos incluso para llevarlo tan lejos.

Mientras tanto, el hombre y la mujer de la década de 1950 han empezado a gritarse.

—¡Jason! —brama Klaus—. Jason, ¿estás aquí?

—Tío, ¿estás bien?

De repente, la cara de Chris está justo al lado de la de Klaus. Con cuidado, Chris le quita a Klaus las manos de encima de las orejas. Klaus no se había dado cuenta de que se había tapado los oídos. Tiene los ojos tan cerrados que le duele la cabeza.

¿En qué estaba pensando al invocar espíritus? Ni siquiera puede controlar a los que vienen sin invitación.

—Tienes que calmarte —le apremia Chris.

—Sí —afirma Klaus. La cara de Chris está tan cerca de la suya que Klaus puede sentir su aliento—. Sí que tengo que hacerlo.

Chris le ofrece una pastilla. Klaus no duda. No le importa lo que sea, se la va a tomar igual. Chris le da una cerveza para tragársela, pero eso llevaría demasiado tiempo. Klaus aplasta la pastilla contra el suelo de madera y se agacha para esnifarla. No le importa que las motas de polvo y la suciedad se le metan en la narina. ¿A quién le importan esos detalles? Siente cómo la droga entra en su organismo casi de inmediato; las voces se desvanecen y callan.

—Esta sesión de espiritismo se ha vuelto un muermo, ¿no crees? Además, se me ocurre algo mejor —propone Klaus que se pone de pie de un salto y se limpia los restos de pastilla que le asoman de la narina.

—¿El qué?

—Puedo demostrar que Jason no murió como dijo la fraternidad.

—¿Cómo?

—¡Vamos a la azotea! —grita Klaus triunfante. Gira sobre sí mismo y la falda escocesa ondea a su alrededor—. ¡Seguidme!

VIKTOR

La pieza de Bach llega a su fin y Viktor vuelve a oír la música atronadora, áspera y rápida que llega del piso de abajo. La mayoría no vería relación entre la música clásica del tocadiscos y la música rock a todo volumen de la fiesta, pero Viktor se da cuenta de que la banda utilizó a una orquesta completa en la grabación del disco.

—Se supone que mi amiga Tish iba a traernos cerveza —dice Ryan mientras levanta con cuidado el disco del plato y lo devuelve a su funda—, pero, a juzgar por el tiempo que tarda, debe de haberse distraído.

Ryan enarca una ceja.

—¿Qué te parece, Viktor, si cometemos un poco de latrocinio?

—¿Latrocinio? —repite Viktor, nervioso. Es el tipo de delito contra el que luchan sus hermanos. Por otro lado, esta noche todos han robado la ropa que llevan. Pero, aun así, Viktor se imagina a sus hermanos persiguiéndolo, como han hecho con tantos criminales a lo largo de los años.

—¡Relájate! —Ryan suelta una risita—. Robar cerveza de la habitación de un miembro de la fraternidad no es una injusticia. Es redistribución de recursos.

Ryan sonríe. Hay algo tranquilizador en su sonrisa que hace que Viktor lo siga cuando sale de la habitación.

—¿En qué curso estás? —pregunta Viktor mientras bajan las escaleras hasta el segundo piso.

Ahora que están en un pasillo bien iluminado, Viktor percibe más detalles del aspecto de Ryan: es casi tan bajo como Viktor, aunque no tan delgado. Antes de salir de la habitación, Ryan se ha puesto una camisa de franela a cuadros, sin abotonar, sobre la camiseta. Tiene el pelo tan corto que, a la luz, Viktor distingue su cuero cabelludo pálido. Hay una barba incipiente en sus blancas mejillas, ahora sonrojadas por el calor que hace en la casa de fraternidad. En realidad, Ryan no parece necesariamente mayor que Viktor, aunque él y sus hermanos son demasiado jóvenes para ir a la universidad.

Ryan se encoge de hombros.

—No llevo la cuenta. Me figuro que seguiré yendo a clase hasta que me digan que he terminado.

Viktor asiente. Cree que ése es un buen planteamiento para la universidad, y justo lo contrario al de Hargreeves para cualquier tipo de educación. Hargreeves no cree en el aprendizaje por amor al conocimiento, sino orientado a los resultados.

A Viktor y a sus hermanos, su madre les enseñaba matemáticas, literatura y lenguas extranjeras. Hargreeves actualizaba su programa cada año con nuevos planes de lecciones. Si Viktor o sus hermanos tenían alguna vez preguntas o intereses que se desviaran de la programación de mamá, ella sufría un cortocircuito, por lo que Viktor aprendió rápidamente a no hacer demasiadas preguntas.

Mientras desciende del tercer piso al segundo y luego al primero, la música procedente del piso de abajo se hace más fuerte, junto con un coro de voces que la acompañan.

—Dios, cómo odio esta música —se queja Ryan. No parece importarle que lo oigan—. No quiero ser, no sé, un traidor a nuestra generación, pero ¿no suena a ruido?

—¡Sí! —Viktor está de acuerdo y asiente con entusiasmo. Piensa en la música pop que sale a todas horas de la habitación de Allison, al otro lado del pasillo. O en el heavy metal que Klaus pone tan alto que ahoga casi cualquier otro sonido. (Viktor supone que eso es exactamente lo que quiere Klaus).

—Sabía que me ibas a caer bien, Viktor —confiesa Ryan y le hace un guiño. Viktor intenta recordar si alguien le ha dicho alguna vez que le gustaba. No lo recuerda. Piensa en la adulación y los vítores que han recibido sus hermanos a lo largo de los años. Los desconocidos los adoran (o los adoraban) y la propia familia de Viktor apenas nota su presencia cuando entra en una habitación. Ryan sólo lo conoce desde lo que ha durado una pieza de Bach, y ya le gusta.

—Tú también me caes bien —confía Viktor, y Ryan sonríe.

En el segundo piso, Ryan prueba una puerta, y luego otra, hasta que da con una que no está cerrada. Dentro hay un grupo de jóvenes desparramados en dos camas y un sofá, montándoselo, en distintos grados de desnudez. Viktor supone que van a gritarles que se larguen, pero en lugar de eso los miran y vitorean.

—¡Ryan! —vocean, casi al unísono.

—¡Amigos! —berrea Ryan en respuesta.

«¿Amigos?», piensa Viktor con incredulidad. ¿Cómo puede Ryan ser un inadaptado como él y seguir siendo popular? ¿Es un cuarto lleno de inadaptados? ¿Existe tal cosa como el cuarto de los inadaptados? Cuando son unos cuantos, ¿se convierten en adaptados? Quizás haya distintas formas de ser popular, distintos lugares donde encajar.

La idea hace que Viktor se sienta acogido, como antes cuando alguien le llamó «tío».

Ryan mira a una de las chicas a medio vestir y enarca una ceja.

—Así que es aquí donde estabas, Tish.

—¡Lo siento mucho! —Tish se pone en pie y se baja el top que lleva hecho un gurruño. Se lanza a por la nevera de cerveza que hay en un rincón y saca dos botellas, sin dejar de disculparse.

—No te preocupes —la tranquiliza Ryan, aceptando las bebidas—. A Viktor y a mí nos ha encantado bajar a por cerveza.

Ryan pronuncia el nombre de Viktor como si fueran viejos amigos, no dos personas que se acaban de conocer.

—¿Quieres que cambiemos la música? —ofrece Tish—. Sabemos que esto no es tu rollo.

—Pero es el vuestro —concede Ryan. Lo suelta como si la música fuera un regalo que él le hace a la fiesta. Tish se sonroja de gratitud.

Ryan se dispone a salir por donde ha entrado. Viktor le sigue.

Ryan cierra la puerta mientras le susurra a Viktor:

—¿Tú crees que los que están ahí dentro se divierten más que nosotros?

Viktor se plantea la cuestión. Desde que tiene uso de razón, ha dado por sentado que sus hermanos siempre se divierten más que él. Echa un vistazo a la abarrotada sala...: tanta gente riendo, gritando y apretujada, cantando al ritmo de una música horrible con letras sin sentido. Por primera vez, cree que se divierte más que nadie. Con Ryan. Un nuevo amigo al que le cae bien.

—Para nada —suelta Viktor.

Ryan abre una cerveza y se la pasa a Viktor.

—Vivía con una familia que tenía una idea muy distorsionada de lo que era pasárselo bien —cuenta Ryan—. Me hacían sentir como un bicho raro porque, no sé, no encajaba.

—Sé exactamente a lo que te refieres —confiesa Viktor—. Mi familia también es así.

—Sí —coincide Ryan—. Sabía que lo entenderías. Ay, la familia, ¡cómo es!

—Y tanto —asiente Viktor.

Es lo más cerca que ha estado nunca de criticar a la Academia Umbrella. Piensa en las historias que podría contarle a Ryan sobre su familia, las innumerables formas en que lo han dejado de lado desde que tiene memoria. ¿Le interesarían a alguien sus historias? ¿Las del hermano normal de una familia extraordinaria?

—Déjame que te diga una cosa, Viktor —continúa Ryan—. Las cosas han mejorado mucho desde que vivo aquí.

—¿Qué quieres decir? —pregunta Viktor, y se acuerda de Tish y del resto de amigos que han saludado a Ryan con tanto entusiasmo.

Si esa gente es tan estupenda, ¿por qué estaba Ryan encerrado solo en su habitación?

—Cuando mi familia me echó...

—¿Te echaron? —interrumpe Viktor. La Academia Umbrella nunca ha hecho que Viktor se sintiera precisamente *bienvenido,* pero tampoco puede imaginarse siendo obligado a marcharse.

—Digamos que fue mutuo. Yo ya tenía un pie en la puerta.

—¿Puedo preguntar por qué?

—Estaba harto de sus normas, y ellos estaban hartos de mi negativa a seguirlas.

Viktor piensa en las innumerables normas de la Academia. Klaus lleva meses incumpliéndolas; esta noche, todos las incumplen. Sabe que tendrán problemas si Hargreeves se entera, pero no se imagina a Hargreeves echando a nadie. Y si lo hiciera, Viktor imagina que sus hermanos permanecerían juntos. Al menos durante un tiempo.

—Suena espantoso —atina a decir Viktor.

—La gente con la que crecí... —responde Ryan después de un momento—. Digamos que no perdonan los errores.

Viktor piensa en todos los errores que ha visto cometer a sus hermanos a lo largo de los años. Uno de los cuchillos de Diego no dio en el blanco, aunque, para ser justos, fue porque Klaus pensó que sería gracioso mover el blanco después de que Diego lo lanzase. Los tentáculos de Ben derribaron una vitrina cuando aún estaba aprendiendo a controlarlos. Klaus conjuró fantasmas a los que nunca debió invocar.

Viktor nunca había pensado en Hargreeves como alguien *indulgente*, pero se le ocurre por primera vez que quizás su padre no sea tan malo. O que no es tan malo como podría ser. Podría haber devuelto a Viktor a su madre biológica cuando se dio cuenta de que no tenía poderes, pero no lo hizo.

Viktor nunca se ha sentido más afortunado que otros. Pero en este momento, se siente más afortunado que Ryan. O al menos, más afortunado que Ryan antes de venir aquí.

—Vivir aquí no se parece en nada a vivir en casa —continúa Ryan—. Créeme, Viktor, sólo necesitas encontrar gente que aprecie tus habilidades.

—¿Y si no tengo ninguna habilidad?

—Todo el mundo tiene alguna habilidad —insiste Ryan—. Incluso los inadaptados como nosotros. Sólo tienes que encontrar a la gente que te aprecie por lo que eres.

Viktor asiente, y piensa en la forma en que han saludado a Ryan cuando ha entrado en la habitación. No como alguien que ha interrumpido su diversión, sino como alguien que forma parte de la diversión.

Ryan da un largo trago a su cerveza.

—Te prometo, Viktor, que las cosas mejoran mucho cuando das con los tuyos.

Ryan habla en voz baja, su actitud es tranquila. No se parece en nada a Luther, que siempre se presenta con los brazos abiertos, gritando para que lo escuchen. Tiene algo irresistible; algo hace que Viktor quiera escuchar todo lo que tiene que decir.

—¿Cómo sabes si son de los tuyos? ¿Quién podría ser más *los suyos* que su familia?

Sin embargo, Ryan dejó atrás su hogar, a su familia.

—Lo sabrás cuándo formes parte de una comunidad en la que todos aprecien de corazón lo que haces —sonríe Ryan.

Viktor se lo piensa. Vivir en la Academia Umbrella sólo le ha hecho ser consciente de las cosas que no puede hacer, no de las que sí. Pero quizás hay otros lugares, lugares como éste, con gente como Ryan, que son diferentes.

Viktor le devuelve la sonrisa, una sonrisa tan amplia que le duele la mandíbula.

KLAUS

Klaus inspira el aire fresco como un hombre que se ahoga emergiendo del agua. Ha guiado a Chris y a los demás hasta el tejado, desde el que supuestamente Jason saltó hacia su muerte. Según el fantasma del tipo abandonado por sus compañeros de fraternidad, a Jason lo arrojaron desde el tejado para ocultar que en realidad había muerto por intoxicación etílica.

—¿Qué hacemos aquí arriba, Klaus? —pregunta Chris.

—El fantasma de Jason no cooperaba —explica Klaus. No es exactamente la verdad. El fantasma de Jason podría haber aparecido si Klaus hubiera seguido buscándolo. Pero ahora, con el alcohol y las drogas corriendo por su organismo, los fantasmas se han callado. Lo que implica que no es capaz de encontrar a Jason. Lo que implica que Klaus tiene que pensar en otra forma de entretener a sus nuevos amigos.

—No podemos contar con que Jason nos diga la verdad sobre lo que ocurrió aquella noche. Así que tendremos que recurrir a otros métodos.

Klaus mira a su alrededor y sus ojos se posan en la cornisa que rodea el tejado. Al instante se le ocurre una idea.

Klaus podría limitarse a contarles lo que le contó el otro fantasma sobre la muerte de Jason. Pero eso no sería especialmente entretenido, ¿verdad?

—¿Cómo?

—Habéis dicho que, según la fraternidad, Jason murió al tirarse desde el tejado, ¿verdad?

—Eso es.

Klaus salta a la cornisa, y camina como un gimnasta sobre la barra fija. Sus nuevos amigos aguantan la respiración.

—¡Cuidado! —le advierte Chris.

Klaus sigue andando, con los brazos extendidos para mantener el equilibrio.

—Este edificio sólo tiene tres pisos. Cuesta creer que una caída desde esta altura pueda matar a una persona.

—Quizás, pero ¿no dependería de cómo cayera la persona?

—¿A qué te refieres?

—Por ejemplo, si alguien saltara con los pies por delante, quizás se rompería las piernas, pero sobreviviría. Pero si se lanzara de cabeza y su cabeza se estrella contra la acera, eso bastaría para matarlo, ¿no? —Chris se estremece, como si le horrorizara la idea de que alguien se estampase contra la acera de abajo.

Klaus no había pensado en eso. Klaus nunca piensa mucho en nada.

Mira hacia abajo por encima del borde.

—Pero hay arbustos. ¿No habrían amortiguado la caída?

—Tal vez. —Chris extiende un brazo—. Pero Klaus, en serio, baja. Me estás asustando.

Klaus se ríe. Los normales se asustan muy fácilmente. Si vieran u oyeran la mitad de las cosas que él ve y oye, seguro que sus mentes normales no lo aguantarían.

—No seas aguafiestas, Chris. Eres igual que mi hermano —Klaus intenta sonar serio, pero le resulta difícil porque se lo está pasando muy bien—. He saltado desde lugares más altos que éste y no me ha pasado nada. Es imposible que esta caída matara a Jason.

Klaus salta de un pie a otro. Chris parece preocupado, pero también (y Klaus se da cuenta) intrigado. Y a Klaus eso le gusta.

—¿Cómo que has saltado desde lugares más altos que éste? —pregunta Chris tras una breve pausa.

Klaus agita las manos como si los detalles no fueran importantes. Esta misma tarde, Klaus ha saltado desde un edificio a punto de derrumbarse. Aunque no sabe exactamente a qué altura estaba. En realidad, no recuerda qué ha sucedido después. Y aquí está, vivito y coleando; así que debió de salir bien.

Klaus sigue saltando de un pie a otro. Chris y sus amigos vuelven a contener el aliento y luego aplauden. Klaus apuesta a que es capaz de girar como los gimnastas de la tele. Intenta hacer una pirueta.

—¡Klaus! —chilla Chris. Klaus consigue dar una vuelta completa, aunque su ejecución no es perfecta.

«¿Qué más hacen esos gimnastas?», se pregunta Klaus. Vuelve a saltar, girando en el aire. De nuevo, la ejecución es imperfecta, pero cae con un leve balanceo.

A continuación, un salto mortal hacia delante.

Klaus mantiene los ojos abiertos mientras gira, con los brazos por encima de la cabeza. Klaus puede sentir su falda ondeando por la brisa mientras se mueve. No entiende por qué no tiene miedo. Otro lo achacaría a las drogas y el alcohol, pero Klaus no teme a la muerte ni siquiera estando completamente sobrio. Quizás eso es lo que te pasa si creces hablando con fantasmas. La muerte pierde su misterio. Todos los demás humanos de la Tierra no saben lo que ocurre después de morir. Puede que crean en el cielo o en la reencarnación, pero incluso el creyente más ferviente alberga la semilla de duda. Todos sospechan que existe la posibilidad de que después de morir no haya nada. Eso es todo, el fin, el olvido. Y eso les da mucho miedo, obviamente. Pero Klaus sabe (siempre lo ha sabido) que, haya lo que haya, no es el olvido. Así que la muerte no le produce el mismo pavor que a los demás.

Los muertos son otra historia. Klaus recuerda cuando estuvo encerrado en aquel mausoleo durante horas y horas, cómo gritaban los fantasmas. No podía ahogar sus voces tapándose los oídos; ni siquiera sus propios sollozos eran lo bastante fuertes. Hargreeves le dijo a Klaus que tenía que controlar su miedo, pero Hargreeves no sabe lo que es ser acosado por los muertos todos los días de tu vida. Si Hargreeves hubiera preguntado, Klaus le habría explicado que no había necesidad de encerrarlo en esa tumba. Que los muertos lo siguen a todas partes.

«Hargreeves», piensa Klaus, «no tenía ni idea de lo que hablaba».

Sus manos hacen contacto con la cornisa de piedra y se alza, con las piernas extendidas por encima de la cabeza.

Un pie aterriza en la cornisa; el otro cuelga en el aire, tambaleándose. Por el rabillo del ojo, Klaus cree ver a sus nuevos amigos intentando ayudarlo, pero va muy ciego.

«Mierda», piensa mientras cae al vacío. «Este aterrizaje, debería haberlo clavado».

Klaus puede oír los gritos de sus nuevos amigos mientras vuela. «No gritarían», se dice a sí mismo, «si supieran lo agradable que es la caída libre».

De verdad cree que ha saltado desde más alto que esto; si no hoy, en alguna misión, o durante algún que otro ejercicio de entrenamiento. Hargreeves presionaba a Klaus una y otra vez llevándolo más allá de sus límites, hasta que Klaus se dio cuenta de que era capaz de casi cualquier cosa. El cuerpo humano no es tan frágil como la gente cree. O al menos, el cuerpo de Klaus no lo es.

Ha saltado varias veces desde el segundo piso de la Academia, y ahora está sólo un poquito más alto que eso. Era la vía de escape que utilizaba antes de descubrir la red de alcantarillado. (La clave está en dejar una ventana abierta antes de que Pogo active la alarma. Fácil, fácil). Estuvo a punto de sugerir que salieran por ahí esta noche, pero sabía que Ben lo habría vetado antes de que Klaus terminara de explicarle lo poco peligroso que es, y lo bonita que es la caída.

Al instante, a Klaus le viene esa desagradable sensación que ha tenido antes de empezar la sesión de espiritismo. Él y sus hermanos se han comprometido a no utilizar sus poderes esta noche. Lo había olvidado por completo. *Vaya.*

Antes de tener la oportunidad de sentirse mal por eso (no es que se *vaya* a sentir mal por eso, Klaus realmente no puede controlar sus poderes, algo que sus hermanos y Hargreeves no entienden, o quizás simplemente no le creen), Klaus impacta contra el suelo.

* * *

Se levanta triunfante. Puede oír a sus nuevos amigos vitoreando desde el tejado. Para su sorpresa, Chris está agachado a su lado.

—¿Cómo has llegado tan rápido? —pregunta Klaus—. ¿Has saltado detrás de mí? ¿Me lo he perdido?

—Tío, he bajado las escaleras corriendo. Estabas inconsciente. Estábamos a punto de llamar a una ambulancia.

Klaus frunce el ceño, intentando dar sentido al tiempo que ha perdido. No recuerda haber estado inconsciente. Pero no lo recordaría, ¿no es eso lo que tiene perder el conocimiento? Lo que le recuerda, ¿qué pasó con Luther y aquel desconocido inconsciente de la calle?

—Bueno, no hace falta. Como puedes ver, estoy bien. Me habré dado en todo el coco —Klaus se golpea la cabeza para enfatizar—, pero, por lo demás, estoy como nuevo. Y tengo la prueba de que Jason no murió de la forma que dijeron —añade, pero Chris ya no parece interesado en Jason.

—¡Tío, tenemos que presentarte a Ryan! —suelta Chris, y le da una palmada en la espalda a Klaus.

—¿Quién es Ryan? —quiere saber Klaus.

—Te va a encantar —promete Chris.

Desde arriba, los amigos de Chris derraman su cerveza mientras levantan los brazos en el aire. El líquido le llega a Klaus como gotas de lluvia. Abre la boca para recogerlas.

—¡Es como si hubieras vuelto de entre los muertos! —grita Chris.

—No seas ridículo —responde Klaus.

De todos los muchos, muchos, muchos fantasmas que ha conocido (de todas las diferentes formas en que murieron, y las diferentes cosas que tenían que decir sobre el mundo que dejaron atrás) hay una cosa que todos y cada uno de ellos han tenido en común, y Klaus la grita ahora, tan alto como puede:

—Una persona no puede volver de entre los muertos.

LUTHER

Luther se dirige hacia la estridente casa de fraternidad, atraído como un faro por la música ensordecedora. Es uno de los edificios más feos que ha visto en su vida: estrecho y agobiante, con las ventanas abiertas de par en par. Hay una multitud de personas agachadas alrededor de alguien que yace en el suelo. Luther supone que se trata de alguien que se ha pasado con la fiesta, pero no tiene tiempo de pararse a jugar a los héroes, como diría Diego. Tiene que entrar y contar a sus hermanos lo que ha visto: las manos negras de Mateo, el terremoto, el polvo.

Al acercarse a la casa, a Luther se le humedecen los ojos. La casa parece borrosa, como si estuviera envuelta en niebla, pero Luther sacude la cabeza y se frota los ojos. No, no es niebla, es polvo. El aire está espeso por el polvo. Está seguro de que es algo más que residuos de su encuentro con Mateo.

Y luego está la fea casa en sí. Luther juraría que la ve balancearse, como si la brisa pudiera derribarla. O espera: ¿es la casa la que se mueve o es la tierra bajo sus pies? ¿Podría haber *otro* terremoto?

Luther tiene que encontrar a sus hermanos, y rápido. Si juntan sus cerebros, sabrán qué demonios está pasando.

Dentro, Luther mira a su alrededor, con la esperanza de encontrar al resto de la Academia Umbrella en el centro de la sala, celebrando un consejo, todos juntos. Pero en lugar de eso, ve una montaña de jóvenes amontonados sobre alguien. La estancia está en penumbra, la única luz procede de unas lámparas altas sobre las que alguien ha colocado telas rojas, lo que da al ambiente un aspecto fantasmagórico. Luther tarda un segundo en darse cuenta de que el chico que está en el centro del montón es Diego.

Claro, sin Luther al mando, todo se ha ido al infierno. Por eso la Academia Umbrella necesita un Número Uno.

Vale, pero eso no explica que el resto de la Academia se mantenga al margen mientras Diego lucha solo contra varias personas. *¿Dónde se han metido?*

Luther se dirige hacia el ring de boxeo improvisado en medio de la sala. Por supuesto que no es un auténtico ring de boxeo, sino un círculo de chicos que rodean a Diego y a los seis tipos que en ese momento tiene encima. Luther mete la mano en el montón y saca a un chico de encima de su hermano, luego a otro. Una chica salta sobre la espalda de Luther y le rodea la cintura con las piernas.

—¡Es mi novio! —grita, pero Luther se encoge de hombros y pierde el equilibrio. Luther siente que sus pies patinan sobre la madera, resbaladiza por las bebidas derramadas.

Enseguida, Diego y Luther se quedan solos en el centro del círculo. Diego se vuelve hacia Luther, con los puños delante de la cara, como si pensara que Luther es otro adversario. Diego sólo lleva la camiseta negra y los ajustados pantalones negros; debe de haber perdido la chaqueta en la refriega.

—¿Qué demonios ha pasado? —pregunta Luther, y Diego frunce el ceño. Lo que los hermanos de Luther no parecen entender es que esta noche *es* una misión. Su misión era ir a una fiesta, actuar con normalidad, divertirse. Y, por lo visto, está siendo un fracaso. Pero Luther está ahora aquí para que las cosas vayan por el buen camino.

O lo estaría, si la misión no hubiera cambiado. *Ahora* su misión es averiguar qué demonios ha pasado: con Mateo, con el polvo que flota en el aire, con esta casa, con la tierra bajo sus pies.

—Lo tenía todo bajo control —se justifica Diego, lo cual no es realmente una respuesta.

—Ya veo —replica Luther. Siguen rodeados por un círculo de chicos y chicas que casi echan espuma por la boca. «¿Qué ha hecho Diego para cabrearlos tanto?», se pregunta Luther, pero no tiene tiempo de entrar en detalles.

—¿Dónde está todo el mundo?

—¿De qué estás hablando? —pregunta Diego—. Esto está lleno.

—Me refería al resto de la Academia —explica Luther.

—¡Dios mío! —grita una chica. Señala el escudo bordado en el bolsillo de la americana de Luther.

—¡Sé quién eres! —ahora posa su mirada en Diego—. ¡Y tú!

Vuelve a gritar, pero esta vez no se dirige a Luther ni a Diego, sino a toda la sala.

—¡Eh, mirad! —vocifera—. ¡Son la Academia Umbrella!

Luther se relaja, porque espera que le pidan un par de autógrafos, que le pregunten cuántas personas puede levantar a la vez, cosas así. Todos le harán caso cuando les diga que tienen que evacuar la casa mientras él y sus hermanos investigan. Pero en lugar de eso, hay un murmullo entre la multitud que le pone a Luther los pelos de punta.

—¡Me acuerdo de la Academia Umbrella! —chilla alguien—. Eran unos bichos raros que iban por ahí luchando contra el crimen como si fueran un departamento de policía en miniatura.

Luther abre la boca para explicarles que la Academia Umbrella es mucho más eficaz que la policía local. Hargreeves lleva un registro de los crímenes que resolvían. Según él, si lo comparas con las estadísticas de sus homólogos oficiales, la Academia gana siempre. Pero algo hace que Luther cierre la boca. No cree que a este público le impresionen las estadísticas.

—¡Yo me disfracé de ellos el año pasado por Halloween! —añade alguien.

—Yo también estuve a punto de hacerlo, pero luego elegí algo más guay.

Diego vuelve a levantar los puños, pero el público ya no parece tener ganas de pelea. Ya no gritan, ni siquiera murmuran. Luther tarda un segundo en darse cuenta, pero el sonido que proviene de la multitud es ahora totalmente distinto.

Risas. Se están *riendo*.

Esta gente se toma a broma a la Academia Umbrella.

—Tío, tenías que ponerte esa americana, ¿no? —murmura Diego con el ceño fruncido.

—La que eligió Allison era demasiado pequeña.

Diego pone los ojos en blanco.

—Por supuesto —Diego gira sobre sus talones para mirar a su hermano—. No puedes dejarlo pasar ni una noche, ¿verdad? Tenías que intervenir y hacerte el héroe, como siempre.

—¿Pero qué dices? Si cuando yo he llegado, había media docena de personas linchándote.

—¿Y qué me dices del tipo de la calle?

—¿Me estás culpando de que un tipo se desmayara? —pregunta Luther. Lo que le recuerda lo que realmente ha venido a hacer aquí. Dentro hay tanto polvo como fuera. ¿Por qué no lo han notado sus hermanos?

—¿No habéis prestado atención? —se enoja Luther—. ¿O es que habéis estado demasiado ocupados buscando bronca como para daros cuenta de lo *importante*?

—Suenas igual que Hargreeves —afirma Diego bruscamente—. Ladras órdenes como un sargento.

—Alguien tiene que hacerse cargo —asegura Luther con firmeza—. Tú eres el Número Dos. Cuando yo no estoy, se supone que debes tomar las riendas. Y en vez de eso, llego aquí y te encuentro haciendo el tonto...

Antes de que Luther pueda terminar, el puño de Diego le da de lleno en la mandíbula.

—¿Qué demonios...? —protesta Luther, pero Diego se prepara para darle otro puñetazo. Luther se mueve, pero no es lo bastante rápido como para evitar del todo el impacto. En lugar de darle en la mandíbula, le golpea el hombro. Luther ruge en señal de reproche.

No tiene la intención de devolverle el golpe, pero su cuerpo está tan bien entrenado que reacciona como acto reflejo. Le suelta un *uppercut*, un gancho perfecto que le da de lleno en la barbilla a Diego.

Diego se lanza de cabeza contra el pecho de Luther, pero éste es mucho más grande. Se quita a Diego de encima, lo hace girar de forma que sus piernas quedan en el aire.

—¡Suéltame! —increpa Diego, con la voz apagada.

—No hasta que te calmes —insiste Luther. Se echa a Diego al hombro y empieza a caminar hacia la puerta. Está claro que Luther y sus hermanos necesitan un lugar tranquilo para reunirse e idear un plan, pero antes de que llegue a la puerta, alguien le pone las manos en el pecho. Luther intenta dar un paso adelante, pero su oponente es lo bastante fuerte como para pararlo.

Luther mira hacia abajo, esperando ver a alguien enorme (ha de ser alguien alto y musculoso para detener a Luther), pero quien tiene delante es alguien de la mitad de su tamaño y de una delgadez extrema.

—¿Y ahora qué? —gruñe Luther.

—Nada de peleas en la casa —le recrimina el tipo—. Es una de las reglas de la fraternidad.

—Bueno, llegas un poco tarde para eso —señala Luther—. Además, nosotros ya nos íbamos.

—Bien —suelta el tipo y asiente con la cabeza.

Cuando ya no puede oírlos, Diego le susurra a Luther:

—No nos vayamos aún.

Su cara se ve cada vez más roja por estar boca abajo. Luther se dispone a discutir, pero se da cuenta de que Diego tiene razón. No pueden ir a ninguna parte hasta que encuentren a sus hermanos.

Deja a Diego en el suelo, que planta los pies con fuerza como para evitar que Luther vuelva a levantarlo.

—Tenemos que encontrar al resto del equipo —sugiere Luther, y luego se vuelve hacia el chico que los detuvo.

—¿Cómo...? —empieza, pero el tipo ya se ha desvanecido entre la multitud.

—Quédate aquí —le ordena Luther a Diego, pasándole las manos sobre los hombros.

—Tú a mí no me das órdenes —resopla Diego—. Esta noche no eres el Número Uno, ¿recuerdas? No tienes poderes.

—Alguien ha de estar al mando —insiste Luther—. Esta noche están pasando cosas muy raras y voy a llegar al fondo del asunto.

Todo estaba patas arriba cuando ha llegado Luther. Pero ahora va a poner orden en la noche. Resolverá el misterio del hombre desmayado en mitad de la calle, del polvo en el aire y de los temblores del suelo. Este camino los llevará de vuelta a casa, a donde pertenecen, con otra misión exitosa a sus espaldas.

BEN

Por supuesto, Diego se ha metido en una pelea. Ben supone que debería estar agradecido de que al menos su hermano no haya sacado un cuchillo aún.

Quizás lo habría hecho si Luther no hubiera aparecido en el momento justo, lo que ha provocado otra pelea completamente distinta.

La mesa de billar está en el centro de la habitación. Justo delante de Ben están sus hermanos peleándose. Ben intenta darse la vuelta (quizás si los ignora desaparezcan como por arte de magia; cosas más raras se han visto), pero justo detrás hay otra pelea, con Allison en el centro.

—¡Chicas, calmaos! —chilla Allison—. Sois las mejores amigas. Corre el rumor de que... —empieza a decir, y Ben da un respingo. Vaya manera de no utilizar sus poderes. Aun así, tal vez no cuente si no funciona. Parece que las chicas que se pelean no oyen la voz de Allison debido a su propio alboroto.

Ben se vuelve de nuevo, esta vez para mirar hacia la puerta principal, por donde entra Klaus (¿cuándo se ha marchado? ¿cómo?), a quien le saludan con vítores y con los brazos en alto como si acabara de ganar una carrera. Tiene el jersey hecho jirones, el labio ensangrentado y las rodillas al aire, arañadas, pero conociendo a Klaus no es porque se haya metido en una pelea. Klaus se ha metido en otro tipo de lío. Ben no está sorprendido. Ni siquiera está enfadado. Sólo... decepcionado.

No es culpa de sus hermanos. ¿Cómo van a encajar como si fueran normales cuando les han educado para ser cualquier cosa menos eso?

Ben suspira pesadamente y deja el taco de billar. Alguien tiene que sacar a todos de aquí de una pieza.

Primero saca a Allison del grupo de las chicas.

—¡Ay! —chilla cuando Ben le tira del brazo para ayudarla a incorporarse. Se agacha como si fuera a luchar contra él (otra pelea, justo lo que necesitan), pero se detiene cuando se da cuenta de quién es.

—¿Qué haces? — suelta Allison, estirándose el vestido tras levantarse. Las mangas abullonadas de color morado se le han caído sobre los hombros, y el recogido que se hizo en el pelo en la tienda de segunda mano se le ha deshecho.

—¿Qué haces tú? —pregunta a su vez Ben.

Allison parece angustiada.

—Al parecer, he destruido la amistad de tres personas.

—¿Cómo lo has hecho?

Allison está avergonzada, y Ben sabe que ha estado utilizando sus poderes mucho antes de que él la oyera.

—Allison, ¿de verdad? ¿Lo has intentado siquiera? —gime Ben.

—¡Sí que lo he intentado! Pero tú no lo entiendes, he tenido que usar mis poderes —Hace una pausa—. Encajar ha sido más difícil de lo que pensaba. Esas chicas no me hacían ni caso...

Ben pone los ojos en blanco. Sólo Allison es capaz de lanzar un rumor porque es la única forma de que le hagan caso.

Sospecha que ni siquiera se da cuenta de la frecuencia con que utiliza sus poderes para salirse con la suya.

—Pues yo me las he apañado muy bien sin mis poderes.

Es verdad, pero parece mentira. En parte es bueno al billar por toda la práctica que ha tenido sacando y retrayendo sus tentáculos a lo largo de los años. Quizás de alguna forma ha usado sus poderes, aunque no haya sido su intención. Quizás sea imposible para él no hacerlo. Para todos ellos.

—Entonces, ¿qué haces aquí conmigo en lugar de estar divirtiéndote con tus nuevos amigos normales?

—Por si no te has dado cuenta, nuestros hermanos han desatado el caos —Ben hace un gesto hacia sus hermanos—. Tenemos que salir de aquí.

Suelta el brazo de Allison y a continuación se dirige hacia sus hermanos. Luther y Diego están uno frente al otro, con cara de tontos, pues el círculo de jóvenes que los rodeaba se ha dispersado.

—Me alegro de que hayáis hecho las paces —apunta Ben. Ahora que no hay nadie jaleando, Ben puede volver a oír la música. Nunca había oído esa canción, pero ya le gusta: el golpe del bajo, el ritmo de la batería.

—No las hemos hecho —refunfuña Diego.

—Nos ha *separado* un tipo —Luther suena como si apenas pudiera creer las palabras que salen de su boca—. ¿Has visto quién era?

—Me llevabas por encima del hombro, tío. Lo único que veía era la parte de atrás de tu estúpida americana.

—¿Te has hecho daño? —pregunta Allison a Luther con auténtica preocupación.

—No— responde Luther. Ben puede oír el orgullo en la voz de su hermano. A Luther le encanta presumir delante de Allison.

—Yo también estoy bien, gracias por preguntar —interviene Diego.

Luther se vuelve hacia Ben.

—Te juro, Ben, que es imposible que ese tipo fuera tan fuerte como para detenernos. Era... un *enclenque*. Pero me puso la mano en el pecho y te juro que no podía moverme.

—Qué raro —opina Allison.

—Sí— coincide Ben, sintiéndose incómodo.

—Y ésa no es la primera cosa rara que pasa esta noche —añade Luther—. ¿No os habéis dado cuenta ninguno de que la casa está prácticamente cubierta de polvo?

—Es una casa de fraternidad, Luther —argumenta Diego—. No creo que estos tíos se esfuercen demasiado en pasar la mopa.

—No, no es polvo normal. Esto es más como el polvo de esta tarde. Como el polvo de las obras. Está por todas partes.

—Quizás estén construyendo algún edificio nuevo en el campus —sugiere Allison, encogiéndose de hombros.

Ben se da cuenta de que ha estado ignorando el polvo, pero cuanto más avanza la noche, más difícil es pasarlo por alto. El aire es cada vez más denso. Pero a ninguno de los demás asistentes a la fiesta parecía importarle, así que a Ben tampoco. ¿Cómo va a encajar si le molesta algo que no incordia a nadie más?

—Vale, ¿y qué me dices de los terremotos? —pregunta Luther.

—Ha habido uno al lado de la tienda de segunda mano y luego está el de esta tarde al norte de la ciudad —responde Ben, pero Luther niega con la cabeza.

—¿Ninguno de vosotros se ha dado cuenta de que la casa tiembla?

Ben no se había dado cuenta. Pensó que era la música alta que hacía vibrar las paredes. Pero ahora que Luther lo dice, lo nota: hay algo en el aire que vibra mucho más fuerte que un solo de batería.

Antes de que Ben pueda encontrarle sentido, algo pasa a su lado *zumbando*, poniéndole literalmente los pelos de punta.

—¿Qué demonios ha sido eso? —grita Allison.

—Será mejor que avise a Klaus y a Viktor... —empieza Ben, pero Luther lo interrumpe.

—Antes de que se me olvide —dice Luther, sacando una cartera del bolsillo—. ¿Veis esto? El tipo que estaba tirado en la calle era un estudiante de aquí. Mateo. Quería ver si alguien de aquí lo conocía para que se la devuelva.

—Siempre tan santurrón —murmura Diego.

—No robarle la cartera a alguien no es ser santurrón —insiste Luther.

«Esto es como intentar poner orden en una jaula de grillos», piensa Ben con tristeza. Será un milagro si consigue sacar a sus hermanos de aquí antes del amanecer. Luther no se irá nunca ahora que esto parece una misión. Está prácticamente programado para solucionar problemas, no para alejarse de ellos, incluso los que no son de su incumbencia.

Sea lo que fuere lo que les *ha pasado zumbando* antes a los hermanos, vuelve a pasar.

—¿Qué es eso? —pregunta Allison.

Esta vez, Ben distingue la forma de una persona que pasa a toda velocidad junto a ellos.

Y todo encaja.

—Dios mío —intuye—. El tipo enclenque que era lo bastante fuerte como para interrumpir vuestra pelea. Esta chica que pasa a toda velocidad junto a nosotros... ¿no os dais cuenta?

Todos le miran sin comprender. Él suspira. A veces se pregunta cómo sus hermanos han sobrevivido tanto tiempo sin el más sencillo sentido común.

—Esos chicos deben de ser como *nosotros* —aclara Ben por fin.

—Nadie es como nosotros —señala Allison, echándose la melena despeinada por encima de un hombro con tanto aplomo que Ben no comprende cómo ha tenido problemas para encajar con esas chicas mezquinas—. Somos los únicos miembros de la Academia Umbrella.

—Sí, pero hubo otros niños que también nacieron el día que nacimos nosotros, que nacieron con... —vacila, buscando la mejor forma de decirlo—. Que nacieron como nosotros. Papá sólo se quedó con siete. Pero hubo más.

—¿Qué probabilidades hay de que unos cuantos hayan acabado aquí esta noche? —indaga Diego.

—¿Y qué probabilidades había de que papá acabara con nosotros siete? —responde Ben, encogiéndose de hombros—. Piénsalo. ¿Qué otra cosa tiene sentido?

—¿No habéis notado nada raro en esta fiesta antes de que yo llegara? —quiere saber Luther. Los hermanos se miran, atónitos. Luther levanta las manos, exasperado.

—Papá siempre nos pide que prestemos atención a todo lo que nos rodea en cuanto entramos en cualquier sitio.

—Se refiere a misiones, no a fiestas —comenta Diego—. Ése era el motivo de esta salida nocturna. Tener una noche libre. Por lo visto, lo hemos entendido todos menos Luther.

—Pues yo no lamento haber prestado atención —replica Luther—. Alguien tiene que hacerlo.

—¡Dios mío, nunca te has parecido tanto a papá! —Diego pone los ojos en blanco.

—Eso no es cierto... pero, bueno, mirad esto. —Luther muestra el carnet de estudiante de Mateo—. Aquí pone su fecha de nacimiento: 1 de julio de 1988. Es mayor que nosotros. Y tenía las manos negras y como... ahumadas.

—¿Ahumadas? —repite Ben.

—Se me ocurrió que sería por el rayo, pero...

La chica vuelve a pasar a su lado *zumbando* a toda velocidad, pero esta vez Ben está preparado. Lanza sólo uno de sus tentáculos (ya no tiene sentido seguir tratando de ser *normal*; dado que se ha descubierto el pastel) y la atrapa. La ropa de la tienda de segunda mano no tiene aberturas como su uniforme, y Ben nota cómo se le rasga la tela de la camiseta. Al menos no lleva chaqueta. La velocista gira sobre sus talones.

—¡Eh! —grita. Parece más irritada por que la hayan parado que sorprendida por que la haya atrapado un tentáculo. Otra pista: la gente de esta fiesta está acostumbrada a las cosas raras.

—¿Te puedo hacer una pregunta? —propone Ben.

—Me estás sujetando contra mi voluntad. No puedo impedírtelo.

—Lo siento —Ben retrae el tentáculo. Intenta ser educado para compensar su brusquedad al haberla agarrado—. ¿Te importaría decirme cuándo es tu cumpleaños: día y año?

La supervelocista enarca una ceja.

—¿Nadie te ha dicho nunca que es de mala educación preguntarle la edad a una dama?

—Lo siento... —se disculpa Ben, pero ella se ríe.

—Es broma. Que le den a esa patraña patriarcal de la edad. Nací el 8 de abril de 1988.

Se aleja a toda velocidad antes de que Ben llegue a hacerle otra pregunta.

—¿Cómo es posible? —se cuestiona Ben.

—Bueno, claro que son mayores que nosotros —explica Allison—. Están en la universidad. Nosotros ni siquiera hemos terminado el instituto.

—No hemos ido al instituto —señala Diego.

—Bueno, ya, pero me refería a que, si hubiéramos ido al instituto, aún no nos habríamos graduado.

—¿Así que debería acudir a ti esta primavera para obtener mi hipotético diploma? —Diego imita una marcha sin moverse del sitio, mientras tararea una canción de graduación.

—No le hables así —le corta Luther.

Ben pone los ojos en blanco. ¿De verdad van a empezar a pelearse otra vez?

—No entendéis nada —grita Ben. Sus hermanos lo miran sorprendidos. No es propio de Ben perder los nervios.

—¿Qué sentido tiene, hermanito? —pregunta otra voz.

Ben se sobresalta cuando Klaus le rodea los hombros por detrás.

—¿Y dónde demonios te habías metido tú? —apunta Ben. Tiene que contenerse para no quitarle a su hermano la sangre del labio.

—Cuidado, Benny, añade «Número Tres» y sonarás exactamente igual que nuestro viejo y querido padre.

—«Número Cuatro» —corrige Allison. Ella es la Número Tres.

—Creíamos que aquí habría otros chicos y chicas nacidos el 1 de octubre, pero todos son mayores que nosotros —explica Ben.

—No todos —indica Klaus, con voz grave. Ben se da cuenta de que su hermano está colocado.

—¿De qué estás hablando? —pregunta Ben.

—Corre el rumor de que ahí arriba hay un chico que lleva semanas acampado, aunque aún está en el instituto.

—¿Qué? —suelta Ben.

—Sí, después de saltar del tejado, todo el mundo me decía: «¡Tenemos que presentártelo!».

—¿Has saltado del tejado?

Eso explica por qué Ben lo ha visto volver a entrar por la puerta principal. Ben no se sorprende lo más mínimo.

—Saltar, caer... —Klaus se encoge de hombros—. No se me da bien la semántica. Digamos que estaba en el tejado y ahora he vuelto a tierra firme.

—¿Por qué no han echado a este tipo? —se indigna Allison, tratando de volver a lo que estaban.

—¿A qué vienen tantas preguntas? —se queja Klaus—. ¡Esto es una fiesta!

—Se ha convertido en una misión —declara Luther con seriedad, y Klaus da un pisotón contra el suelo.

—¡Se suponía que esta noche no iba de eso!

Ben no recuerda la última vez que Klaus sonó tan afectado por algo.

—¿Por qué estás tan disgustado? —inquiere Ben. Tiene la sensación de que es por algo más que porque una misión le haya arruinado la fiesta.

En lugar de responder, Klaus parpadea, parece confuso, pero, por una vez, Ben tiene la sensación de que el despiste de Klaus es fingido.

—Da igual —se encoge de hombros Klaus—. Por lo visto, ese chico es el alma de la fiesta.

—Entonces, ¿qué hace arriba en vez de estar aquí abajo? —pregunta Allison.

—¿Y quién es? —suelta Luther.

—Eso —añade Diego, y flexiona los nudillos como si tuviera ganas de otra pelea.
—No he pillado el nombre. Espera, creo que era... ¿Brian? ¿Ryder? ¿Rain? Algo así.
—¿Ryan? —adivina Ben.
—¡Eureka! —Klaus le planta un beso en la mejilla a Ben—. ¡Johnny, dile al chico cuál es su premio!

Ben echa un vistazo a la habitación, vislumbra a la supervelocista y busca al enclenque de fuerza abrumadora que ha interrumpido la pelea entre sus hermanos. Al otro lado de la sala, una chica levanta los dedos y de las puntas salen chispas eléctricas. A alguien le salen serpientes de la parte superior de la cabeza en lugar de pelo, y varias de las serpientes arrancan botellas de cerveza de las manos de otras personas. Hay quien levita del suelo.

—¿Qué os parece? —empieza a decir Ben. Por fin tiene la atención de sus hermanos.

Pero antes de que pueda aprovecharla, el suelo empieza a temblar bajo sus pies. Otra vez.

—¿Alguien sabe dónde está Viktor? —pregunta Ben.

VIKTOR

Viktor sigue a Ryan hasta el tercer piso, pero en lugar de llevarlo a su habitación para poner más discos, Ryan sigue andando hasta que llegan a la azotea. Viktor respira el aire fresco. Aquí arriba no oye nada de la música de la fiesta de abajo. El cielo está despejado, pero la ciudad nunca está tan oscura como para que se vean claramente las estrellas.

—¿No echas de menos vivir en un pueblo? —indaga Viktor—. Ya sé que tenías que marcharte, pero ¿no echas de menos ver las estrellas con claridad?

Ryan niega con la cabeza sin dudarlo.

—No —responde con firmeza—. Lo odiaba.

Viktor nunca se ha permitido preguntarse si ama u odia su hogar. Hasta hoy, nunca se le había ocurrido que podría no ser su hogar para siempre.

Un grupo de jóvenes vestidos de negro se agolpa en un extremo del tejado, mirando hacia el suelo.

—¡Ryan! —grita uno de ellos—. ¡Un tipo se ha caído del tejado! Pero *está perfecto*.

—Sí, se ha levantado enseguida, como si caerse del tejado no hubiera sido nada —añade una chica que lleva una falda negra ajustada y medias de rejilla rasgadas—. ¡Ryan, tienes que conocer a ese tío!

—Me parece bien, Bianca —contesta Ryan con una sonrisa fácil, como si alguien que salta del tejado y sobrevive no le inquietara lo más mínimo—. Sabes que me encanta conocer gente.

Viktor está acostumbrado a las rarezas, ya que ha crecido en la Academia (un chimpancé parlante, una madre robot, seis hermanos con superpoderes), pero le sorprende que Ryan apenas se inmute ante lo raro que es que alguien se caiga del tejado y no se haga ni un rasguño. Se pregunta cómo ha aprendido Ryan a manejar tan bien *lo raro*.

Antes de que Viktor diga nada, Bianca añade:

—Este tipo en realidad no necesita que lo ayudes. Te juro que puede comunicarse con los muertos.

Viktor ahoga un gemido. Está claro que Bianca habla de Klaus. Sólo es cuestión de tiempo que todo gire en torno a los hermanos de Viktor, como siempre.

Pero, aun así, Ryan no parece impresionado. Al menos, no se precipita tras los amigos de Bianca para conocer a Klaus. En lugar de eso, Ryan mantiene su atención en Bianca, que sigue en el tejado, mirándolo esperanzada. Lleva las medias de rejilla dentro de unas botas de suela gruesa. Tiene los ojos perfilados con una gruesa línea. «Se parece», piensa Viktor, «al maquillaje que Klaus ha elegido esta noche». Bianca lleva el pelo rubio lacio con las puntas teñidas de rojo y la raya en medio. Sus labios pintados de color vino y un aro en el labio inferior completan su *look*. Sus brazos están cubiertos de tatuajes negros: una sirena, un águila, un caballo, una mariposa, como si tuviera su zoológico particular.

Viktor se pregunta cómo sería marcarse permanentemente la piel. Hasta esta noche, nunca había tenido la libertad de elegir su propia ropa. No se imagina que Hargreeves permitiera a ningún miembro de la Academia Umbrella hacerse algo tan drástico como un tatuaje, excepto el que él autorizó: el paraguas de su escudo de armas. Viktor fue testigo de cómo tatuaron a sus hermanos, y se sintió, por un lado, aliviado de no verse obligado a tatuarse y, por otro, *celoso*; el tatuaje era otra cosa más que le diferenciaba de ellos.

Quizás llegue un momento en que Hargreeves no sea el que mande sobre lo que Viktor se pone, la longitud de su pelo, o sobre si lleva o no lleva tatuajes. Quizás llegue un momento en el que nadie recuerde que su padre le llamaba Número Siete y su madre Viktor. Ryan le ha contado que dejó atrás a su familia y encontró a su gente. Viktor intenta imaginarse a sí mismo viviendo en algún lugar lejos de esta ciudad, como Ryan, que hizo las maletas y nunca volvió la vista atrás, a Dobbsville.

Ese nombre le suena a Viktor. ¿Dónde lo ha oído antes?

¿Y qué quería decir Bianca con eso de que Klaus no necesitaba la ayuda de Ryan? Ryan ha ayudado a Viktor esta noche al hacerse amigo suyo. Pero Klaus nunca ha necesitado ese tipo de ayuda.

Antes de que Viktor piense las respuestas, Ryan se dirige de nuevo a Bianca.

—¿Por qué intentabas comunicarte con los muertos, Bianca? —La voz de Ryan es suave y resbaladiza, diferente de cómo sonaba cuando Viktor y él estaban solos en su cuarto, escuchando música juntos.

—Bueno, ya sabes, todo el misterio que rodeó la muerte de Jason...

Ryan ladea la cabeza.

—¿Era realmente con Jason con quien tratabas de hablar?

De repente, Bianca se mira los pies. Tiene los dedos de los pies hacia dentro y los hombros caídos, como si fuera una niña a la que regañan en vez de una universitaria en minifalda.

—No exactamente —murmura. Ryan cruza el tejado y coloca la mano bajo la barbilla de Bianca. Cuando Bianca levanta la vista, sus ojos están muy brillantes.

—Mi abuela murió el año pasado —empieza.

—Ya lo sé. —La voz de Ryan vuelve a cambiar; ahora suena como si eso fuera lo único que le importa en el mundo. Igual que cuando le dijo antes a Viktor que le faltaba alguien con quien tocar Bach. El tipo de voz que hace que la persona a la que se dirige se sienta importante, como si fuera la única persona en la sala (o en el tejado).

—¡De verdad que quiero averiguar lo que le pasó a Jason! —insiste Bianca—. Se me ocurrió que, quizás, mientras resolvíamos el misterio de la muerte de Jason, podría despedirme de mi abuela.

Las lágrimas se derraman sobre las mejillas de Bianca.

Viktor se pregunta si la voz de Ryan está a punto de cambiar de nuevo. ¿Reprenderá a Bianca por mentir sobre sus motivos? ¿Por quedarse anclada en el pasado en lugar de vivir el aquí y el ahora? ¿Por llorar? Eso es lo que haría Hargreeves. Viktor se estremece al pensar en la reacción de su padre, y se recuerda a sí mismo que Ryan no es Hargreeves; Ryan es un adolescente, igual que Viktor.

Pero hay algo en Ryan que Viktor no acaba de entender. Se considera un inadaptado, como Viktor, pero su voz tiene la misma magia que la de Klaus: no hay nadie que se le resista. Sin embargo, la voz de Ryan también es capaz de imponer autoridad, como la de Hargreeves. Cuando habla, la gente lo escucha. Pero hay algo más. La voz de Hargreeves puede hacerte sentir pequeño e insignificante, aunque esté totalmente centrada en ti. La voz de Ryan toma ese enfoque y hace que el oyente se sienta *más grande*.

A Viktor le recuerda al violín; cómo un pequeño instrumento es capaz de producir tantos sonidos: puede sonar fino y modulado, o intenso y salvaje, y, no obstante, a pesar de sus infinitas variaciones, el oyente siempre sabe exactamente qué instrumento está escuchando. Viktor no sabía que una *persona* también lograba ese efecto.

Viktor se da cuenta de que no es la única persona en la azotea que presta atención a la conversación entre Ryan y Bianca.

De hecho, a Viktor le parece que todo el mundo en la azotea está pendiente de Ryan, acercándose a él, atraídos por él como si fuera un imán.

Viktor no puede evitarlo. Él también se acerca a Ryan. Piensa que Ryan es tal vez la persona más especial que haya conocido nunca, y eso que ha crecido rodeado de superdotados.

—Nuestra amiga Bianca está sufriendo —anuncia Ryan a la multitud. Su voz vuelve a ser diferente, alta y clara. Todos asienten y murmuran algo. Nadie suelta un chiste para romper la tensión. Nadie ignora el dolor de Bianca. Nadie se ríe de ella por llorar ni la critica por mentir.

Ryan toma las manos de Bianca entre las suyas. En voz baja, le hace a Bianca una pregunta que Viktor no puede oír, pero sí cree intuir su respuesta.

Con voz temblorosa, ella responde:

—Quiero tener el poder de no sentir más dolor.

—¿Estás segura? —pregunta Ryan.

Bianca asiente rápidamente.

—¿Segura de verdad? —repite Ryan.

—Totalmente —responde Bianca, lo bastante alto como para que Viktor sepa con certeza que oye cada palabra correctamente.

La pequeña multitud que se ha reunido a su alrededor parece contener la respiración. Viktor también lo hace, aunque no sabe por qué. Tiene la sensación de que algo importante está a punto de suceder.

En el punto justo donde las manos de Ryan y Bianca se encuentran, Viktor ve un débil parpadeo de luz, como si hubiera una vela encendida entre sus palmas. El suelo bajo sus pies empieza a temblar. Viktor jura que nota cómo se tambalea el edificio, como si lo azotara el viento. De repente, el aire se llena de polvo. A Viktor le lloran los ojos y empieza a toser.

La multitud que le rodea no parece preocuparse lo más mínimo por el polvo en el aire o el suelo que se mueve bajo sus pies. En su lugar, estallan en vítores.

—¡Ryan! ¡Ryan! ¡Ryan! —corean.

Viktor se une a ellos. Ryan lo mira y sonríe. Viktor resplandece ante ese reconocimiento. Por una vez, siente que forma parte de algo más grande que él, en lugar de observar desde fuera algo mucho más grande que él. Sienta bien, por una vez, participar *desde dentro*.

VIKTOR

La multitud se abalanza sobre Bianca, dándole palmadas en la espalda, estrechándole la mano, chocando los cinco. Alguien le revuelve el pelo rubio, y la electricidad estática en el aire hace que se le ponga de punta.

—Enhorabuena —la felicita alguien.

—¡Así se hace! —la animan otros.

—Mi hermana murió el año pasado. Ojalá se me hubiera ocurrido cuando me pasó a mí.

«¿Cuándo *qué* te pasó a ti?», se pregunta Viktor. ¿Qué le ha susurrado Ryan a Bianca antes de que ella le pidiera tener la capacidad de no sentir más dolor?

No, ella no le ha pedido la capacidad. Le pidió *el poder*.

—Quizás Ryan te dé otra oportunidad —sugiere Bianca.

—¿Crees que es posible tener más de una?

«¿*Más de una* qué?», casi pregunta Viktor. Pero la respuesta le sacude antes de que pueda pronunciar las palabras.

Ryan no es una persona normal y corriente, como él. Y no es sólo porque tenga una voz que cambia y se metamorfosea como un camaleón: la gente sin poderes es capaz de eso, si lo intenta.

Pero la gente normal y corriente no tiene amigos que hablen de poderes.

Viktor da un paso atrás, luego otro. Le castañetean los dientes. ¿No llevaba antes una chaqueta? La vieja cazadora que olía levemente a colonia ajena se la habrá dejado abajo.

Así es; se la ha quitado en la habitación de Ryan, cuando hablaban sobre Bach. Será mejor que vaya a buscarla. No quiere perderla. Es la prenda que más le ha gustado llevar. Está ya casi en la puerta que da al piso de abajo cuando siente una mano en el hombro.

Es Ryan. Como la multitud sigue centrada en Bianca, ha conseguido escabullirse.

—¿Adónde vas? —le pregunta. Su voz vuelve a ser amable y cálida.

—Voy a por mi chaqueta —le cuenta Viktor—. Tengo frío.

—No hace tanto frío —insiste Ryan. La cara de Ryan brilla por el sudor, como si acabara de correr una carrera.

Viktor hace un gesto con la cabeza hacia Bianca.

—¿Qué es lo que pasaba allí —Viktor señala a la multitud que rodea a Bianca— con esa chica?

—Es difícil de explicar.

Ryan sonríe, pero la sonrisa no le llega a los ojos.

Viktor suspira. Está acostumbrado a que ignoren sus preguntas. Pero, para su sorpresa, Ryan le sujeta las manos.

—Sería más fácil —dice Ryan, en apenas un susurro— enseñártelo.

—¿Enseñarme qué? —pregunta Viktor. Aún no está del todo seguro de querer saber la respuesta, pero también se muere por saberlo. ¿Cómo es posible sentir ambas cosas a la vez?

En lugar de responder, Ryan aprieta con fuerza las manos de Viktor entre las suyas, igual que hizo con Bianca momentos antes. Ryan, como Viktor, es pequeño y delgado, pero su agarre es más fuerte de lo que esperaba. Tiene los dedos largos y finos, la piel pálida y suave. Los dedos de Viktor están llenos de cicatrices y callosidades de tanto tocar el violín. Viktor intenta apartarse, pero Ryan lo sujeta con firmeza.

—Estás temblando —dice Ryan.

—Te he dicho que tenía frío.

—Y yo te he dicho que no hacía mucho frío. —De repente, su voz se vuelve tensa, como cuando le preguntó a Bianca si quería hablar con los muertos. Ryan mira fijamente a Viktor, pero esta vez la mirada de Ryan hace que Viktor sienta que es la única persona del mundo, y a Viktor no le gusta. Quiere que Ryan rompa el contacto visual.

Viktor no puede explicarse por qué de repente tiene miedo de su nuevo amigo. Hasta hace tan sólo unos minutos, nunca se había sentido tan cómodo con nadie.

—Sé lo que es ser el raro, el inadaptado. Deja que te ayude —se ofrece Ryan amable, con una voz lisonjera y suave.

Ryan aprieta las manos de Viktor.

—A veces dejo que la gente elija, como con Bianca —explica Ryan—. Pero a veces, sé lo que alguien necesita mejor que ellos mismos.

—¿Crees que sabes lo que necesito? —pregunta Viktor—. No hace mucho que me conoces.

—No se tarda demasiado.

El agarre de Ryan se mantiene firme.

—¿Tan obvio es?

Viktor siente que su inutilidad debe estar escrita en su piel. Bien podría llevar un cartel que dijera que sus hermanos son especiales, y él no lo es.

—Tú eres especial, Viktor —concede Ryan, como si le leyera la mente—. Que los demás no lo vean no significa que yo no lo haga. Y ahora —continúa Ryan— me aseguraré de que todo el mundo sepa lo especial que eres.

«Sí», piensa Viktor, con el corazón a punto de estallarle en el pecho. «Eso es lo que más deseo. Que mis hermanos y Hargreeves vean que soy especial, igual que ellos».

Viktor espera un destello de luz, algún tipo de oleada de energía, pero no ocurre nada.

—¿Qué demonios...? —murmura Ryan. Una gota de sudor le resbala de la frente a la mejilla, y su rostro parece tenso, como si intentara levantar un peso demasiado grande. Pero se mantiene firme.

—Déjame volverlo a intentar —exige Ryan, esta vez más alto. Viktor no puede evitar darse cuenta de que la misma multitud que antes miraba a Bianca ahora lo mira a él. Todos esos ojos clavados en él le ponen los pelos de punta. Piensa en el flash de las cámaras y en las preguntas a gritos con las que seguían a sus hermanos de un lugar a otro.

—No quiero nada —asegura Viktor bruscamente. Si Ryan no le estuviera sujetando las manos, Viktor podría tomar una pastilla para calmarse.

—Mientes —espeta Ryan, con la voz afilada como el filo de una navaja—. Todo el mundo quiere algo. Todo el mundo quiere ser más de lo que ya es.

«¿Será eso cierto?», se pregunta Viktor. No cree que sus hermanos quieran ser algo más de lo que son. Sin embargo, esta noche Ben ha aprovechado al máximo la oportunidad de ser normal. A Klaus le ha faltado tiempo para salir de casa. Allison estaba decidida a encontrar el atuendo perfecto y Diego apenas podía contener la energía que le desbordaba. Viktor se ha pasado toda la vida comparándose con sus hermanos, deseando tener los dones que ellos poseen, preguntándose cuál era el poder con el que se suponía que había nacido. A lo largo de los años, a Viktor nunca se le había ocurrido que sus hermanos también podrían haber deseado ser otra cosa.

Ryan aprieta con más fuerza las manos de Viktor. El suelo retumba suavemente bajo sus pies, como si la propia tierra soltara un profundo suspiro. A Viktor le cosquillea la garganta; no puede dejar de toser. Hay tanto polvo en el aire que le arden los ojos. Las manos se han vuelto resbaladizas por el sudor, y Viktor consigue por fin librarse del agarre de Ryan.

De repente, Viktor es plenamente consciente de lo que tiene que decir.

—¿Cuándo es tu cumpleaños? —pregunta.

—El 1 de octubre de 1989 —responde Ryan, que sonríe, y Viktor comprende que Ryan sabe por qué se lo ha preguntado.

—¿Cuándo es el tuyo? —indaga Ryan. Su rostro no muestra una sonrisa amable, sino que tiene los labios apretados en una línea recta.

—Eso da igual —responde Viktor con rapidez, y lo dice en serio. Aunque su nacimiento fuera milagroso, no tiene el tipo de poderes que tienen otros nacidos ese 1 de octubre—. El caso es que yo no debería estar aquí. Soy demasiado joven para la universidad.

«Y tú también», piensa Viktor, pero se lo calla. Ryan no debería estar aquí, como tampoco deberían estar los miembros de la Academia Umbrella.

—Nos hemos colado en la fiesta —añade Viktor. Quizás Ryan haga que los echen a Viktor y a sus hermanos. Tal vez así se vayan a casa y Viktor logre olvidar que alguna vez conoció a ese tipo.

—¿Hemos? —repite Ryan. Parece intrigado—. Creía que estabas solo.

Viktor niega con la cabeza.

—Bueno, estaba aquí solo. Pero no he venido solo.

—¿Con quién has venido?

—Con mis hermanos —explica Viktor—. Seguro que se están preguntando dónde estoy.

¿Se da cuenta Ryan de que miente? Viktor ni siquiera está seguro de que sus hermanos recuerden que él está aquí. Intenta acordarse de qué estaba haciendo cada uno de ellos la última vez que los vio: Klaus ni siquiera se dio cuenta de que Viktor le iba siguiendo por las escaleras (y luego, al parecer, se ha tirado desde el tejado); Allison, Diego y Ben desaparecieron entre la multitud del primer piso; y Luther se quedó en la tienda de segunda mano. Probablemente hayan hecho un millón de amigos. Dondequiera que estén, probablemente sean el alma de la fiesta. Lo último que quieren oír es que el inútil de su hermano se ha metido en algún lío.

—¿Hermanos? —repite Ryan.

—Sí. Somos los Hargreeves —responde Viktor en lugar de decir «Somos la Academia Umbrella». Quiere que parezcan una familia normal; una familia normal diría su apellido, no el nombre de su academia, ¿no? Claro que una familia normal no formaría parte de una academia.

—¿Hargreeves? —escupe Ryan, pronunciando el nombre como si fuera una palabrota.

Viktor ve en el rostro de Ryan que los conoce. Se le cae el alma a los pies. Pues claro, ¿qué se creía? Por supuesto, su nombre es tan anormal como la propia Academia. Como Hargreeves, Reginald Hargreeves. Como su madre, que es una máquina, o su mayordomo, que no es un ser humano, o su casa, que no es un hogar, sino un centro de entrenamiento.

—Creía que sólo había seis miembros en la Academia Umbrella —continúa Ryan, incrédulo—. Cinco, desde que murió tu hermano.

—No murió —replica Viktor a la defensiva. Ha oído a Ben interrogar a Klaus todos los días desde la desaparición de Cinco. Según Klaus, Cinco no ha dado señal alguna de entre los muertos. Después de años observando a sus hermanos, Viktor sabe cuándo miente Klaus, y sobre eso nunca lo ha hecho. Todavía no.

Ryan continúa como si Viktor no hubiera dicho nada:

—Así que la gran Academia Umbrella se ha dignado a honrar mi fiesta con su presencia.

—¿*Tu* fiesta? —Viktor se queda confundido. Entonces recuerda que Ryan le ha contado que la fraternidad le había dado a elegir habitación. En aquel momento, Viktor estaba tan emocionado de que a Ryan y a él les gustara la misma habitación, que no se había parado a pensar en por qué le habían dejado elegir. Y la forma en que Tish se ha disculpado por olvidar las bebidas y se ha ofrecido a cambiar la música, como si el bienestar de Ryan importara más que el suyo propio.

Ryan se cruza de brazos.

—Y te enviaron arriba para espiarnos. —Su voz ha vuelto a cambiar, ahora es casi un gruñido. Viktor cree que Ryan suena más enfadado que Hargreeves. Da más miedo porque no grita, porque no tiene saliva en la comisura de los labios, porque no gesticula con rabia. Se muestra completamente tranquilo.

—No... — intenta decir Viktor, pero Ryan lo interrumpe:

—¿No es acaso tu hermano el que se ha caído de la azotea? —continúa Ryan—, ¿el que puede comunicarse con los muertos?... Klaus, ¿verdad?

Cuando Viktor asiente, se da cuenta de que está temblando.

Hay mucho polvo en el aire, pero nadie en la azotea se mueve para entrar en la casa. Viktor supone que eso no le debería sorprender; ni siquiera los ha alterado el terremoto a pesar de que en esta parte del país ni se oye hablar de ellos. Casi como si lo estuvieran esperando.

Antes de que Viktor termine de atar cabos, Ryan continúa:

—Tu equipo tiene que haberse enterado de que hay novedades en la ciudad, que ha surgido alguien incluso más poderoso que la Academia Umbrella.

—¿De qué estás hablando? —pregunta Viktor. Nadie es más poderoso que la Academia Umbrella. A pesar de las interminables críticas de Hargreeves, aún no han fracasado en una sola misión. No del todo, al menos.

—La Academia Umbrella está limitada por sus propios poderes.

Viktor niega con la cabeza. Eso no tiene ningún sentido. Los poderes de sus hermanos no suponen ningún límite. Todo lo contrario.

—Y, sin embargo, mis poderes son ilimitados —explica Ryan, extendiendo los brazos—. ¿Qué puede ser más ilimitado que la capacidad de dar poder a los *demás*?

Ryan agita las manos como un mago haciendo un truco, y su público aplaude.

Detrás de él, a alguien le salen alas escamosas y correosas, como las de un dragón. Los ojos de otra persona irradian una luz roja que agujerea el suelo bajo sus pies. Aunque estos universitarios sean mayores que Viktor y sus hermanos, parecen estar imbuidos del mismo tipo de poderes. La tierra tiembla cada vez que uno de ellos muestra sus habilidades recién adquiridas.

Por primera vez, Viktor aprecia las estrictas reglas de Hargreeves. Sin ellas, la Academia Umbrella podría haber utilizado sus poderes de forma irresponsable, para salirse con la suya en lugar de ayudar a la gente.

Ryan alza la voz mientras se gira para dirigirse a la multitud:

—¡La Academia Umbrella ha venido aquí esta noche para quitaros vuestros poderes!

—¡No! —grita Viktor, pero su voz no es tan alta ni autoritaria como la de Ryan—. Nada de eso. Sólo tratábamos de ser *normales*...

Al oír la palabra *normal*, Ryan y sus acólitos estallan en carcajadas. El estruendo hace que Viktor quiera taparse los oídos.

—Ésa es la peor mentira que he oído en la vida —espeta Ryan—. ¿Quién elegiría ser normal cuando puede ser poderoso?

Viktor abre y cierra las manos con fuerza. ¿Por qué el poder de Ryan no ha funcionado con él? ¿Qué poder iba a otorgarle Ryan? ¿Qué poder habría elegido él si le hubieran dado la oportunidad?

Antes de que Viktor pueda responderse, la multitud se dirige hacia él. No, no hacia él. Se dirigen a las escaleras. Ryan toca la mano de una chica alta.

—Tu mordedura es venenosa —anuncia, y luego sujeta a alguien que lleva una sudadera con una capucha enorme—. Todo lo que tocas se convierte en piedra. Concede poderes como quien reparte caramelos. La tierra bajo la casa de fraternidad tiembla.

«Por eso nadie se ha sorprendido antes», se da cuenta Viktor. «Se lo esperaban. Cada vez que los acólitos de Ryan usan sus poderes, la tierra se estremece».

Sus hermanos pensaban que el temblor de antes, en la tienda de segunda mano, era una réplica del terremoto de la tarde.

Viktor empieza a toser de nuevo mientras el polvo llena el aire. Sus hermanos estaban cubiertos de polvo cuando han llegado a casa esta tarde, después de la misión.

Terremotos, polvo.

Creían que la culpa era de una petrolera corrupta.

Pero ¿y si todo lo han causado Ryan y sus secuaces (Viktor ya no los considera amigos)?

Pero ¿cómo, si la misión ha tenido lugar muy lejos de la ciudad? A Viktor no le queda tiempo para encajar las piezas, para unir todos los fragmentos conectados del puzle, tal como descompone las notas y las vuelve a unir cuando está estudiando una nueva pieza musical.

Viktor tiene que llegar hasta sus hermanos antes que Ryan y sus amigos.

LUTHER

Cuando el suelo empieza a temblar y moverse, los jóvenes que los rodean, en lugar de correr para ponerse a cubierto, estallan en vítores.

—¡Ryan! —vociferan, como si fuera la estrella de su equipo favorito y acabara de meter un gol.

—¿Qué está pasando? —chilla Luther.

—Debe de ser Ryan —responde Diego—. Es probable que tenga el poder de provocar terremotos, ¿no?

Luther niega con la cabeza.

—Eso no explica lo demás. —Piensa en las manos negras de Mateo y en la gente con superpoderes que los rodean.

Luther recuerda la cartera que lleva en el bolsillo.

—¿Cómo ha conseguido sus poderes toda esta gente?

—Quizás nuestro cumpleaños no es el único que fue mágico —sugiere Allison.

—¿Crees que si hubiera habido algún otro cumpleaños mágico papá no habría recogido también a esos niños? —deduce Diego, y por mucho que Luther odie estar de acuerdo con él, su hermano tiene razón.

—Además —señala Ben— es imposible que todos los niños de esta fiesta cumplan años el mismo día. Ya sabemos que no es el caso de Mateo y la supervelocista.

—¿Qué más sabemos? —empieza Luther—. Sabemos que la gente de esta fiesta tiene poderes. Sabemos que arriba hay un chico...

—Ryan —apunta Klaus con orgullo.

—Ryan —continúa Luther—, que cumple años el 1 de octubre.

—Suponemos —matiza Ben.

—Sí, suponemos —asiente Luther.

—Pero, ¿y si... y si... y si Ryan tiene algo que ver con los poderes de los demás? —sugiere Luther al final.

—¿Crees que Ryan hizo que Mateo se desplomara en la calle? —pregunta Allison—. ¿Cómo lo habría hecho, si estaba aquí en la fiesta?

—No sabemos si estaba aquí —sugiere Ben—. Si su poder es teletransportarse, quizás se trasladó de la fiesta a la tienda de segunda mano y volvió después.

Allison se muestra escéptica.

—¿Por qué haría algo así?

—Quizás Ryan odiaba a ese tal Mateo —suelta Diego.

—Sí, pero si su poder es teletransportarse, no va a tener *también* la capacidad de hacer que otras personas se desmayen —señala Luther—. Y, además, Mateo no se desmayó. Perdió el conocimiento porque le cayeron encima los escombros de un edificio que se derrumbó y porque lo alcanzó un rayo.

—¿Pero por qué ha caído un rayo? —cuestiona Ben—. Quizás Mateo... *creó* el rayo. Quizás ése sea su poder.

—Dijo... —Luther hace una pausa, intentando recordar las palabras de Mateo antes de que se lo llevara la ambulancia—. Dijo que estaba *practicando*.

—¿Practicando el uso de sus poderes? —sugiere Ben.

Eso explicaría las cosas: Mateo creó el rayo (que viene acompañado del sonido de un trueno) y ese rayo golpeó el lateral de un edificio, e hizo que se derrumbara. El poder debe proceder de sus manos, por eso tenía las palmas negras y humeantes.

—Pero ¿por qué tiene un poder? —pregunta Luther, frustrado.

—¿Por qué lo tienen todos éstos? —insiste Ben.

—Mira a tu alrededor —propone Allison con suavidad—. Esta gente está de celebración. Corean el nombre de Ryan. Es evidente que lo quieren.

—Quizás ése sea su poder: conseguir que la gente lo quiera —apunta Klaus.

—¿Y también que festejen los terremotos? —suelta Diego. Hay burla en su voz, pero Luther intenta ignorarla.

—Vitorean el nombre de Ryan como si acabara de ganar el campeonato o algo así —insiste Allison—. Sus poderes, los terremotos, Ryan..., todo está relacionado. Y sea cual sea la conexión, les encanta.

—¿Y si...? —empieza a decir Luther, pero se detiene—. No, no puede ser eso.

—Cuéntanoslo —le ruega Allison.

—No, es demasiado descabellado —insiste Luther.

—No necesitamos oír más estupideces —se burla Diego. Luther sabe que su hermano intenta socavar su autoridad—. Volvamos a separarnos. Era mucho más divertido cuando estaba solo.

—Sí, que te dieran una paliza parecía divertido —arremete Luther.

—No me estaban dando una paliza —se defiende Diego—. ¡Estaba ganando la pelea!

—En cualquier caso, toda una juerga, tú —contraataca Ben con sorna—. Luther, por favor, cuéntanos tu idea.

—¿Y si el poder de Ryan fuera la capacidad de dar poderes? Diego se ríe.

—¿Quién ha oído hablar del poder de dar poderes?

—¿Te lo creerías si se le hubiera ocurrido a alguien que no fuera Luther? —pregunta Ben, exasperado—. En serio, ¿se te ocurre una explicación mejor para todo lo que ha ocurrido esta noche?

Diego abre la boca para decir algo, pero no se le debe ocurrir nada bueno, porque no le sale ninguna palabra.

—No es justo —se lamenta Luther de repente.

—¿Qué no es justo? —grita Allison por encima del estruendo.

—Nos tenemos los unos a los otros. Tenemos a Hargreeves que nos ha enseñado a utilizar nuestros poderes. Ryan probablemente no ha tenido a nadie. Y el resto de estos chicos y chicas está claro que no tienen a nadie.

—¿Y? —arguye Diego—. Quizás algunos de nosotros no necesitemos a nadie más.

—Entonces, probablemente no saben cómo utilizar sus poderes correctamente.

—Creo que Ryan sabe bastante bien cómo utilizarlos —razona Ben—. Si Ryan no conoce el alcance de sus facultades, ¿cómo es posible que tantos de sus amigos tengan poderes?

—Pero, bueno, ¿alguno de nosotros de verdad sabe cómo funcionan nuestros poderes? —pregunta Klaus y se encoge de hombros. Arrastra las palabras. A Luther le sorprende que siga prestando la suficiente atención como para decir algo importante. La concentración no es precisamente el punto fuerte de Klaus.

—Sí, pero si fuera uno de nosotros —continúa Luther—, podría aprovechar sus poderes. Piensa que papá podría construir todo un ejército de la Academia Umbrella con alguien como él.

—¿Crees que deberíamos ser más? —murmura Diego.

A Luther se le ocurre que es probable que a Diego le preocupe que este Ryan se convierta en el nuevo Número Dos y le haga bajar un escalafón.

«En realidad», piensa Luther, «eso no suena tan mal».

—No sé, Luther —agrega Ben—. La idea de un ejército de la Academia Umbrella me pone la piel de gallina.

Luther niega con la cabeza. Ninguno de ellos tiene su visión de conjunto.

—No han tenido tanta suerte como nosotros —insiste—. No han tenido a papá.

—¿Suerte? —se mofa Diego—. ¿Ser educado por Hargreeves? Luther, está claro que ese tal Ryan es peligroso. Estoy con Ben. La Academia Umbrella no es una buena idea —continúa Diego—. Deberíamos dejar fuera a este tipo, no invitarlo a casa como si fuera un gatito callejero.

—Chicos, se suponía que esta noche no iba a ser así —protesta Ben—. Deberíamos irnos a casa.

—Y contarle a papá lo de Ryan —determina Luther—. Tenéis razón. Papá sabrá lo que hacer.

—No es eso lo que yo iba a decir —explica Ben apretando los dientes—. Si papá sabe lo de Ryan, querrá añadirlo a su colección.

—No somos su *colección* —insiste Luther—. Somos sus hijos.

—No estoy seguro de que papá note la diferencia —susurra Ben, en voz tan baja que Luther no sabe si lo ha oído bien.

Allison asiente con la cabeza, pero antes de que Luther pueda preguntarle con qué está de acuerdo exactamente, Ben continúa:

—De todos modos, se supone que esta noche somos normales —apremia, ahora más alto. La multitud que les rodea está cada vez más alborotada. Aunque Luther y sus hermanos están cerca, tienen que gritar para oírse.

—No hay nada *normal* en enfrentarse a otra persona con poderes, ya sea para destruirla o para llevarla a casa —añade.

—Un momento —Luther respira hondo, hinchando el pecho—. Aquí estoy yo al mando. Y digo que lo llevemos a casa.

—Tú no estás al mando de nada —replica Diego—. Esto no es una misión.

—Se ha convertido en una misión —persevera Luther.

—¡No! —Ben casi grita ahora—. No ha sido así. *No lo es.* Encontremos a Viktor y volvamos a casa.

—No sin Ryan. Alguien podría resultar herido —Luther se dirige hacia las escaleras, pero de pronto siente que algo le tira del hombro y no puede avanzar. Mira hacia abajo y ve que Diego le ha tirado un cuchillo que ha traspasado la americana de la Academia Umbrella que lleva y lo ha dejado ahí clavado a la pared. Gracias a la perfecta costura de mamá y a la insistencia de Hargreeves en utilizar materiales superiores, la chaqueta no se rasga más allá del agujero que ha perforado el cuchillo de Diego.

—¡¿Pero qué narices, Diego?!

Luther se revuelve, tratando de desclavar el cuchillo de su hermano de la pared.

—Si esto es una misión, entonces somos libres de utilizar nuestros poderes —Diego habla con calma, como si tener a su hermano inmovilizado fuera algo cotidiano.

—Vamos, vosotros dos —Allison se coloca entre los hermanos. Las manos de Luther se cierran en dos puños. Diego saca otro cuchillo, que esta vez apunta en dirección a Allison. Sin saber muy bien qué hace, Luther se lanza de cabeza contra Diego. Caen, pero antes de tocar el suelo, los tentáculos de Ben los agarran a ambos y los vuelven a poner en pie.

—¡Una noche! —gime Ben—. ¿Es mucho pedir una noche sin tener que usar esto?

—¡Lo siento! —exclama veloz Luther. A su lado, Diego también se disculpa.

El suelo bajo ellos vuelve a temblar.

—¿Otro terremoto? —pregunta Allison.

—Cada cosa a su tiempo —insiste Luther—. Lo primero es ocuparnos de Ryan y de esos chicos y chicas.

—Tenemos que neutralizarlo antes de que haga daño a alguien —expone Diego con firmeza—. Si este tipo es capaz de otorgar poderes, ¿te imaginas qué clase de habilidades se habrá dado a sí mismo?

—Puede que Luther tenga razón. Deberíamos ir a buscar a papá —sugiere Allison, mirando nerviosa a uno y a otro.

—No voy a salir corriendo a buscar a *papi* —se enoja Diego—. Podemos encargarnos de este tipo nosotros solos. Como ha dicho Luther, a nosotros nos han entrenado y a él no.

Luther no quería decir eso. No pretendía sugerir que, dado que la Academia Umbrella está tan bien entrenada, pueden eliminar a ese tal Ryan sin ni siquiera empezar a sudar. Lo que quería decir es que Ryan también merecía ese tipo de entrenamiento. Aun así, es lo más cerca que ha estado nunca Diego de darle la razón.

—De acuerdo —conviene Luther—. Pero, ya sabes, inmovilízalo. No le hagas daño.

—Haré lo que haga falta —insiste Diego, y se dirige hacia las escaleras.

Luther corre tras su hermano, decidido a detener a Diego antes de que lastime a su nuevo hermano. En su imaginación, se ve a papá ofreciéndole a Ryan una de las habitaciones libres de casa, a Ryan ejercitándose con ellos todas las mañanas, acompañándolos en las misiones. Quizás les otorgue poderes a las fuerzas del orden locales para que también los ayuden en las misiones, con la tierra temblando bajo sus pies.

Pero papá odiaría eso, así que probablemente no.

CAPÍTULO 27

DIEGO

Tenía que ser Luther quien convirtiera su supuesta noche de diversión en una misión. Y Luther, con su actitud de santurrón, quien viera esto como una misión de *rescate* y no como lo que realmente es.

En el mejor de los casos, podrían llamarla «extracción»: sacar a Ryan de aquí y llevarlo a la Academia para que su padre se encargue de él. En el peor de los casos, y quizás esto sea realmente lo mejor, se trata de una misión de captura y aniquilación.

Si Diego fuera el Número Uno, habría sido él quien decidiera qué tipo de misión tenían entre manos. Pero, aunque hubiera sido así, Ben habría insistido en tener voto, y Allison también, y aunque Luther estuviera en el último lugar, también querría tener voz y voto. (Klaus no puede prestar atención el tiempo suficiente como para tener una opinión, y Viktor no cuenta). Quizás esto no se arreglaría ni siendo el Número Uno.

A Diego le ha gustado ser él quien ha decidido bailar con la chica pelirroja; también le ha gustado luchar por su cuenta, ver a cuánta gente podía derrotar él solo. Ha sido divertido. Hasta que ha llegado Luther y, una vez más, ha hecho que todo gire a su alrededor.

En realidad, ahora que lo piensa, Diego se estaba divirtiendo mucho hasta que ha aparecido Luther y ha insistido en que trabajaran todos juntos.

Bueno, cuando llegó Luther, Diego no estaba *divirtiéndose* precisamente. Estaba tan nervioso que no creía que fuera capaz de quedarse quieto, y lo único que le permitía plantar los pies en el suelo era la presión de los cuchillos sobre su piel. Se da cuenta de que está sangrando un poco. Uno de los cuchillos le ha hecho una herida en el muslo derecho, justo debajo del hueso de la cadera. Pero no le importa. Claro que duele, pero también le recuerda lo cerca que tiene los cuchillos. Lo fácil que le resultaría agarrar uno si lo necesitara.

Y sin duda va a necesitarlo ahora.

¿Y si hubiera seguido bailando con esa chica? ¿Y si se hubiera tomado otra cerveza en vez de buscar pelea?

¿Y si, cuando apareció Luther, Diego y su pareja de baile hubieran desaparecido en una de las habitaciones de arriba, completamente ajenos a todo el jaleo que había causado un tipo llamado Ryan?

Quizás se habrían largado de ahí. Tal vez ella lo habría llevado a su dormitorio, al otro lado del campus, y Diego habría tenido toda una noche sin sus hermanos y sus líos. Una noche para él sólo. Una aventura para él sólo. Y en ningún momento habría sido el Número Dos, relegado a hacer lo que le ordenara el Número Uno.

Quizás todo eso habría ocurrido de no haber sido por la pelea que Diego ha desatado en la pista de baile.

Pero, ¿qué se supone que debería haber hecho cuando ese tío se ha chocado con él? ¿Alejarse sin más?

No es así cómo lo han educado. Y lo que es más, no *quiere* hacerlo. No está en su naturaleza alejarse de una pelea.

Al igual que tampoco puede alejarse de aquí *ahora*, no con un chico allá arriba que reparte poderes, hace que tiemble la tierra y a saber qué más.

Diego saca un cuchillo de cada lado de la cintura y hace girar las hojas entre los dedos mientras sube las escaleras.

Puede que estuviera nervioso cuando han llegado aquí esta noche, pero ya no lo está.

CAPÍTULO 28

ALLISON

Allison sigue a sus hermanos escaleras arriba. Toda su vida, cada vez que la Academia Umbrella se embarcaba en una misión, Allison sentía un subidón de adrenalina: iban a evitar la catástrofe, a poner en práctica su entrenamiento, a exhibir sus poderes. Y, lo más importante, la gente contemplaba cómo lo hacían. Los vitoreaba. Allison siempre ha pensado que no había sensación mejor que ésa: el clamor, la adoración. ¿Qué era eso, sino amor?

Pero esta noche, al subir un tramo de escaleras tras otro, Allison siente como si las piernas le pesaran mil kilos. En lugar de un oleada de adrenalina, lo que siente es el freno de la desgana.

No quiere subir las escaleras. No quiere entrar en combate. Lo que más desea es volver al sofá donde estaba sentada con sus nuevas amigas. Le gustaría poder retroceder en el tiempo, regresar a antes de que se pelearan y seguir cotilleando sobre intereses amorosos y tendencias de moda. Eso suena mucho más emocionante que salvar a la gente que hay aquí del desastre que pueda estar causando ese tal Ryan.

De repente, Allison se da cuenta de que, si se lo contara a Luther, éste no lo entendería. Siempre la ha comprendido, pero está segura de que a *eso* no le vería ningún sentido. Ella misma apenas logra entenderlo. Charlar con aquellas chicas (antes de que estallara la pelea) le ha hecho mucho bien. Le haría mucho más bien ser *una de ellas* y no la máquina de combatir el crimen que es por su educación y entrenamiento.

Y cuando Allison hizo reír a Jenny, Leticia y May con sus bromas, se sintió más querida que si hubiera recibido todos los aplausos del mundo, que si hubiera sido el objetivo de todos los fotógrafos, o que si todos sus fans se hubieran agolpado delante de su casa gritando su nombre. A pesar de haber tenido que hacer correr un rumor para ganar la aceptación de sus amigas, una vez obtenida, era algo *increíble*.

El vestido morado de Allison se mece con cada paso que da. Fue diseñado para bailar, no para luchar. La falda está pensada para que vuele cuando su pareja de baile la haga girar sobre sí misma, no cuando se gira para enfrentarse a un adversario.

Por supuesto, Allison no tiene ni idea de cómo se crio Ryan, pero en su imaginación lo ve con sus padres y dos hermanos pequeños, viviendo en una casita con jardín situada en una zona residencial. Los tres van al colegio con sus mochilas y las bolsas de estraza donde llevan el almuerzo: sándwiches de mantequilla de cacahuete y mermelada y cartones de zumo. Ryan anima en los partidos de la liga infantil de sus hermanos pequeños; se queja cuando sus padres le obligan a hacer de canguro un sábado por la noche, aunque en realidad le encanta pasar tiempo con ellos.

A Allison le bailan los pies dentro de sus zapatos morados de tacón alto. Cuando se los probó en la tienda, se dio cuenta de que eran al menos media talla demasiado grandes, pero no le dio mucha importancia; no tenía previsto salir corriendo, involucrarse en una misión.

Si Allison se hubiera criado como el Ryan de su imaginación, quizás nunca habría descubierto su poder. ¿Cuáles son las probabilidades de que hubiera utilizado la frase adecuada en el momento oportuno? Lo más probable es que hubiera aprendido a interactuar con otras personas sin depender de sus poderes para que le hicieran caso. ¿No?

Una cosa es segura: nunca se habría entrenado para el combate. No se habría visto obligada a hacerse un tatuaje. Sus hermanos serían sus hermanos, no sus compañeros de equipo. Y claro, eso habría supuesto que no habría aparecido en las portadas de las revistas y que nunca habría conocido a Luther, pero...

Hay otras formas de conocer gente. Otras formas de ser famosa. Otras razones para que te elogien.

—¡Vamos, Allison! —grita Luther. Sube las escaleras de dos en dos, varios pasos por delante. Ella baja la cabeza y corre tras él.

La adrenalina por fin hace su aparición. Le zumba la piel y la empuja a subir las escaleras más deprisa. Nota una fina capa de sudor en la nuca, y por detrás de las rodillas. Independientemente de cómo se sienta, su cuerpo sabe cómo responder.

KLAUS

Por Dios, ¿a dónde van corriendo ahora sus hermanos? ¿Por qué se estaban peleando? Nunca había visto a Ben utilizar sus tentáculos para separar a Luther y Diego. ¿O sí? Ahora que lo piensa, cree que es un milagro que no lo haya hecho antes. Podría hacerlo todos los días, varias veces al día, dada la forma en que Luther y Diego discuten.

—*Soy el Número Uno.*
—Pero debería *serlo yo.*
—*Nanay. El Número Uno soy yo.*

Como si fueran miembros de un equipo en vez de una familia, Klaus se imagina a sí mismo como una animadora con pompones, animando a sus hermanos desde la banda. Estaría *increíble* con uniforme de animadora. Y sería un buen cambio con respecto a su uniforme de la Academia. Y estaría en lo más alto de la pirámide, si tuviera la oportunidad.

¡Dame una U!
¡Dame una M!
¡Dame una B!
¡Dame una...!

Klaus sacude la cabeza. Demasiada ortografía.

Las peleas, las carreras, la ortografía... ¡van a acabar con el buen rollo! En serio, los hermanos de Klaus no tienen ni idea de cómo comportarse en una fiesta. Quería que lo experimentaran por sí mismos, que descubrieran su propia personalidad fiestera. Porque si algo sabe Klaus es que hay un millón de maneras distintas de divertirse. Algunas personas son observadoras e introvertidas, otras (como él) son el alma de la fiesta y otras quieren perderse entre la multitud. Hasta esta noche, Klaus no creía que hubiera *una forma incorrecta* de divertirse, pero resulta que sí la hay. Porque el resto de la Academia Umbrella sin duda lo está haciendo fatal.

Y ahí van ahora, subiendo las escaleras, gritando un nombre, «¡Ryan!», como si fuera su enemigo mortal.

Aquí todo el mundo *adora* a Ryan. ¿No se dan cuenta sus hermanos de que, si se vuelven contra Ryan, el resto del grupo se volverá contra ellos? «Contra nosotros», piensa Klaus, recordando que él es uno de ellos. Uno de *nosotros*.

«Nosotros» es la Academia Umbrella. ¡La mayor familia/ equipo de lucha contra el crimen que el mundo haya conocido jamás!

La gente se une a un equipo cuando está en el instituto: baloncesto, fútbol, rugby. Nacen en el seno de sus respectivas familias. De algún modo, Klaus y sus compañeros/hermanos encontraron su equipo/familia de forma diferente, literalmente, a la de cualquier otra persona del planeta. Ahora mismo no le encuentra sentido, aunque tampoco sabe si sería capaz de entenderlo sobrio. No está seguro. La mayoría de la gente que se une a un equipo suele elegir su deporte; hacen una prueba y el entrenador decide si son lo bastante buenos. Klaus cree que Hargreeves es una especie de entrenador. Viktor es algo así como alguien que no entró en el equipo y fue relegado a encargado de material o similar: siempre anda por ahí, pero en realidad no participa.

Cuando alguien normal no entra en el equipo, puede volver a intentarlo. O puede unirse a otro equipo, probar otro deporte. No tienen que seguir viviendo con su entrenador y sus potenciales compañeros.

Pero, sobre todo, la gente normal puede dejar su equipo cuando quiera.

«En realidad», piensa Klaus, «ése no es un privilegio exclusivo de la gente normal». Él mismo no necesita ser normal para ser un marginado. Sólo tiene que elegir el momento adecuado. Y esta noche no es el momento adecuado.

Así que Klaus sigue a sus hermanos/compañeros escaleras arriba.

Aunque su paso es un poco más cansino que el de ellos.

«Cansino». Es un término muy gracioso.

«Término» es también una palabra graciosa, si lo piensas.

«Término». «Termino». «Terminó».

A sólo un paso de «terminar» o «terminal» o cualquiera de esas palabras que la gente que no tiene ni idea asocia con muerte y fantasmas.

Al menos, gracias al alcohol y las drogas, ahora puede silenciar todas esas voces; no sabe muy bien qué ha tomado; pero es potente. Por desgracia, Luther grita casi tan fuerte como los fantasmas.

—¡Vamos! —brama.

Y Diego añade:

—¡Quítate de en medio!

Klaus oye cómo la respiración de Allison se acelera, y cómo el tafetán de su vestido morado vuela detrás de ella como una capa cuando se echa a correr.

Ben lo observa desde un par de tramos de escalera más arriba.

—¡Venga, Klaus!

Ben parece preocupado, no entusiasmado como Luther. Como si no estuviera seguro de lo que le ocurrirá a Klaus si lo pierde de vista.

La única voz de compañero/hermano que falta es la de Viktor.

¿Dónde estará?

«Supongo que tiene sentido», piensa Klaus vagamente, recordando que Viktor nunca viene a las misiones. Pero esta noche sí ha venido. Entonces, ¿qué lugar ocupa en este equipo/familia?

Esto es demasiado complicado para ser una salida nocturna. La próxima vez que se escape no les pedirá a sus hermanos que lo acompañen. No tienen ni idea de cómo divertirse. Lo único que saben es llevar a término una misión.

BEN

Era demasiado esperar que fuera una noche normal, ahora Ben lo sabe. Apenas suda mientras sube las escaleras, su cuerpo está preparado para el combate. Bajo la piel, nota cómo sus tentáculos se retuercen y extienden, rodeando los órganos internos. Al menos una parte de su cuerpo responde agitada.

¿Qué pasaría, se pregunta, si le amputaran los tentáculos? Hay personas que viven sin brazos ni piernas; pies amputados por los tobillos, dedos perdidos por congelación y gangrena. ¿Sobreviviría sin sus tentáculos? ¿Y qué pasaría si resultaran fatalmente dañados en una pelea, lesionados sin remedio posible?

Ha oído hablar del síndrome del miembro fantasma, el fenómeno que se produce cuando una persona sigue sintiendo el miembro amputado. ¿Seguiría sintiendo sus tentáculos si se los quitaran? Quizás volverían a crecer, tal como se regeneran las puntas de una estrella de mar. Se estremece al pensarlo; eso lo hace sentirse menos humano.

A veces, es capaz de sentir los tentáculos incluso cuando están ocultos. No sólo la forma en que se mueven bajo la piel; siente su peso, como una mochila que nunca se ha podido quitar. Sabe que Luther es en teoría el «fuerte» de los hermanos, pero está seguro de que sus hombros son aún más robustos que los de Luther, dado todo lo que ha tenido que cargar a lo largo de los años.

Incluso esta noche, mientras jugaba al billar, Ben ha hecho todo lo posible por ignorar sus tentáculos, pero no ha podido dejar de pensar en ellos. Se agitaban bajo su piel, contrayéndose, tratando de liberarse. Eso es algo que nadie entendería jamás: sus tentáculos odian estar comprimidos. Si por ellos fuera, nunca volverían a contraerse y ocultarse. Tienen deseos totalmente separados del resto del cuerpo y la mente de Ben. Sus hermanos suponen que sus tentáculos forman *parte* de él, pero Ben siempre los ha sentido como algo *externo*: un objeto extraño adherido a sus músculos y huesos. Nunca le ha dicho a nadie que le duele cada vez que le atraviesan la piel. Una vez estuvo a punto de decírselo a Klaus, pero sabía que Klaus no sería capaz de guardar el secreto. Ben sabe que Klaus nunca revelaría sus confidencias de manera intencionada, pero también sabe que es difícil que Klaus recuerde que lo que le cuenta es un secreto que ha prometido guardar.

Esta noche, Ben ha estado más cerca que nunca de olvidarse de sus tentáculos. O, al menos, los ha ignorado como nunca antes. Pero entonces Diego y Luther se han liado a tortazos y no ha tenido tiempo de vacilar antes de que sus tentáculos hicieran su aparición estelar.

Y ahora están más nerviosos que nunca, saben que se avecina una pelea. Ben sigue a sus hermanos escaleras arriba. Sólo Klaus va detrás de él. Ben mira hacia atrás como si pensara que su hermano podría haberse extraviado, pero Klaus sigue subiendo las escaleras, aunque más despacio que el resto.

Ben pensaba que Klaus era el único de sus hermanos al que le interesarían más las fiestas que los superpoderes, pero incluso Klaus ha utilizado su poder esta noche. Como era de esperar, no se puede confiar en que Klaus recuerde una promesa. Además, ha montado un espectáculo, aunque Ben supone que eso es inevitable. No cree que Klaus sea capaz de no montarla allí donde vaya.

Así que ahora Ben sube corriendo las escaleras. El tramo es estrecho, y la madera dura que pisa está pegajosa, como si alguien hubiera derramado una cerveza y no se hubiera molestado en limpiarla. En la barandilla han dejado chaquetas y bufandas que caen al suelo conforme Ben y sus hermanos corren hacia arriba, con la escalera tambaleando bajo sus pies. Ben ya no sabe si el suelo tiembla a causa de otro terremoto o por las pisadas de sus hermanos. Es como si Luther y Diego hubieran ganado un premio desde el instante en que se han dado cuenta de que podían convertir esta noche en una misión, aunque no se hayan puesto muy de acuerdo sobre cuál es la misión. Es como si se sintieran *aliviados* cuando algo sale mal.

Ben no los culpa. Para eso les han entrenado, a todos ellos. Para reconocer lo que no está bien y someterlo a golpes. Incluso Allison ha entrado en acción. Es un reflejo, una memoria muscular. Es casi como si sus cerebros estuvieran programados para las misiones.

En realidad, quizás sí que *están programados* así. Ben se imagina a unos cirujanos abriéndoles el cráneo mientras duermen y ajustando su neuroquímica como si fueran experimentos científicos vivientes.

Es posible. Ben sabe que Hargreeves es capaz de cualquier cosa.

VIKTOR

Viktor no puede precisar el momento exacto en que Ryan ha pasado de ser su amigo (el primero y único que ha tenido nunca) para convertirse en alguien distinto, alguien con voz de serpiente y rabia en los ojos. Desciende las escaleras a trompicones, intentando llegar hasta Ryan, pero los separa una multitud. Viktor chilla, pero nadie lo escucha. Todos atienden sólo a Ryan, y Ryan les ha dicho que la Academia Umbrella es el enemigo.

A Viktor casi le duele que nadie de la multitud se haya molestado en ir a por él, pero no le sorprende. Incluso en un momento como éste, con una muchedumbre empeñada en destruir a sus hermanos, Viktor no representa una amenaza lo suficientemente seria como para exigir atención. Incluso esos desconocidos saben que luchar contra él sería una pérdida de tiempo.

Las escaleras son estrechas, pero sorprendentemente luminosas comparadas con la luz de la luna en la azotea. Viktor mantiene la mirada fija en la espalda del delgado cuerpo de Ryan, a pesar de que hay al menos una docena de personas entre ellos. La camiseta negra de Ryan se ajusta a sus hombros; Viktor se fija en su pelo castaño claro y corto, en sus vaqueros desteñidos y sus zapatillas desgastadas. Viktor cree distinguir un hilo de sudor en la nuca de Ryan, aunque no sabe si se debe a la emoción o al miedo. Las palmas de las manos de Viktor están húmedas porque Ryan se las ha sujetado hace apenas unos minutos.

¿De verdad hace sólo unos minutos todavía eran amigos? ¿Creía Viktor que Ryan lo comprendía mejor que sus propios hermanos, quienes lo conocen de toda la vida y no sólo de una noche?

Viktor imagina lo que dirían sus hermanos si supieran lo rápido que se ha enamorado de Ryan. Por supuesto los hermanos de Viktor habrían sido más sensatos. Tienen más experiencia; se han enfrentado a suficientes enemigos como para reconocer a uno cuando lo ven.

En el rellano del segundo piso, Ryan casi choca de frente con Diego, que lo agarra por el cuello de la camiseta.

—Tú debes de ser Ryan —gruñe Diego, levantándolo del suelo. Tal y como Viktor esperaba, Diego ha reconocido a un enemigo nada más verlo.

—¡Diego, no le hagas daño! —grita Luther, acercándose por detrás. Viktor se sorprende al oírle a Luther decir eso. ¿No es el objetivo de la Academia Umbrella acabar con sus enemigos? ¿No es para eso para lo que papá los ha entrenado?

—Haré lo que tenga que hacer —anuncia Diego. Luther coloca las manos sobre las de Diego, obligando a su hermano a soltar a Ryan. Sin embargo, Luther y Diego se plantan a ambos lados de Ryan para impedirle subir o bajar las escaleras.

—Recuerda —dice Luther—, es uno de los nuestros.

—No es uno de los nuestros —insiste Diego.

—Pero podría serlo —razona Luther—. Tenemos que darle una oportunidad.

Diego parece escéptico, pero le da una tregua.

—¿De verdad tengo que presenciar esta conversación? —balbucea Ryan. Suena aburrido, como si estuvieran hablando del tiempo y no de qué hacer con él.

Viktor se da cuenta de que a Ryan no le cabe la menor duda de que él y sus amigos van a derrotar a la Academia Umbrella, así que para él discutir con los Hargreeves sólo es una pérdida de tiempo.

Luther saca algo del bolsillo y se lo muestra a Ryan. Viktor entrecierra los ojos. Parece un carnet de estudiante.

—¿Conoces a este chico? —pregunta Luther. Su voz es tranquila y amable.

Los hermanos de Viktor no tienen ni idea de lo que Ryan ha gritado desde la azotea a sus amigos: que la Academia Umbrella es su enemigo.

Pero Viktor no tiene tiempo de explicarse antes de que Luther continúe:

—Se llama Mateo. Se lo han llevado al hospital...

—¡La Academia Umbrella está aquí y pretende tomar el control! —chilla Ryan tan agudo que Viktor pega un brinco.

—No, no es eso —empieza Luther. Sigue sonando alegre, pero Viktor detecta un ligero matiz en su voz, como si le sorprendiera que todo esto no estuviera saliendo según lo previsto—. Sólo queremos hablar contigo. No sé si eres consciente de lo que eres capaz...

«Ryan es plenamente consciente de lo que es capaz», piensa Viktor.

Viktor lo ha visto en la azotea.

Ahora Ryan brama por encima del intento pacificador de Luther.

—Quieren encerrarnos en su academia hasta que aceptemos unir fuerzas con ellos.

—No, no queremos eso —insiste Luther.

—Dime, entonces, ¿cuáles son tus planes para mí y mis amigos? —Su voz es gélida mientras mantiene la mirada fija en Luther—. ¿Cómo te ha entrenado Hargreeves para lograr que sigas sus órdenes como un cachorro?

—Yo no soy el cachorro de nadie —murmura Diego, pero Viktor se da cuenta de que Ryan ha tocado una fibra sensible.

—¡Se sienten amenazados porque juntos —se carcajea Ryan— somos mucho más poderosos de lo que ellos serán jamás!

Allison, Ben y Klaus se reúnen con sus hermanos en el segundo piso. Viktor los mira con el corazón en un puño. Se acuclillan, listos para luchar.

Las costuras del vestido morado de Allison se han rasgado al subir de dos en dos los últimos peldaños; está diseñado para el baile pausado, no para el combate cuerpo a cuerpo. Viktor se pregunta si estará enfadada porque se le haya estropeado.

Los ojos de Klaus apenas están abiertos; sin duda está colocado. Aun así, cuando alguien arremete contra él, Klaus lo esquiva con destreza, tan bien entrenado que su cuerpo sabe qué hacer incluso cuando su cerebro está espeso.

Ben parece a punto de echarse a llorar, con los hombros caídos. Viktor cree que nunca había visto a Ben tan abatido.

Luther se planta delante de Ryan. Sonríe de lado, como si una parte de él esperara hacer las paces, mientras que la otra mitad supiera que quizás tenga que luchar. Aprieta los labios y echa los hombros hacia atrás para que parezca que al menos controla la situación.

Diego frunce el ceño. Viktor no sabe si su hermano está más enfadado con Ryan o con Luther por detenerlo justo cuando iba a acabar con él. «Juntos», piensa Viktor, «Luther y Diego son como una de esas parejas de poli bueno y poli malo de la tele».

Por un instante, todo está paralizado: los hermanos de Viktor, Ryan, su horda de amigos y seguidores reunidos arriba y abajo. Viktor contiene la respiración, sin saber qué va a ocurrir a continuación.

Entonces, Ryan rompe el silencio.

—¡No dejéis que nos destruyan! —chilla con una voz que Viktor reconoce de la azotea, la que realmente asusta a Viktor—. Esto es lo que estabais esperando. ¡Utilizad vuestros poderes! ¡Vamos!

La masa de universitarios con superpoderes rodea a la Academia Umbrella: la mitad proviene de los pisos superiores y la otra mitad de los inferiores. Viktor nunca ha visto a tanta gente con poderes en un mismo lugar. Piensa que probablemente nadie lo haya hecho nunca, ni siquiera Hargreeves. Al fin y al cabo, Hargreeves sólo consiguió adoptar a siete niños, y uno de ellos ni siquiera tiene poderes.

—¿Por qué está pasando esto? —grita Luther.

Viktor sabe que Luther esperaba que Ryan lo aceptase, porque piensa que todo el mundo quiere ser como él. No de un modo odioso y autocomplaciente. Vale, quizás esté un poco satisfecho de sí mismo, pero Viktor no lo culpa por ello. Durante la mayor parte de su vida, todos *han querido* ser como Luther. El Número Uno de la Academia Umbrella, la estrella de todas las misiones, guapo, alto, fuerte. Luther es el modelo perfecto para el departamento de moda joven de unos antiguos grandes almacenes. «Si hubieran ido a un instituto normal», piensa Viktor, «Luther y Allison habrían sido la realeza». La estrella del equipo de fútbol y la jefa de las animadoras. (O lo que sea que tenga ese estatus hoy en día. Todo lo que Viktor sabe del instituto lo ha aprendido de las películas de los ochenta de la biblioteca). Viktor siente una punzada de frustración: debería haber más de una forma de ser un adolescente modélico. O modélica. O una persona en general.

En cambio, Viktor está seguro de que en un instituto normal sería un inadaptado. El chico al que meten en las taquillas entre clase y clase, el blanco de todas las bromas, tan patético que hasta los profesores se burlarían de él.

Pero Ryan y sus amigos no se han burlado de él esta noche. Le han tratado como si perteneciera al grupo.

Hasta que dejaron de hacerlo.

Viktor se odia a sí mismo por seguir con esas ganas de pertenencia a ese grupo de gente que pretende atacar a sus hermanos. Se siente dividido entre la única familia que ha conocido y las personas que han sido tan amables con él durante unas horas, las primeras personas que han sido amables con él desde que tiene memoria. Claro que sus hermanos le han dejado acompañarlos esta noche, pero sólo porque pensaban que sabía algo sobre ser normal. Y para ellos, normal es también invisible. Puede que Ryan sea un superdotado y que ataque a sus hermanos, pero al menos lo *ha visto*.

Ahora Viktor ve a Ryan tan pequeño y acobardado entre Luther y Diego. Y de repente Viktor lo comprende: Ryan puede otorgar poderes, pero él no los tiene. Si los tuviera, los habría utilizado para despistar a Diego, para hacer retroceder a Luther. En lugar de eso, ha tenido que llamar a sus amigos para que acudan en su ayuda.

Viktor recuerda la frustración de Ryan cuando no ha podido otorgarle poderes. Imagina que Ryan debió de sentirse igual cuando intentó otorgarse poderes *a sí mismo* y fracasó. Viktor se pregunta cuántas veces lo habrá intentado antes de darse por vencido. A pesar de todo, Viktor le tiene a Ryan un poco de lástima. Sabe lo que se siente al esperar un don que nunca se materializa, al estar rodeado de personas cuyos poderes sólo logras imaginar.

Quizás aún haya una oportunidad de hacer entrar en razón a Ryan, de detener todo esto antes de que empeore. Si Viktor pudiera explicarle que sabe exactamente cómo se siente. Ryan está actuando (ordenando a sus amigos que ataquen a la Academia Umbrella) porque está harto de ser la única persona sin poderes.

Porque ve a todos los que tienen poderes como una amenaza, Viktor piensa en todo el tiempo que ha perdido, solo en su habitación, imaginando cómo habría sido si hubiera nacido con poderes como sus hermanos. Su fantasía de ser el Número Uno en lugar del Número Siete, el que salía en las portadas de las revistas, firmaba autógrafos, respondía a las preguntas de la prensa y salvaba a la humanidad.

Ryan también ha debido sentirse así toda la vida. Otorgando poderes y nunca recibiéndolos. Viktor se pregunta qué habrá sido de toda la gente a la que Ryan dio poderes antes de llegar a este campus. ¿Lo dejaron todos atrás cuando se dieron cuenta de que eran capaces de hacer muchas cosas que Ryan no podía? ¿Es sólo cuestión de tiempo que todos los amigos de Ryan de la fraternidad también lo abandonen?

Ryan tiene que volver a la Academia con Viktor. Pueden asumir su falta de poderes juntos.

Viktor sólo tiene que hacer entrar en razón a sus hermanos. Tiene que hacer que *Ryan* entre en razón.

Y si lo consigue, Viktor será por una vez el héroe: el que pone fin a la batalla, el que evita la catástrofe.

CAPÍTULO 32

DIEGO

Luther sigue de pie junto a Ryan, listo para defenderlo. Diego reprime el impulso de poner los ojos en blanco; ¡Luther sigue *protegiendo* a este chico! Podrían acabar con esto si Luther dejara que Diego tomara las riendas. Pero Luther nunca haría eso.

Está bien. Deja que Luther proteja a Ryan, la razón por la que los están atacando. Diego se encargará de todos los demás.

Está preparado para cuando la horda baje. ¿Dónde había oído antes esa frase? ¿En una de las lecciones de mamá sobre batallas épicas? Algún ejército antiguo era conocido por su gran horda de guerreros, ¿no es eso? No, eso no suena bien. Hargreeves le regañaría por no ser capaz de recordar una simple lección de historia, pero mamá comprendería que tiene cosas más importantes en las que pensar.

Sobre todo, ahora.

Las serpientes que alguien lleva en lugar de cabello se abalanzan sobre él. Son negras y tan pequeñas que, si estuvieran quietas, podrían pasar por mechones de pelo. Sin embargo, ahora mismo sobresalen en todas direcciones, con los colmillos desnudos. Diego sospecha que un mordisco podría incapacitarlo. Se desplaza hacia un lado y Cabeza de Serpiente cae por encima de la barandilla.

—¡Deberías haber pedido tener alas en vez de escamas! —exclama Diego riendo. Puestos a elegir, Diego definitivamente no habría optado por una cabeza llena de serpientes.

—¡Cuidado, Diego! —advierte Luther—. ¡Recuerda que son críos! Queremos neutralizarlos, no matarlos.

Diego niega con la cabeza. Luther siempre quiere ver lo mejor de cada uno, pero Diego es más sabio. Le viene a la mente otra lección de historia con mamá: «El poder absoluto corrompe absolutamente». No recuerda quién lo dijo ni de qué hablaban, pero entiende el significado.

Ryan tiene demasiado poder. Y ese poder lo ha vuelto malvado. Lo que significa que las personas a las que ha dado poderes también lo son. Y las cosas malvadas hay que destruirlas.

—¡Diego!

Levanta la vista y ve a Viktor de pie en el rellano del piso de arriba.

—¡No dejes que te toque! —grita.

—¿Quién? —responde Diego, pero antes de que Viktor pueda añadir más, alguien baja corriendo las escaleras hacia él, con los brazos extendidos. Lleva una sudadera con capucha que le cubre la cabeza, pero Diego puede ver que, bajo la capucha, su piel es de color gris claro, más parecido a la grava que a la piel humana.

—¡No dejes que te toque! —repite Viktor, y Diego se gira instintivamente para apartarse, ágil como un gato salvaje.

Quienquiera que sea pierde el equilibrio y cae por las escaleras. Cuando se pone en pie, Diego ve por qué Viktor no quería que le tocara. Cuando sus manos chocan contra la barandilla de madera, ésta se convierte en roca.

—¡Mierda! —grita Diego mientras esa figura rocosa vuelve a subir corriendo las escaleras.

¿Cómo lo sabía Viktor? ¿Dónde ha estado toda la noche? ¿Por qué baja por detrás de Ryan y su horda? Incluso Luther entendería por qué esta persona tiene que ser algo más que neutralizada. Diego saca un cuchillo y lo lanza, pero el Ser Rocoso lo desvía de un manotazo. La capucha se le baja y revela un rostro completamente formado por rocas. Diego sabe que cuando su cuchillo golpee el suelo, ya no será de metal. Hace una mueca de dolor cuando el arma se parte en dos.

—¡Ése era mi cuchillo favorito! —se queja. Da un salto por encima de la barandilla y aterriza en el rellano del primer piso. Ser Rocoso se gira para mirarlo, con los brazos aún extendidos.

Puede oír a Hargreeves en su cabeza: «Nunca dejes una altura superior, Número Dos». Y él acaba de saltar al piso de abajo de forma voluntaria.

El Hargreeves de su cabeza añade: «Número Uno nunca cometería un error tan básico».

Pues que le den a Hargreeves. Al real y al de su cabeza. Diego saca otro cuchillo, apunta y lanza la hoja a la estrecha hendidura que hay entre las palmas abiertas de Ser Rocoso, con cuidado de que no rebote contra su pétreo esternón. No pretende matar, sólo dejarlo inconsciente, pero el impacto hace que Ser Rocoso se desplome.

Diego levanta los brazos en señal de victoria, pero no hay nadie cerca que aprecie su buen trabajo. Agarra una sudadera arrugada del suelo y se dirige hacia el lugar donde Ser Rocoso está hecho un ovillo en el suelo.

—No te preocupes, no te he dado en ningún órgano vital —promete, con cuidado de no tocar su carne rocosa mientras le ata los brazos a la espalda.

Diego se pone en pie de un salto, dispuesto a enfrentarse al siguiente enemigo. Le cuesta mantener el equilibrio: el suelo tiembla bajo sus pies, igual que esa tarde en el norte.

Diego no tiene que esforzarse para mantenerse de pie durante mucho tiempo. Alguien salta desde el piso de arriba, pero en lugar de caer, baja flotando hacia él lentamente. Es la chica con la que bailaba antes, la pelirroja de sonrisa amable y mejillas pecosas.

Cuando se acerca lo suficiente, se desplaza para que sus pesadas botas apunten a la cabeza de Diego y entonces acelera. Él se aparta, la sujeta por el tobillo y la hace girar como una peonza.

—Eres mejor luchador que bailarín —le suelta ella mientras recupera el equilibrio.

—Bueno, tú eres mejor bailarina que luchadora —bromea Diego, lanzándose de nuevo a por sus pies.

La hace girar una vez, y otra, y otra.

—En realidad —dice— esto es como bailar.

Sigue sonando la música de la fiesta y Diego se balancea al ritmo de la melodía.

—¿Me concedes el siguiente baile? —le pregunta, mientras vuelve a hacerla girar. Tararea la canción y luego sonríe—. Al parecer, soy capaz de luchar y bailar al mismo tiempo.

La chica pelirroja contesta:

—Muy multitarea. —Diego cree notar en su voz un atisbo de sonrisa. En otras circunstancias, a lo mejor le harían gracia las bromas de Diego. «Quizás incluso en estas circunstancias. Al fin y al cabo, la pelea no va a durar toda la noche, ¿no?»

—No me has dicho cómo te llamas —coquetea Diego.

—No me lo has preguntado —jadea la chica, sin aliento.

—Te lo pregunto ahora —insiste Diego, aflojando el agarre.

La chica sonríe ampliamente, pero en lugar de decir su nombre, le da otra patada que lo deja resollando.

Ahí acaba su intento de flirteo.

Diego la agarra, la hace girar una última vez y luego la suelta, dejándola tan mareada que es imposible que golpee nada por su cuenta. Diego la envía a toda velocidad hacia un grupo de amigos suyos que hay en la planta baja, y los derriba como si fueran bolos.

Diego vuelve a las escaleras. Tiene que llegar hasta Ryan. Se peleará con Luther (otra vez) si es necesario. Pero de ninguna manera va a permitir que esto continúe por más tiempo. Ha de deshacerse de Ryan y acabar la guerra. Es así de sencillo.

O al menos eso cree él. No sabe con certeza si al acabar con Ryan, sus seguidores perderán los poderes que les ha dado. Pero merece la pena intentarlo.

Diego gira sobre sus talones y empieza a correr escaleras arriba. El aire está lleno de polvo y Diego tose cada vez más, le lloran los ojos. Se los frota enérgicamente para recuperar la visión. Nota los cuchillos bajo los pantalones. Los usará contra Ryan si es necesario. Saca una hoja corta y afilada para estar preparado. Pero antes de llegar al primer piso, se enfrenta a una chica con el pelo largo y rubio, un vestido negro largo hasta el suelo y unos ojos azules que giran en espiral.

—Tienes mucho sueño —le susurra con voz queda y monótona. Diego levanta los brazos para lanzar un puñal, pero se siente como si sus miembros le pesaran mil kilos. Por primera vez en su vida, no tiene ningún control sobre el cuchillo que lanza y se le cae al suelo con gran estrépito. Quiere agacharse para recogerlo, pero por alguna razón no puede apartar la mirada de esos ojos que giran. Intenta desesperadamente apartar la cabeza, mirar a otra cosa. Pero no puede.

—Mucho, mucho sueño. —La chica de los ojos mágicos suelta una risita—. ¿Quién iba a decir que sería tan fácil acabar con la famosa Academia Umbrella?

Lo pronuncia como si fuera el remate de un chiste. Diego abre la boca para discutir, pero siente que la lengua se le hincha hasta diez veces su tamaño habitual. No consigue que su boca colabore.

—Duérmete, navajero —canturrea.

—Diego —murmura, tratando de corregirla, pero lo que suelta es un murmullo sin sentido. Nada le enfurece más que no ser capaz de decir las palabras que quiere. Intenta embestir a la chica, pero se desploma sobre el suelo.

BEN

Ben levantó la mirada al escuchar su nombre.
—¡Diego! —gritó Viktor desde el rellano superior.

Ben siguió la dirección de Viktor y vio a Diego tendido entre un grupo de personas al pie de las escaleras, con los ojos cerrados, y a una chica rubia con un vestido largo de pie a su lado, intimidante. Una figura que parece de piedra cojea hacia Diego y trata de liberarse de lo que parece una sudadera atada a sus muñecas.

Sin vacilar, Ben libera sus tentáculos que se extienden sobre la barandilla hasta alcanzar a su hermano. Lo agarra y lo sube por el hueco de la escalera hasta el segundo piso. Con sus tentáculos sostiene a Diego frente a su cara, con los pies colgando a unos centímetros del suelo. A pesar del estruendo de la lucha, Ben puede escuchar los ronquidos de su hermano.

—¡Diego! —chilla, pero los ojos de Diego permanecen firmemente cerrados.

—Despierta, dormilón —ronronea Klaus, de pie a su lado. Klaus estira la mano y pellizca bruscamente a Diego en el brazo. Como no funciona, le da una bofetada.

—¡Despierta! —grita Klaus mientras le da otra bofetada a su hermano—. ¡Que ya brilla el sol!

Diego abre los ojos sobresaltado.

—¿Qué demonios ha pasado? —pregunta Ben.

—Una chica me ha hipnotizado y me he quedado dormido.

A Diego le sorprende que algo así sea posible. Klaus se echa a reír, lo que hace que Diego frunza el ceño.

—¿Y qué hay de la persona que has dejado atada con la sudadera? —pregunta Ben.

—¡Te convierte en piedra! No dejes que te toque.

—Entendido —dice Ben. Deja a su hermano en el suelo, quizás con menos delicadeza de lo normal.

Ben sabe que no debería enfadarse con sus hermanos. Nada de esto es culpa de Diego, ni de Luther, Allison o Klaus. Y nunca es culpa de Viktor. Pero, aun así, esto es lo último que quería hacer esta noche.

«El culpable es Hargreeves», se da cuenta Ben de repente. Cuando Hargreeves creó la Academia Umbrella, los enfrentó a todos los demás niños con superpoderes de la Tierra. Ryan veía a la Academia Umbrella como rivales, porque así es como Hargreeves quería que fueran vistos: como el mayor conjunto de adversarios que el mundo hubiera conocido jamás.

Ben extiende un tentáculo y golpea a la persona a la que Diego ha atado con una sudadera. Tiene cuidado de tocarle a través de la ropa y no entrar en contacto con su piel (si ésa es la palabra adecuada). La verdad es que a Ben no le importaría que uno de sus tentáculos se convirtiera en piedra. Que se desintegrara en mil pedazos y desapareciera. Que les pasara a todos sus tentáculos, y que entonces Hargreeves lo echara de la Academia Umbrella para siempre. (O probablemente no; Hargreeves nunca obligó a Viktor a marcharse).

Ben da un paso atrás, sus propios pensamientos le pillan por sorpresa. Quería una velada normal *esta noche*, no una vida normal *para siempre*.

¿No?

El ser de piedra se precipita por las escaleras y aterriza sobre una pila de cuerpos, y se lleva a la chica rubia con el poder de la hipnosis. Al menos Ben y sus hermanos no tendrán que preocuparse por esos dos durante un tiempo.

Y por poco tiempo, porque cuando Ben se da la vuelta, la persona más alta que ha visto nunca se cierne sobre él. Los pies del tipo están en el piso de abajo, pero su cuerpo serpentea por el hueco de la escalera, tan alto que su cara queda frente a la de Ben.

—¿De verdad, tío? —berrea Diego—. ¿Ryan te ha convertido en gigante?

Diego salta desde las escaleras a la espalda del gigante. Le clava uno de sus cuchillos en el hombro, pero apenas parece notarlo; Ben supone que el corte de Diego es un simple rasguño para alguien de ese tamaño. El gigante extiende uno de sus largos brazos por detrás de la espalda, aparta a Diego de su cuerpo como si estuviera quitándose la pelusa de un jersey y lo arroja al suelo.

—¡Ben! —llama Diego.

Sería fácil, Ben lo sabe, soltar los tentáculos a la cara del gigante. Éste no sabría lo que se le vendría encima antes de que Ben le arrancara los ojos y lo dejara ciego.

Ben sabe lo que tiene que hacer. Suelta sus tentáculos, envía los más largos al suelo, donde serpentean entre las piernas del gigante. Envía dos tentáculos hacia la cara del gigante, con la intención de sacarle los ojos, y, entonces, se detiene.

Ben no puede evitarlo: se pregunta quién era ese chico antes de ser un gigante. Quizás le habían acosado en la escuela. O tal vez era el tipo de persona que hacía voluntariado durante las vacaciones de verano. O quién sabe si no era el tipo de persona con la que Ben habría querido entablar amistad. Quizás, si las cosas hubieran sido de otra manera esta noche, habría acabado jugando al billar con él. Se pregunta si sus hermanos sentirán alguna vez esa misma reticencia a acabar con un tipo malo.

Ben recuerda un atraco a un banco, años antes, en el que le enviaron a una habitación de cristal a pesar de sus protestas, con la certeza de que desataría a su monstruo interior para acabar con los malos y evitar la catástrofe. Y sí, *lo hizo*. Pero en un mundo perfecto, aquellos ladrones habrían sido detenidos, juzgados y enviados a prisión por sus crímenes. En vez de eso, Ben fue juez, jurado y verdugo. Hargreeves siempre dice que la Academia Umbrella existe para hacer que el mundo sea seguro, pero Ben a menudo se pregunta si la Academia Umbrella no hace exactamente lo contrario. Convierten las escenas del crimen rutinarias en auténticos espectáculos. Antes, lo que ha empezado como un terremoto ha acabado en denuncia contra una petrolera corrupta. Ben sabe que era lo correcto, pero ¿de verdad ha hecho eso que el mundo sea un lugar más seguro? ¿No se limitará esa empresa a hacer las maletas, cambiar de nombre y volver a hacer lo mismo en otra parte? Y entonces la Academia Umbrella tendrá que salvar la situación de nuevo, y así una y otra vez: es interminable. Ben retrae sus tentáculos sin tocar la cara del gigante. En su lugar, enrosca los más largos alrededor de las rodillas del chico, haciendo que pierda el equilibrio y caiga al suelo. No es tan eficaz como arrancarle los ojos, pero por ahora basta. Esta noche, Ben y sus hermanos han convertido una fiesta en una batalla. El suelo tiembla bajo sus pies, y el aire está cargado de polvo, tan denso que Ben apenas puede ver a dos metros delante de él.

Si nunca hubieran aparecido, Ryan habría seguido repartiendo poderes como si fueran serpentinas y matasuegras, pero no habría llevado a su ejército a la batalla. Si la Academia Umbrella nunca hubiera aparecido, Ryan y su ejército no habrían tenido un adversario contra quien luchar.

Aunque, por otra parte, el poder de Ryan parece ser la causa de otros problemas. Los temblores de tierra, el polvo en el aire.

Igual que ha sucedido esta tarde, al norte, en Dobbsville.

Un momento...

Antes de que Ben concluya su razonamiento, Diego le felicita:

—¡Así se hace, Ben!

El gigante cae al suelo con gran estrépito, llevándose por delante media escalera y un puñado de los seguidores de Ryan. Diego se aparta para no quedar sepultado bajo los escombros. El gigante vuelve a su tamaño original.

Ben apenas tiene tiempo de retraer sus tentáculos antes de que una chica con trenzas y falda de tablas escocesa salte a su espalda y le muestre los colmillos como si fuera un vampiro. Ben siente el calor de su aliento, y cuando su saliva le gotea en su cuello, le arde.

«Santo cielo, esta chica es venenosa». Ben tiene que quitársela de encima antes de que le muerda. Intenta liberar de nuevo sus tentáculos, pero la chica se aferra a él como una mochila humana. Si lanzara los tentáculos ahora, la atravesarían y la matarían al instante. Ben no quiere hacer eso, no quiere ser un monstruo, aunque eso lo salve. De hecho, Ben se da cuenta, mientras gira frenéticamente, de que no quiere matar a nadie nunca más. Se imagina cómo reaccionaría Hargreeves si se lo planteara. El padre de Ben se burlaría de él, diría que se ha vuelto blando. Incluso sus hermanos estarían de acuerdo. Ben se imagina a Diego poniendo los ojos en blanco, y llamándolo santurrón.

Pero a Ben no le importa.

Levanta los brazos y entrelaza los dedos entre los de la chica venenosa, que le aprietan en el cuello, tratando de zafarse de ella. Se mueve en círculos, para marearla, pero sólo consigue perder el equilibrio. Cae de espaldas, y rueda sobre sí mismo. El impacto es tan fuerte que debe de haber dejado sin aliento a la chica venenosa, porque afloja el cuello lo suficiente como para que Ben pueda soltarse. Se escabulle de entre sus brazos y piernas y se arrastra por el suelo, entrecerrando los ojos para ver entre el polvo y los escombros, mientras trata de recordar dónde está cada uno de sus hermanos.

Luther sigue plantado delante de Ryan. Los hermanos aún no saben exactamente cómo otorga sus poderes, pero Luther se interpone entre él y los demás asistentes a la fiesta, y le sujeta las muñecas con una mano. A menos que Ryan dé poderes telepáticamente, Ben supone que el agarre de Luther basta para impedir que cause más daño. De hecho, Ryan parece tan indefenso y pequeño al lado de Luther que Ben casi siente lástima por él.

Ahí está Diego, trepando por los escombros para volver a subir.

Y Allison, luchando contra las chicas malas de las que se hizo amiga no hace mucho.

Viktor está señalando algo mientras grita desde lo alto. ¿Qué intenta decir?

Y Klaus... ¿Dónde demonios está Klaus? Estaba aquí hace un segundo.

KLAUS

Sus hermanos se las arreglarán en la batalla. Son seis..., no, cinco. En realidad, cuatro, porque Viktor no es de mucha ayuda... Klaus intenta contar a los universitarios con superpoderes que suben, bajan y rodean las escaleras, pero pierde la cuenta después de veinte, y no puede estar seguro de no estar contando de más porque todos se mueven muy deprisa. Se da cuenta de que ha contado sin querer a Allison entre sus oponentes, así que debería empezar de nuevo, pero ¿a quién quiere engañar? Nunca dará con el número exacto.

El caso es que Luther, Ben, Allison y Diego están más que equipados para enfrentarse a Ryan y sus amigos, sean los que sean, sin él. Sus hermanos apenas notarán su ausencia.

O al menos, eso es lo que se dice a sí mismo mientras pasa de puntillas entre la multitud, esquivando la pelea, y se dirige hacia la habitación de Chris, en la segunda planta.

¿Qué le ha pasado a Chris? Klaus le perdió la pista cuando saltó (¿o se cayó?) desde la azotea. No, no, Chris estaba allí cuando Klaus se ha despertado tras su majestuoso descenso. Klaus le perdió la pista cuando se ha visto arrastrado por la bronca que sus hermanos habían montado en el primer piso. Quería volver a buscar a Chris, pero entonces..., bueno, las cosas dieron un pequeño giro, por no decir otra cosa.

Klaus gira el pomo de la puerta y entra en la habitación de Chris. Quizás Chris lo esté esperando dentro. No, no era la habitación de Chris, ¿verdad? Chris le ha contado que utilizaba esa habitación para la sesión de espiritismo, pero que en realidad se había colado en la fiesta. ¿No era así? Klaus no consigue concentrarse. Había imaginado que si Chris y él se enrollaban (por la forma en la que habían estado flirteando, sólo era cuestión de tiempo) sería aquí, aunque Klaus supone que podría haber sido en cualquier parte. Esta casa de fraternidad está repleta de dormitorios, recovecos, alcobas, cocinas y baños: hay muchos sitios para hacer muchas cosas. Por desgracia, sus hermanos utilizan la mayoría de esos rincones para el combate. Klaus suspira, imaginando usos mejores para esos lugares.

Han pasado muchas cosas esta noche desde su llegada. A una pequeña sesión de espiritismo le ha seguido su caída (¿o se ha lanzado?) desde la azotea y luego, de repente, sus hermanos se han puesto a pelearse con el anfitrión. Si es que Ryan es el anfitrión. Klaus no está seguro. ¿Es un miembro más o sólo un invitado?

Klaus sólo es capaz de mantener la atención hasta cierto punto, luego todo siempre es lo mismo, una y otra vez: *bla, bla, bla, bla...* hay unos malos.

Bla, bla, bla... Diego se pelea con Luther.

Bla, bla, bla... Allison se pone de parte de Luther (una y otra vez).

Y siempre, siempre, *bla, bla, bla...* Ben pregunta dónde está Cinco, dónde está Klaus, dónde ha estado Klaus, cuándo va a volver, cómo ha salido, cuánto ha bebido, qué ha tomado, *bla, bla, bla...*

Se suponía que esta noche sería un respiro de todo ese *bla, bla, bla,* pero no ha habido suerte. Sus hermanos tienen un único objetivo y sacarlos de casa y alejarlos de Hargreeves no ha bastado. Ahí se queda su noche perfecta juntos. Ahí se va la oportunidad de mostrarles lo emocionante que puede ser el mundo fuera de la Academia Umbrella.

Al menos Klaus sigue colocado. De lo contrario, los fantasmas irrumpirían entre todos esos *bla, bla, bla*, y eso es más de lo que Klaus sería capaz de soportar ahora mismo. Ya bastante malo es escuchar a todas horas dentro de su cerebro las voces de sus hermanos.

—Aquí arriba no hay sitio para tanta cháchara —murmura Klaus, dándose golpecitos en la cabeza mientras abre la puerta de la habitación (?) de Chris. Klaus no enciende la luz del techo; algunas de las velas que había antes siguen encendidas, y su luz es más que suficiente para conseguir lo que Klaus ha venido a buscar.

—Oh, *droga* —susurra como si estuviera llamando a alguien por su nombre mientras rebusca en los cajones del escritorio, el de los calcetines y en los bolsillos vacíos—. ¿Dónde estás, droga? Sal, sal, de dondequiera que estés.

¡Premio! Halla una bolsita llena de píldoras dentro de una zapatilla de deporte. Besa la bolsita de plástico, luego pone mala cara al darse cuenta de que huele a zapato sucio.

—Ten una pizca de decencia —le ordena a la droga—. Nadie te amará si apestas a pie de atleta.

Luego, con voz tranquilizadora, como si le preocupara haber herido los sentimientos de las píldoras, añade:

—No te preocupes. Siempre te amaré.

Se pone a canturrear *Siempre te amaré...* con la bolsita pegada al pecho y girando en círculos.

Quizás está haciendo demasiado ruido, porque lo siguiente que ve es que la puerta de la habitación se abre de par en par y una luz inunda la estancia.

—Mierda —se lamenta Klaus, y se mete la bolsita en el calcetín antes de lanzar una patada con la izquierda, que le da de lleno en las piernas a su misterioso visitante.

La persona da un grito (parece una mujer, observa Klaus) y cae al suelo. La puerta se cierra tras ellos y la habitación queda sumida en el tenue resplandor de las velas. Una vela, luego otra, se apagan. Sólo queda una encendida, y su parpadeo no ofrece mucha luz. Klaus oye a su oponente resoplar mientras se levanta.

Klaus se prepara para propinarle otra patada, siguiendo el sonido de su respiración, cuando, de repente, ve algo. Dos cosas. Dos puntos rojos y brillantes en la oscuridad.

De repente, la luz roja se extiende en dos estrechas líneas rectas. Klaus salta para evitar el calor que emana de esos estrechos haces rojos que inciden sobre el escritorio e incendian una pila de papeles y libros.

—¡Mierda, tiene ojos de láser! —grita Klaus a nadie en particular. Oye a la chica reír de satisfacción.

A la luz del fuego, Klaus distingue mejor a su oponente: lleva una camisa de franela sobre unos vaqueros y unas botas Doc Martens muy usadas. Lleva el pelo muy corto, prácticamente rapado. Tiene los ojos delineados con un grueso lápiz de ojos y los labios pintados de un color burdeos intenso. El destello incandescente de su mirada le impide ver de qué color son sus ojos, pero, en otras circunstancias, Klaus elogiaría su aspecto.

La canción de los ochenta *Bette Davis Eyes* se instala en la mente de Klaus mientras se impulsa desde la pared que tiene detrás. Trata de evitar mirar directamente a su adversaria para no ser alcanzado por su mirada incendiaria. Sus ojos incendian la cama de Chris (¿es de Chris? Mierda, ya no importa), las estanterías y un montón de ropa sucia.

Klaus empieza a toser cuando el humo invade la habitación. Y no es sólo humo: el resplandor del fuego hace visible una multitud de partículas de polvo flotando en el aire. Y cuando Ojos de Láser apunta, no sólo arde el objeto en el que fija su mirada, sino el propio aire.

Este polvo, sea lo que sea, es inflamable.

El detector de humo del techo se dispara, con un ruido ensordecedor. Un segundo después, los aspersores se abren y una lluvia fina lo empapa todo.

Incluida Ojos de Láser. Cuando el agua la alcanza, sus ojos rojos y brillantes se vuelven marrones. Klaus ve su oportunidad. Se lanza hacia ella, y le inmoviliza las rodillas para que se deslice sobre el suelo de madera mojado.

—Eres buena pateando —concede Klaus mientras caen. No hay razón para ser grosero sólo porque ella haya tratado de prenderle fuego.

Esta vez, cuando cae al suelo, no se levanta.

—Por la mañana te dolerá mucho la cabeza —dice Klaus en tono de disculpa.

De mala gana, mete la mano en la bota y saca dos de las pastillas que tanto le ha costado conseguir.

—Esto te aliviará. —Le ofrece, y se las mete en el bolsillo de sus vaqueros húmedos.

El fuego que ha provocado ya se está apagando. Klaus pasa por encima de su cuerpo para llegar a la puerta y sale al vestíbulo iluminado. Los aspersores también funcionan en el pasillo, y Klaus oye que la pelea entre sus hermanos y los amigos de Ryan continúa. Está seguro de que su breve ausencia no ha cambiado nada.

—Es más barato que comprar pastillas —concluye Klaus mientras cierra la puerta del cuarto de Chris.

Klaus se desliza por el suelo de madera como si estuviera patinando sobre hielo. No puede evitar darse cuenta de que el aire del pasillo está lleno de polvo, igual que en la habitación de Chris. Lo que significa que no es sólo Ojos de Láser la que utiliza el polvo para prender fuego a las cosas.

Es otra cosa. Quizás otras muchas cosas.

ALLISON

Allison no se le había ocurrido que Ryan podría haberles dado superpoderes a las chicas con las que había entablado amistad (¿o intentaba entablar amistad?). No habían empleado ningún poder cuando se pelearon, pero entonces, ¿para qué sirve tener poderes si no los usas? En sus entrenamientos, Allison y sus hermanos utilizaban constantemente sus poderes, los unos contra los otros. «¿Cómo si no», decía siempre Hargreeves, «iban a aprender a dominar sus poderes antes de enfrentarse a un enemigo real?»

No obstante, ahora May, Jenny y Letitia se dirigen escaleras arriba directas hacia Allison con la confianza que sólo proporcionan los superpoderes. Ryan debió de otorgárselos antes de que Allison las conociera y nunca se les ha ocurrido utilizar sus poderes contra ellas mismas. A diferencia de Allison y sus hermanos, nadie las ha animado nunca a practicar con quienes tienen más cerca.

May se lleva la mano a la cabeza. Allison cree que se va a retirar el pelo liso detrás de las orejas (para que no le moleste en el combate) pero, en lugar de eso, May introduce los dedos en su espesa cabellera y saca lo que parece una aguja. Allison recuerda que, antes, Letitia le dijo a May que tuviera cuidado de no despeinarse; no es porque a Letitia le preocupara que May se estropeara el peinado, sino porque el pelo de May es un *arma*.

May se lleva la aguja a la boca y sopla.

Allison siente el pinchazo cuando la aguja se le clava en su hombro desnudo. ¿Por qué tuvo que elegir un vestido sin hombros? ¿Por qué tuvo que elegir un vestido? Por mucho que haya llegado a detestar el uniforme de la Academia Umbrella (es casi imposible mostrar tu personalidad cuando tienes que llevar lo mismo todos los días), ha de admitir que Hargreeves sabía lo que se hacía cuando lo diseñó. O cuando programó a mamá para que los diseñara. Es más fácil luchar con ese uniforme que con un vestido y tacones. Allison se saca los zapatos de una patada.

May saca otra aguja de su pelo y la sopla de nuevo en dirección a Allison. Esta vez, Allison está preparada y la esquiva. La aguja se incrusta en la pared detrás de ella. Allison se arranca la primera aguja del hombro, haciendo una mueca de dolor. Es fina, pero tan afilada y fuerte como los cuchillos de Diego.

«¿Cómo se le habrá ocurrido esto a Ryan?», se pregunta. ¿Convertir el pelo de alguien en agujas, convertir un peinado en un arma?

Siente un poquito de admiración. Puede que Luther tenga razón.

Quizás Ryan sería una buena incorporación al equipo.

Antes de que pueda decírselo a Luther, May le lanza otra aguja. Allison no es lo bastante rápida y ésta le atraviesa la mejilla.

—¡Ay! —grita—. Eso ha dolido, May.

May sonríe. Y Allison se da cuenta de que sus rumores no han logrado forjar una verdadera amistad. May no ha utilizado sus poderes contra sus amigas de verdad; no ha querido herirlas de gravedad. Pero Allison no es una amiga íntima, así que no se siguen las mismas reglas.

De repente, Allison se siente furiosa como nunca. La imagen de hacer un viaje por carretera con esas tres chicas se disuelve en su imaginación, junto con la de colarse en los dormitorios de las demás a altas horas de la noche para compartir secretos. Nunca hubo ninguna posibilidad de que ninguno de esos sueños se hiciera realidad.

Allison salta, chocando con May y tirando al suelo a las otras chicas.

—Corre el rumor de que querías utilizar tu superpoder contra tus mejores amigas.

May se vuelve hacia Jenny y lanza aguja tras aguja en su dirección.

—¡No, May! —grita Jenny. Su grito resuena en toda la sala, cada vez más fuerte, hasta que hace temblar las paredes. Allison pierde el equilibrio y cae al suelo.

May se queda inmóvil. El grito de Jenny la ha *paralizado*. A eso se refería Letitia cuando dijo que Jenny tenía que «tener cuidadito con lo que decía» (esa broma compartida que Allison no entendía). Ahora la comprende.

Allison se vuelve justo a tiempo para ver exactamente con qué poder ha dotado Ryan a Letitia. Pequeños pinchos de metal asoman a través de su camisa.

Ryan le ha dado a Letitia una piel hecha de cuchillos. Por eso no se ha interpuesto entre sus amigas durante la pelea: les habría hecho daño. Allison se incorpora y planta los pies en el suelo con firmeza. Tendrá que evitar esos pinchos cuando luche contra Letitia. Es más fácil de decir que de hacer. Pero Allison sabe que puede conseguirlo. A diferencia de esas chicas, ella lleva entrenando toda la vida. Ellas son tres, pero Allison es más hábil.

Allison le da una patada a Letitia en las piernas. Se estremece cuando su pie desnudo roza los vaqueros de Letitia y descubre que también tiene pinchos en la parte inferior del cuerpo, lo bastante afilados como para atravesar la tela. Pero Allison puede soportar el dolor. A lo largo de los años ha perdido la cuenta de las heridas que se ha hecho en distintas partes del cuerpo durante una pelea u otra. En lo que va de noche ya la han herido en el hombro, en la mejilla y ahora en el pie. Allison tiene que calcular antes de efectuar el próximo movimiento. ¿Cómo puede derribar a Letitia sin salir herida? Por fin se da cuenta de que el rostro de Letitia no tiene púas como el resto de su cuerpo. Allison gira y su pie ensangrentado toca la mejilla de su contrincante. Tiene razón: la piel ahí es lisa y suave.

Allison retrocede y vuelve a apuntar, y esta vez le propina a Letitia un puñetazo directamente en la mandíbula. Nota cómo le cruje uno de los dientes por la presión del golpe. Allison roza la oreja de Letitia y descubre que está afilada como una cuchilla. Se echa ligeramente hacia atrás. Ahora también le sangra la mano derecha, el corte más profundo hasta el momento.

Jenny abre la boca, y Allison sabe que tiene que detenerla antes de que pueda gritarle que se detenga.

—Corre el rumor de que... —empieza, pero Jenny ya ha comenzado a gritar. Allison no podrá terminar su frase antes de que el grito se extinga.

Así que Allison gira sobre su talón ensangrentado como una bailarina. En otra vida quizás habría sido la clase de niña cuyos padres la llevan a clases de ballet, con un maillot negro, medias y zapatillas rosa bebé. Tal vez se habría reído con sus compañeras cuando llegaban tarde a clase y alguna profesora con acento francés las regañaba y les ordenaba que ocuparan sus puestos en la barra, ¡*maintenant!* Esa vida alternativa pasa ante sus ojos mientras gira, una escena tan clara como el viaje por carretera imaginado hace menos de una hora. Al final, Allison vuelve a dar una patada. Siente como su talón impacta en el estómago de Jenny, dejándola sin aliento, lo que hace que su boca se cierre de golpe antes de que pueda lanzar un grito. Cuando Jenny vuelve a abrirla, está llena de sangre. Se ha mordido tan fuerte que casi se ha partido la lengua en dos. La sangre borbotea sobre sus labios mientras mira horrorizada a Allison.

Letitia se agacha junto a su amiga.

—Dios mío, ¡tenemos que llevarte al hospital! —grita, y ayuda a Jenny a levantarse. Actúa como si Allison no fuera más que un elemento secundario, y en cierto modo, así es.

May sigue paralizada junto a las otras dos chicas, con las manos en el pelo, pero Allison se da cuenta de que May se muere de ganas de ir con ellas, de ayudar a su amiga.

De repente, Allison ya no está enfadada. De hecho, ya no quiere luchar contra esas chicas. El aire está lleno de polvo y a Allison le arde la garganta. Cree oler humo; ¿habrá fuego en los pisos superiores? Espera que sus patadas no hayan causado daños permanentes. Se acerca un paso más a May, que abre mucho los ojos (la única parte de su cuerpo que se mueve) muerta de miedo.

La voz de Allison es ronca cuando afirma:

—Corre el rumor de que ya no quieres hacerles daño a tus mejores amigas —y luego añade—: ¡oh! y también de que ya puedes moverte.

May baja las manos y se agarra al otro brazo de Jenny.

—Vamos —ordena.

Las tres chicas se abren paso entre la muchedumbre y se dirigen hacia la puerta principal. Allison las observa. May se vuelve y pronuncia la palabra «Gracias» antes de marcharse. Allison espera que los médicos logren salvarle la lengua a Jenny y arreglarle a Letitia los dientes. Ayudar a esas chicas le parece mucho mejor que pelearse con ellas o incluso hacer correr rumores para que se hagan amigas suyas.

Allison siente la tentación de seguirlas hasta la puerta (y convencer al personal de Urgencias de que les presten la mejor atención médica), pero se oyen gritos en el piso de arriba y el polvo del aire hace que le lloren los ojos. Esa otra vida, la de las clases de ballet y los viajes por carretera, tendrá que esperar.

LUTHER

Luther no ha abandonado su puesto junto a Ryan. Se siente como su guardián, su guardaespaldas. Es como si él fuera el Servicio Secreto y Ryan el presidente, un presidente peligroso al que tiene que sujetar por las muñecas para evitar que utilice sus poderes.

Quizás Hargreeves le asigne una misión como ésta algún día. Vigilar a alguna persona muy importante (pero no peligrosa) y mantenerla a salvo. Luther cree que eso se le daría bien. Ya es una parte importante de su trabajo: ser el Número Uno conlleva vigilar a sus hermanos en las misiones, lograr que todos salgan con vida. Y hasta ahora lo ha conseguido. Cuando Cinco desapareció, no fue durante una misión, sino en una pelea con Hargreeves. No fue responsabilidad de Luther, aunque él no puede evitar sentirse culpable.

Sí, sería un excelente guardaespaldas, si Hargreeves alguna vez le asignara ese tipo de misión. Después de ocuparse de sus hermanos, estar a cargo de una sola persona sería casi un descanso. Sólo eso es suficiente para hacerle sonreír.

Pero Luther tiene que seguir pendiente de Ryan. Tiene todos los músculos tensos, listos para entrar en acción si alguien trata de llegar hasta Ryan, o si éste intenta escabullirse. No lo culpa; Ryan no sabe que no tiene ninguna intención de hacerle daño a él o a sus amigos. Cuando las cosas se calmen, Luther le contará su plan: que no quieren lastimarlo, sino llevarlo a casa. Las cosas se complicaron antes de que pudiera explicárselo, pero todo se arreglará en cuanto despeje sus dudas. «Y lo que hay que despejar, literalmente, es este polvo», piensa Luther, tosiendo.

No entiende cómo sus hermanos no han notado el polvo nada más entrar. Tal vez lo atribuyeron a la fiesta, al humo de los cigarrillos, al sudor, a los gases y a Dios sabe qué más que hubiera en el aire. A diferencia de Luther, no han llegado a la fraternidad en estado de alerta. Antes de entrar, no sabían que algo raro estaba pasando ahí dentro.

Se suponía que salir de la Academia para ir a una fiesta iba a ser divertido. Luther sabe que sus hermanos querían, por una vez, una noche sin incidentes. Pero para Luther no hay nada mejor (ni más divertido) que estar al frente de una misión. Es lo que mejor se le da. Por eso es el Número Uno, ¿no? Aunque cada misión es diferente, es como si su cuerpo supiera exactamente qué hacer, algo así como la memoria muscular, pero al revés, si eso es posible.

Luther ya no puede aguantar más las ganas de explicarlo todo. Incluso con la batalla campal a su alrededor, le dice a Ryan:

—Te va a encantar la Academia Umbrella.

Luther trata de hacerle creer a Ryan que no es un rehén, que no lo llevarán a su casa contra su voluntad.

—No tienes ni idea de lo que es estar rodeado de gente igual que tú —le asegura.

Ryan sacude la cabeza, con ojos de acero.

—Y tú no tienes ni idea de lo que sé. No te imaginas la clase de gente de la que he estado rodeado toda mi vida.

—Sí, claro —admite Luther.

Tiene que gritar para que lo oigan por encima del ruido de las peleas de sus hermanos. Es extraño estar quieto con el torbellino que hay a su alrededor. Lo normal es que Luther sea el que más entra en acción.

—Les has otorgado poderes a tus amigos, y por lo tanto estás rodeado de gente con superpoderes. Pero créeme, no es lo mismo.

—¿Y tú qué sabes? —pregunta Ryan apretando los dientes—. Los poderes que he repartido son mejores que los que tenéis tú y tus hermanos.

Esta vez, Luther se ríe. Como si alguien pudiera ser más poderoso con un don recién adquirido que él y sus hermanos que han entrenado toda su vida.

—Mira cómo luchan tus amigos. —Luther le sujeta ambas muñecas con una mano y utiliza la otra para señalar al tumulto que los rodea—. Tienes, ¿qué?, dos docenas de personas ahí fuera a las que les has otorgado superpoderes. Nosotros sólo somos cuatro luchando, pero vamos ganando. Eso es porque estamos muy bien entrenados. Espera y verás.

—No vais a ganar —replica Ryan—. Mis amigos os van a derrotar. Y a mí me van a salvar.

A Luther se le enciende una bombilla.

—Pues ninguno ha intentado salvarte en lo que va de noche —suelta subrepticiamente—. Nadie ha movido un dedo por ti.

Ryan echa los hombros hacia atrás como si intentara parecer más alto de lo que es, pero Luther se da cuenta de que ha tocado una fibra sensible.

—No sabes con certeza si son amigos —musita Luther con suavidad—. Te preocupa que hayan venido esta noche para conseguir poderes, no para estar contigo.

Por primera vez, Ryan arremete contra él, lucha por soltarse las muñecas. Luther lo sujeta con facilidad.

—No será así en la Academia Umbrella —le promete Luther, con voz tranquila y optimista. Pero Ryan no sonríe. En todo caso, la actitud amable de Luther le enfurece aún más. Luther piensa que no se ha explicado lo suficientemente bien como para que Ryan lo entienda, así que vuelve a intentarlo.

—Todos tenemos ya poderes que no queremos cambiar, así que nadie te va a pedir nada. Bueno, excepto Viktor. Él no tiene poderes. Y Ben probablemente cambiaría los que tiene por otra cosa si pudiera. Y Klaus, bueno, en realidad nunca ha aprendido a controlar lo que puede hacer. Y Diego daría casi cualquier cosa por ser lo bastante poderoso como para ser el Número Uno. Pero, en serio, aparte de eso... —Luther se detiene, al darse cuenta de que «aparte de eso» sólo se refiere a Allison y a él.

Luther procura explicarse, pero le cuesta respirar. El aire está lleno de polvo. Luther piensa en cómo ha tosido cuando se han llevado el cuerpo de Mateo.

—¿Qué es este polvo? —le pregunta a Ryan.

—¿Qué es un pequeño daño colateral cuando estás construyendo un ejército? —gruñe Ryan.

—¿Un ejército? —La voz de Luther suena ronca. Creía que sólo querías tener amigos.

—Puedo querer más de una cosa —se burla Ryan.

Luther siente que le arde la garganta. Al toser, debe de haber aflojado el agarre sin darse cuenta, porque de repente Ryan está sujetando a una de las chicas atrapadas en la refriega, una morena bajita con flequillo recto.

—¡Eres capaz de soltar fuego por la boca! —ordena Ryan a gritos antes de que Luther pueda detenerlo. Se da cuenta de que eso es todo lo que hace falta para que Ryan otorgue poderes: sólo tiene que tocar a alguien y declarar cuál es su superpoder.

La chica abre la boca y sale fuego. Parece incendiar el aire que les rodea. Espera, *incendia* el aire que les rodea. «Mierda», piensa Luther, «el polvo es inflamable». Se quita la americana y la arroja sobre el fuego (por suerte, es de lana), y lo apaga lo mejor que puede.

—¿Qué te pasa? —grita Luther—. ¿No sabías lo que provocaría el fuego aquí dentro?

Ryan sonríe lentamente.

—Parece que las tornas están cambiando, Número Uno.

El suelo retumba y tiembla a sus pies. Luther se acuerda del terremoto del norte. ¿Será una réplica? No, ese terremoto estaba a kilómetros de distancia. Las réplicas se centralizan. Aunque estén relacionadas con el *fracking* ilegal, como el de esa tarde. Nadie perfora en busca de petróleo tan cerca de la ciudad.

Entonces, ¿por qué tiembla ahora el suelo? ¿Por qué ha estado temblando, a intervalos, toda la noche?

Luther pierde el equilibrio y cae por las escaleras. *Mierda*, Ryan ya está fuera de su alcance. Al alzar la vista, ve una grieta que se extiende por el techo de la casa de fraternidad.

El edificio va a derrumbarse. Tienen que sacar a todo el mundo de aquí. Ahora mismo.

Luther intenta gritar, pero tiene la garganta seca como papel de lija. Se rasga la parte inferior de la camisa y elabora una mascarilla improvisada que se ata alrededor de la nariz y la boca. Sube las escaleras a trompicones, tratando de atrapar a Ryan y arrastrarlo escaleras abajo (mientras aún haya escaleras por las que arrastrarlo), pero el suelo se vuelve a mover.

A través del polvo, Luther ve que Allison y Diego, debajo de él, pierden el equilibrio.

—¡Largaos de aquí! —grita desesperado.

Se da la vuelta para agarrar a Ryan una vez más. Pero Ryan ha desaparecido.

Quizás sería un pésimo guardaespaldas. Luther supone que por eso es Hargreeves quien se encarga de elegir las misiones, y no él.

CAPÍTULO 37

VIKTOR

Viktor arrastra a Ryan a un dormitorio vacío. Tose más fuerte de lo que ha tosido en su vida. En otras circunstancias, no habría podido pasar por encima de Luther, pero el último terremoto ha tomado a su hermano por sorpresa y lo ha enviado escaleras abajo, lejos de Ryan. Viktor se arranca un trozo de camiseta para taparse la nariz y la boca.

—Ryan —implora Viktor, jadeando—, tienes que hacer que paren.

Ryan niega con la cabeza.

—¿Por qué debería hacerlo? —La voz de Ryan ya no suena irónica, ni áspera, ni amistosa, sino ronca y desesperada. Viktor se pregunta cuántas voces tiene Ryan. Se pregunta cuál es el auténtico Ryan.

—Ryan —suplica Viktor—. Sabes que cuanto más usan sus poderes, peor les va. Los estás matando.

—Yo no estoy matando a nadie —insiste Ryan—. Les he dado unos poderes. Cómo los utilicen es su elección.

—¡Les has ordenado que ataquen a mis hermanos! Les has dicho que habíamos venido a quitarles sus poderes.

—¿Y no es así?

—¡No! —insiste Viktor—. No sabíamos nada de vosotros cuando llegamos aquí esta noche.

—Pues a mí me parece que es una coincidencia muy extraña —señala Ryan, y Viktor, en eso, está de acuerdo.

—¿Por qué sucede todo esto? —pregunta Viktor tras un rato—. ¿Los temblores de tierra, el polvo?

—No lo sé —Ryan se encoge de hombros como si las sacudidas y el aire tóxico no fueran importantes—, pero tengo una teoría —añade despreocupadamente, como si hubiera estado dándole vueltas a la idea—. Cuando le doy a alguien poderes que no debería tener, algo cambia. Como si, literalmente, se agitasen los gases del centro de la Tierra.

—¿Y eso provoca los terremotos y ese polvo tóxico?

—¡Exacto!

—¿Alguna vez ha sido así de grave antes?

La mirada de superioridad de Ryan vacila sólo un instante, y Viktor se da cuenta de que nunca antes había sido así.

—¿Habías dado antes tanto poder a tanta gente? —indaga Viktor.

—No —admite Ryan. Sólo pronuncia una sílaba, pero su voz suena pequeña, confusa. Viktor piensa que quizás esa voz sea la del verdadero Ryan: un chaval asustado que no sabe qué hacer.

—Así que cuando toda esta gente utiliza sus poderes, convierten el aire en emisiones venenosas. Están provocando terremotos en partes del mundo donde nunca antes se habían producido...

Viktor hace una pausa, pensando en la misión que sus hermanos han completado hoy.

—¿Alguna vez has dado poderes a gente de fuera de la ciudad? —pregunta Viktor.

—Sí —admite Ryan—. Antes de venir aquí vivía en el norte del estado. Allí había gente, algunos ahí siguen.

—¿En Dobbsville? —insiste Viktor. De repente recuerda por qué le resultaba tan familiar el nombre de la ciudad natal de Ryan.

—Sí. Dobbsville es el lugar al que la Academia Umbrella ha ido de misión esta tarde.

—¿Así que cuando la gente a la que dejaste en Dobbsville utiliza sus poderes, provoca terremotos?

Ryan se encoge de hombros, como si toda esa destrucción potencial no fuera importante.

Viktor tiene que decírselo a sus hermanos. Sea lo que sea lo que creían que había pasado en el norte, se han equivocado. No fue el *fracking* ilegal. Fue *Ryan*, o algún empoderado que Ryan dejó allí.

—Los chicos y chicas de Dobbsville no eran como los de aquí —berrea Ryan, y Viktor se da cuenta de repente de que Ryan no tiene ni idea de lo que ha pasado esa misma tarde en su antigua ciudad natal—. Aquí ha sido distinto. Aquí la gente aparecía sin más, llamaban a mi puerta a todas horas. Me dejaron vivir aquí y eso que ni siquiera soy estudiante, ¡eso demuestra lo mucho que me quieren! Todos venían a mi habitación y me decían lo maravilloso que soy...

—En lugar de juzgarte por no tener poderes propios —concluye Viktor.

—*Exacto*. Lo pillas —reafirma Ryan, con el pelo castaño claro revuelto y la cara manchada de sudor. El polvo se adhiere a su piel húmeda, y Viktor ve que le está saliendo un sarpullido. «Eso debe quemar», piensa Viktor, pero Ryan ni se inmuta. Cuando habla, su voz vuelve a ser suave y sedosa—: Tú sabes lo que es ser un bicho raro. Comprendes por qué no podía seguir viviendo así.

En contra de su propia voluntad, Viktor asiente. Puede que Ryan esté atacando a sus hermanos, pero entiende lo que se siente al estar solo, cuando crees que nadie en el mundo te va a querer nunca, ni te verá y apreciará por lo que eres, un tipo normal.

Viktor piensa en todo el tiempo que ha pasado deseando que sus poderes se materializaran espontáneamente. Se ha imaginado con tentáculos como los de Ben, con una fuerza como la de Luther, con la capacidad de Allison de controlar las acciones de los demás. Que al final demostraba su valía y su familia por fin lo acogía con los brazos abiertos. Por supuesto, eso nunca ha pasado. Por primera vez en su vida, Viktor cuestiona si su familia de verdad lo acogería con los brazos abiertos si desarrollara milagrosamente un poder mágico. No tiene muy claro que reconocieran un superpoder si fuera suyo; al fin y al cabo, nunca se han molestado demasiado en ver de lo que ya es capaz.

—Sabías qué era lo que yo más quería —murmura Viktor—. Lo supiste con sólo mirarme.

Siente que le ha contado a Ryan su secreto más profundo y oscuro. Entonces se da cuenta de que no es el único en el que Ryan se ha fijado.

—Y Bianca... te pidió la capacidad de no sentir pena. Imagina cuánto dolor ha debido de sufrir para pedir eso, cuando podría haber pedido cualquier otra cosa. Bianca confiaba en ti.

—Es mi amiga —afirma Ryan—. Claro que confía en mí.

—¿Confías tú en ella? —Ryan no contesta.

—No creo que eso sea amistad —puntualiza Viktor. No es un experto en la materia, pero está seguro de que tiene razón—. *¿Son* esas personas tus amigos, Ryan? ¿Te quieren? ¿O te están utilizando? ¿Todo esto —Viktor señala el caos que hay detrás de la puerta cerrada— tiene que ver contigo o con lo que querían *de ti*?

—No me importa —responde Ryan—. Es mejor que la nada que tenía antes.

—¿Tú crees? —pregunta Viktor. Él no desea que lo quieran así. No es amor de verdad; es una transacción. Y añade—: Ryan, me gustabas. Quería ser tu amigo, no porque pudieras darme poderes, sino porque tú y yo teníamos los mismos gustos musicales y ambos necesitábamos un respiro de la fiesta. Cuando te conocí, creía que había encontrado a alguien como yo. Alguien que me comprendía. No tuve que decirte lo que más deseaba: lo *viste* por ti mismo.

«En el mundo real», piensa Viktor, «los que tienen poderes son los bichos raros». Viktor nunca habría imaginado que, para alguien que ha crecido fuera de la Academia Umbrella, también sería así.

—Por favor, Ryan —suplica Viktor—. Deja de dar poderes. No sólo porque es peligroso, sino porque es una forma horrible de hacer amigos. Piénsalo: no me has podido dar poderes y aquí sigo, intentando ayudarte.

Viktor vuelve a preguntarse por qué el poder de Ryan no ha funcionado con él. Quizás sea porque nació el 1 de octubre de 1989. Se supone que tiene poderes, y nadie puede darle aquello con lo que supuestamente ha nacido.

—¿Crees que debería ir por la vida desprovisto de superpoderes? —Ryan lo dice como si no pudiera imaginar algo así, aunque es la forma en que ha vivido toda su vida.

—Quizás no estemos del todo desprovistos de poderes —responde Viktor—. Tal vez tengamos que dejar de compararnos con personas con superpoderes para averiguar de lo que somos realmente capaces.

—Te entiendo, Viktor —dice Ryan, entrecerrando los ojos y bajando la voz—. Eres tú quien no me entiende a mí.

—¿Cómo? —pregunta Viktor, pero capta el significado por la mirada de Ryan, el áspero sonido de su voz. No ha logrado comunicarse con Ryan mejor que Luther.

La puerta de la habitación se abre de golpe. Ben aparece de pie, Diego lo sigue con los brazos en alto, preparado para el combate. Tienen la cara llena de lágrimas y los ojos llorosos por el polvo tóxico que llena el aire. Al igual que Ryan, tienen la piel cubierta de quemaduras donde el polvo se ha acumulado. Viktor ve que en las escaleras hay gente desmayada. Huele el humo, y ve que, en las escaleras detrás de la puerta abierta, Luther utiliza su chaqueta para apagar las llamas. Sin embargo, a lo lejos, alguien insufla el aire con fuego más deprisa de lo que Luther logra contenerlo. Si la polvareda se extiende, podría arrasar media ciudad.

Y eso sería sólo el principio. Aunque Ryan jurara no volver a utilizar sus poderes (y Viktor sabe que es un gran «si»), las personas a las que ha otorgado un superpoder se dispersarían, esparciendo polvo y provocando terremotos allá donde fueran.

—¡Viktor! —grita Ben—. ¡Tenemos que salir de aquí! El edificio se va a derrumbar.

Diego entra en la habitación y agarra a Ryan por la camisa:

—¡Todo es por su culpa! —Diego arrastra a Ryan hacia la puerta. Viktor le sigue sin poder hacer nada.

¿Qué le ha hecho pensar a Viktor que sería capaz de hacer entrar en razón a Ryan y de neutralizar el peligro que representa? Los hermanos de Viktor son los que llevan a término las misiones, los que acaban con los malos. Esta noche, Viktor sólo ha empeorado las cosas: desde el principio ha sucumbido a la cordial amistad de Ryan y luego le ha alertado de que el resto de la Academia Umbrella estaba allí. Si Viktor se hubiera callado, quizás nada de esto habría ocurrido. O al menos no habría ocurrido así.

Sus hermanos no se habrían dejado engañar por Ryan. Habrían detectado enseguida la amenaza que representaba. Llevan toda la vida entrenándose para reconocer a los malos.

Viktor entiende de violines, no de villanos.

LUTHER

El edificio se desmorona y Luther no consigue controlar las llamas. No está seguro de que la chica que exhala fuego logre contenerse; como todos los demás, tose por el humo y el polvo, y con cada tos prende más fuego al aire. La horda de Ryan empieza a correr hacia lo que queda de la puerta principal. El aire es una mezcla de polvo y humo. Luther se estremece al ver cómo un grupo que estaba unido se vuelve contra sí mismo. En su carrera hacia la puerta, la gente cae al suelo, y en lugar de ayudar a sus compañeros a levantarse, pasan por encima de los cuerpos desplomados. Incluso ve que algunas personas utilizan sus poderes para derrotar a los que tienen delante, sin darse cuenta de que, cada vez que usan sus poderes, empeoran las cosas.

«Esto es lo que ocurre», piensa Luther, «cuando las personas con poderes no reciben la formación que hemos tenido mis hermanos y yo. Hargreeves nos ha enseñado a trabajar en equipo, a colaborar y a no dejar nunca de lado a un compañero. Nos ha inculcado el valor de *la lealtad*». Pero Luther duda de que esa gente, los llamados amigos de Ryan de esa universidad pija, conozcan el significado de la palabra.

No es sólo a Ryan a quien tiene que devolver a la Academia Umbrella. Es a toda esa gente. Él y sus hermanos tendrán que seguirles la pista, uno por uno. Si se los deja a su aire, abrirán un agujero en el mundo, llenando el cielo de polvo tóxico hasta que nadie pueda respirar. Luther no cree que puedan unirse al equipo (no si vomitan veneno cada vez que utilizan sus poderes), pero está seguro de que Hargreeves encontrará otra forma de mantenerlos a salvo.

Diego sigue sujetando a Ryan.

—¡Vamos! —grita Luther, y se dirige hacia las escaleras. Tienen que salir por la puerta principal antes de que el edificio se desmorone. Agarra a Viktor y se lo echa al hombro. Viktor jadea mientras bajan las escaleras:

—Cuando las personas a las que Ryan ha dado poderes los utilizan, cambia la propia tierra —explica Viktor casi sin aliento—. Nunca antes había dado poderes a tanta gente en un mismo lugar. No creo que supiera que provocaría todo esto.

—¿Crees que lo habría hecho, si lo hubiera sabido? —pregunta Luther.

—No lo sé —admite Viktor, y ve la decepción en el rostro de Luther.

—¿Me estás diciendo que cuando todos los amigos de Ryan utilizan sus poderes a la vez, tienen la capacidad de cambiar el eje de rotación de la Tierra o algo así? —pregunta Ben, mientras baja las escaleras detrás de Luther y Viktor.

—No lo sé —dice Viktor—. ¡Nadie lo sabe! Ni siquiera Ryan.

—No importa lo que supiera —insiste Luther cuando llegan al rellano del primer piso—. Lo único que importa es sacar a todos de aquí sanos y salvos. Lo demás ya lo resolveremos más tarde.

Por una vez, ninguno de los hermanos de Luther discute con él. Luther ve más adelante a un chico con serpientes en el pelo tirado en el suelo. Parece que al caerse se ha roto una pierna y no puede moverse. Luther tiende la mano al chico para colgárselo del otro hombro, pero el chico no debe haberse dado cuenta de que la lucha ha terminado. En lugar de aceptar el brazo de Luther, vuelve sus serpientes contra él. Luther retrocede cuando los colmillos se hunden en su carne. En ese mismo instante, la tierra empieza a temblar de nuevo.

—¡Son las serpientes! —explica Viktor—. Ha utilizado su superpoder y entonces se ha producido otro terremoto.

Se oye un fuerte crujido, y las escaleras ceden bajo los pies de Luther. Grita al caer. Siente que uno de los tentáculos de Ben lo agarra, tirando de él. Durante un segundo, Luther se balancea en el aire, con Viktor aferrado a él. A través del polvo, ve que otro de los tentáculos de Ben está enrollado alrededor de la escalera del cuarto piso, que, de milagro, sigue intacta. Ben está colgado entre sus tentáculos, extendidos en ambas direcciones.

—¡Cuidado! —grita Allison.

El fuego que se inició en el rellano del primer piso va subiendo, llegando cada vez más arriba. Las escaleras que rodean los tentáculos de Ben están en llamas. Luther ve el pánico en el rostro de su hermano.

De repente, Luther vuelve a caer. Por encima de él, Ben está rodeado de llamas. Luther oye gritar a sus hermanos.

—¡Tenemos que salir de aquí! —berrea Diego cuando Luther cae fulminado al suelo.

Está temporalmente cegado por el polvo, esta vez no por los residuos tóxicos, sino por el polvo que provoca el edificio al derrumbarse. El sonido es ensordecedor. Tarda un segundo en darse cuenta de que Viktor ha quedado atrapado debajo de él.

—¡Viktor! —brama Luther, moviéndose lo más rápido que puede.

A través del polvo logra distinguir la silueta del chico de las serpientes en la cabeza; los ofidios están inmóviles. Luther espera en silencio que estén inconscientes y no muertos. Viktor tose cuando Luther tira de él para que se incorpore. Está rodeado de ladrillos y polvo, escombros que caen de los dormitorios de arriba: páginas de libros, restos de ropa, plumas de almohadas, un solitario oso de peluche.

—Creo que te he roto las costillas —se disculpa Luther—. Lo siento mucho.

—Estoy bien —dice Viktor, pero hace un gesto de dolor al hablar.

—¿Dónde está Ryan?

Luther levanta la vista. Por encima de ellos, Allison, Klaus y Diego bajan a duras penas lo que queda de la escalera. Klaus grita el nombre de Ben.

—Diego, ¿dónde está Ryan? —pregunta Luther, dando voces.

—Lo he perdido —admite Diego.

—¡Allí! —grita Viktor, señalando.

Ryan sigue aferrado a lo que queda del rellano de arriba.

—¡Ryan! ¡Tienes que saltar!

—De ninguna manera —grita Ryan.

—Yo te sujeto —le asegura Luther.

—¿Y luego qué? —pregunta Ryan—. ¿Me llevaréis a vuestra casa? ¿Me encerraréis para que nunca pueda volver a usar mis poderes?

—No sería así —promete Luther, pero no está muy seguro de cómo sería. No sabe qué haría Hargreeves con Ryan y sus amigos.

—No me iré —insiste Ryan—. Éste es mi hogar. Vivo aquí con mis amigos.

Las llamas amenazan con devorar a Ryan. Luther se lanza hacia delante, quiere subir corriendo las escaleras para salvarlo, pero las escaleras han desaparecido.

«¿Dónde demonios está Ben?», piensa Luther desesperadamente. Ben, con sus tentáculos, podría alcanzar a Ryan y sacarlo de allí.

De repente ocurren dos cosas terribles a la vez: las llamas envuelven a Ryan y el suelo se desploma bajo sus pies. Luther observa su caída, cree que aún podría atraparlo, pero antes de que Ryan toque el suelo, los ojos de Luther se fijan en otra persona.

En *Ben*.

ALLISON

Ben vuela por los aires. No, no vuela: cae. Golpea el suelo con tanta fuerza que Allison juraría haber sentido otro terremoto. Pero, en realidad, lo que la hace temblar son los latidos de su corazón.

Ben, no.

Klaus está de rodillas, escarbando entre los escombros. Luther y Diego corren al encuentro de Klaus tan deprisa que ahora *parece que vuelan*. Allison se apresura a seguirlos, sin notar apenas los escombros que le destrozan los pies descalzos.

Todo ha pasado tan deprisa que Ben no ha tenido oportunidad de utilizar sus tentáculos para agarrarse a algo. Aunque hubiera tenido más tiempo, Allison duda de que Ben hubiera encontrado algo firme a lo que aferrarse. Hojas de papel y montañas de libros caen de los dormitorios superiores, algunos en llamas al caer. Aún quedan en pie dos paredes del edificio, pero no parecen muy firmes.

Klaus sacude los hombros a Ben, mientras Luther y Diego levantan enormes cascotes para liberarlo.

—Klaus —grita Allison, intentando separarlo de Ben—. ¡Klaus, tienes que moverte!

Klaus solloza, pero las palabras de Allison deben de haber calado, porque se mueve lo suficiente para que Allison se incline sobre Ben y comience la reanimación cardiopulmonar. Es difícil distinguir nada en el aire cargado de humo denso. Es como estar atrapado en la niebla.

Las lágrimas corren por la cara de Allison, y hacen que el polvo de sus mejillas se vuelva pegajoso. Luther se encarga de las compresiones torácicas. Diego aparta a Klaus, que estaba dificultando la reanimación, pero Allison sigue oyendo sus sollozos. Cuenta al ritmo de su respiración entrecortada.

Parece una eternidad, pero finalmente el cuerpo de Ben da una sacudida y vuelve a la vida.

—Gracias a Dios —exclama Allison.

Se levanta mientras Klaus se arrodilla y abraza a Ben, que le devuelve el abrazo con cautela. Allison se da cuenta de que a Ben le duele, y aun así no le pide a Klaus que lo suelte.

—Cuidado, tío —susurra Diego.

Se agacha para ayudar a Ben a ponerse de pie.

—Ha faltado poco —suelta Diego sonriendo, lo que hace que Allison también sonría.

Klaus suelta a su hermano y se echa a reír. Ben se les une. Pronto se ríen todos, tanto que a Allison le duelen los costados. Luther le da una palmada en la espalda a Ben.

—¡Ay! —se queja Ben.

—Lo siento —se disculpa Luther, lo que provoca más risas.

Cuando por fin dejan de reír, Luther les advierte:

—Tenemos que salir de aquí. —Señala las paredes inestables, las llamas, el polvo. Allison asiente y se gira hacia el espacio donde estaba la puerta principal de la casa de fraternidad. Ahora sólo es un enorme agujero que da a la calle.

—Espera —Allison se detiene en seco—, ¿dónde está Viktor?

—Estaba aquí mismo —responde Luther, sorprendido de que Viktor no esté a su lado.

Allison da vueltas desesperada. Fuera, en la calle, los invitados de la fiesta están cubiertos de un polvo tan espeso que parece que les hayan pintado la ropa de blanco. No logra distinguir quiénes son los que han recibido poderes de Ryan y quiénes simplemente han quedado atrapados en el caos.

—¡Allí! —grita Allison de repente.

Viktor está agachado en el suelo, justo delante de lo que queda de la casa de fraternidad. Allison corre hacia él. A los pies de Viktor están los restos de un cuerpo roto: Ryan. Tiene quemaduras en la piel, pero parece que ha caído desde lo alto antes de que las llamas lo devoraran por completo. Allison nunca había visto, en ninguna de sus misiones, un cuerpo tan destrozado.

—Dios mío —suelta Luther—. ¿Cómo ha llegado hasta aquí?

—Lo he sacado de entre los escombros —explica Viktor—. Pensé que, si podía alejarlo del polvo más espeso, quizás...

Viktor no termina la frase. *No le hace falta.* Allison sabe que esperaba que Ryan pudiera respirar mejor en un lugar donde el aire fuera más puro. Pero Ryan no respira en absoluto.

—Ahí acaba el plan de llevarlo a casa y darle el entrenamiento que necesitaba —suelta Luther, decepcionado.

—No es un perro callejero al que puedas llevar a casa y ponerle una correa —disiente Diego—. Además, ¿cuál era tu plan para el resto?

—Pensé... —vacila Luther—. Pensé que podríamos encontrar a todos a los que Ryan había dado poderes y entrenarlos a ellos también.

Allison se da cuenta de que, para Luther, ese plan tenía toda la lógica del mundo.

—En cuanto al resto... —Luther gira sobre sus talones, en guardia ante la siguiente oleada de ataques de los amigos de Ryan—. Ahora querrán vengar la muerte de su líder, ¿no?

Pero los chicos contra los que estaban luchando hace tan sólo unos minutos parecen tan derrotados como su líder caído. Allison ve que el chico de las serpientes en la cabeza trata de ponerse en pie, haciendo equilibrios sobre su pierna buena. Cuando logra incorporarse, las serpientes se apartan y se convierten de nuevo en pelo.

—Mira —dice Luther y le muestra el brazo a Allison—. Aquí es donde me ha mordido.

Ahora la piel está lisa e intacta, como si nunca hubiera tenido una dentellada. Allison ve a la chica de los ojos giratorios, la que hipnotizó a Diego para que se durmiera. Ahora sus ojos parecen perfectamente normales. La piel de la persona de piedra vuelve a ser suave. Incluso parece que se ha disipado el polvo del ambiente. Allison respira hondo. El aire sigue lleno de humo, pero al menos puede respirar.

—Yo tenía razón —conviene Diego, incapaz de disimular su orgullo—. Muerto el perro, se acabó la rabia.

—¿Qué significa eso? —pregunta Klaus.

—Significa que, con Ryan muerto, todos a los que había dado poderes han vuelto a la normalidad —explica Ben.

—No era un perro —argumenta Viktor en voz baja—. Era un chico trastornado y solitario.

«Quizás era ambas cosas», piensa Allison, pero se lo guarda para sí. Algo en la forma de hablar de Viktor le hace pensar que no sólo se refiere a Ryan.

BEN

El sonido de las sirenas inunda el aire.

—Ahí viene la caballería —musita Ben.

—¿La caballería? —se burla Diego—. ¿Dónde estaban cuando se libraba la batalla? ¿De qué pueden servir ahora? Ya hemos ganado.

—Aquí hay muchos heridos, Diego —explica Ben—. Necesitan atención médica.

Ben cree que tal vez él también necesite atención médica. Le duelen los brazos y las piernas. Como mínimo, mañana estará lleno de moratones.

Los bomberos empiezan a echar agua sobre los restos del edificio mientras los estudiantes salen de las casas adyacentes. Ben se da cuenta de que cuando se derrumbó la casa de fraternidad de Ryan, arrasó la pared de la casa a su izquierda. Ahora contempla el dormitorio de alguien, con las luces encendidas y un libro abierto sobre la cama, como si estuviera pasando una velada relajada antes de que se desatara el caos.

«Esa persona debía de estar estudiando», piensa Ben. «Esperaba pasar una noche tranquila». Quizás nunca había oído hablar de la Academia Umbrella y le parecía que no tenía ninguna importancia haber nacido el 1 de octubre de 1989.

Las ventanas de la fachada de la casa de la derecha están reventadas. Ben espera que nadie haya resultado herido por los cristales rotos, pero sabe que eso es poco probable. Ve gente con cortes, brazos y piernas en posiciones antinaturales. Oye los llantos: quizás hayan salido ilesos, pero sus hogares han quedado destrozados.

Con cuidado, Ben utiliza sus tentáculos para levantar el cuerpo de Ryan y lo deja al otro lado de la calle, donde la acera está limpia y despejada. Casi parece que Ryan esté dormido; es difícil creer que este cuerpo pequeño e inmóvil causara tanto estrago hasta hace unos momentos. Luther tiene razón en una cosa: si Ryan hubiera sido adoptado por Hargreeves como les pasó a ellos, su vida habría sido muy distinta.

Aun así, Ben se pregunta: ¿cómo de distinta? En cuanto Hargreeves hubiera descubierto el peligro inherente a los poderes de Ryan, ¿qué habría hecho para controlarlo? Ben alberga una duda: si sus propios poderes tuvieran consecuencias catastróficas (por ejemplo, si cada vez que soltara sus tentáculos provocara una inundación en otra parte del mundo), ¿qué habría hecho Hargreeves para impedir que Ben los utilizara?

Los paramédicos salen de las ambulancias para atender a los heridos. Colocan férulas provisionales a los huesos rotos y administra oxígeno a las personas que han inhalado demasiado polvo. Ben tenía razón: los heridos necesitan cuidados que la Academia Umbrella no puede ofrecer.

Pero tiene que reconocer que Diego no estaba del todo equivocado al burlarse de las sirenas. Si la policía, los bomberos y los paramédicos hubieran llegado unos minutos antes, se habrían visto desbordados por la horda de universitarios de Ryan. Además, no habrían comprendido el verdadero origen de la amenaza.

Ben se imagina a los policías con sus táseres y sus porras, y a los estudiantes con superpoderes desarmándolos en cuestión de segundos. El gigante tal vez les habría pulverizado las armas de un pisotón. La supervelocista los habría desarmado en un abrir y cerrar de ojos.

Ben se imagina a los bomberos dirigiendo agua al edificio en llamas sólo para descubrir que el fuego procedía de un estudiante que exhalaba fuego; fuego que se alimentaba del polvo inflamable en el aire. Se imagina a los policías tosiendo, sin comprender de dónde procede ese polvo ni por qué está allí.

Por supuesto, la policía habría pedido refuerzos. Los equipos de emergencias tienen infraestructura para esto. Y los refuerzos habrían traído armamento pesado. Las calles de la ciudad tal vez se habrían llenado de armas de guerra: tanques, ametralladoras, quizás incluso bombas.

Ben se pregunta cuántos estudiantes habrían muerto si alguien que no fuera la Academia Umbrella hubiera enfrentado la emergencia.

Al menos, con la Academia Umbrella al mando sólo ha muerto un estudiante.

Y su muerte ha puesto fin a la crisis. Dos paramédicos cargan el cuerpo de Ryan en una camilla.

—¿Era amigo tuyo? —le pregunta uno a Viktor.

Viktor se encoge de hombros.

—No exactamente —responde—. Pero le conocía un poco.

—¿Sabes cómo se llaman sus padres? ¿Su número de teléfono? Tenemos que informarlos de lo ocurrido.

—No —niega Viktor tajantemente—. No sé nada de eso.

Ben ve que Viktor está haciendo un esfuerzo por no empezar a llorar.

—No te preocupes —le asegura el paramédico—. Nosotros nos ocupamos. Ahora vete a casa. Seguro que tus padres están muy preocupados.

Se llevan el cuerpo de Ryan en una camilla. Ben se pregunta qué será de él. ¿Habrá padres desolados cuando se enteren de lo que le ha pasado a su hijo? ¿Hermanos que lo echarán de menos? ¿Amigos del colegio que le harán algún tipo de homenaje? A Ben se le ocurre que hay algo en lo que a Ryan le habría ido mejor si hubiera sido adoptado por Hargreeves. Ben no tiene ninguna duda de que, si a él le pasara algo, sus hermanos irían a su funeral. Se imagina a Allison llorando, a Diego tratando de ocultar las lágrimas. Luther daría un discurso. Viktor pondría flores en su tumba cada semana. Klaus seguiría drogado y evitaría ponerse en contacto con él. Ben sonríe al imaginarse persiguiendo a Klaus cada vez que lo pilla sobrio. De pronto ve su cazadora de cuero entre los escombros; la desentierra y se la vuelve a poner, ahora tan cubierta de polvo que parece gris en lugar de negra.

Un desconocido se acerca a ellos cojeando. Ben tarda un momento en reconocerlo: es el chico que (hasta hace poco) tenía serpientes en la cabeza.

—Lo siento —se disculpa y le tiende a Luther la mano—. Las cosas se estaban descontrolando. No sabía cómo pararlo. Gracias a todos por detenerlo.

Vacila, y luego abraza a Luther en lugar de estrecharle la mano.

—De nada —responde Luther, radiante de orgullo.

Cuando el chico suelta a Luther y se aleja cojeando, Ben respira hondo y exhala. Se vuelve hacia sus hermanos y sentencia:

—Buen trabajo, chicos.

Allison enarca una ceja.

—Puede que hayamos ayudado a ese chico, pero también hemos destruido una calle de la ciudad y hemos llenado el ambiente de polvo tóxico.

—*No hemos sido nosotros* los que creamos el polvo —señala Diego—. Y, de todas formas, el polvo más o menos ya ha desaparecido.

Los bomberos lanzan agua sobre los restos de la casa de fraternidad, y las llamas se reducen a brasas.

—Hemos contenido los daños —insiste Ben—. Nadie más podría haberlo hecho sin herir a más gente.

Odia admitir que Hargreeves tenga razón en algo, pero quizás un mundo en el que existen los Ryans es un mundo que necesita a la Academia Umbrella.

Ahí se acaba lo de ser normal.

—Aunque es raro —añade Ben—. ¿Qué probabilidades hay de que en nuestra primera salida nocturna acabemos justo en un sitio donde alguien con superpoderes cause estragos?

—En realidad —interviene Viktor—, no ha sido vuestro primer encuentro con él. O al menos, no ha sido vuestro primer encuentro con sus superpoderes.

—¿Qué?

—El terremoto de Dobbsville. Ahí es donde vivía Ryan antes de venir aquí.

Ben recuerda su misión de hoy. Quizás fue ayer; debe de ser más de medianoche, ¿no? En cualquier caso, parece que fue hace cien años. Había el mismo polvo en el aire, los mismos temblores sísmicos.

—¿Quieres decir que en el norte hay más gente a la que Ryan le ha dado poderes? ¿Gente que podría provocar los daños que ha habido aquí? —Ben intenta atar cabos.

—Ya no —dice Diego.

—No deberías estar tan contento —reprende Ben, y pierde el hilo de sus pensamientos—. Hemos hecho un buen trabajo, pero, en cualquier caso, alguien *ha muerto* esta noche. Trata de ser un poco más sensible.

Diego se encoge de hombros.

—Si eres demasiado sensible, te puedes echar atrás en una pelea.

—¡Pelear! ¡Eso es lo único que sabes hacer! —interviene Viktor.

—En eso tiene razón, hermano —dice Klaus—. Incluso antes de todo lo que ha pasado con Ryan, en la fiesta has empezado una pelea.

—No es culpa mía si alguien me busca las cosquillas —insiste Diego, pero es obvio que todos creen que Diego montó la bronca.

—Ni mía tampoco —añade Allison rápidamente, antes de que Ben pueda recordarle que ella también estaba enzarzada en una pelea.

—Afróntalo, hermanito —apunta Klaus mientras rodea con el brazo los hombros de Ben—. Nuestros hermanos han sido educados para la lucha, no para el amor.

—¿Y a mí? —pregunta Viktor—. ¿A mí para qué me han educado? ¿Para ser un tonto al que engaña la primera persona que lo trata bien?

—¿Qué quieres decir? —pregunta Ben.

Viktor da una patada en el suelo, mirándose los pies mientras dice:

—No vi a Ryan como de verdad era. Si sus poderes hubieran funcionado conmigo, quizás me habría pasado como al resto: habría luchado contra vosotros antes que arriesgarme a perder mis poderes.

Ben cree entender lo que quiere decir Viktor, pero no está seguro. Con delicadeza, pregunta:

—¿Qué quieres decir con eso de que si sus poderes hubieran funcionado contigo?

—En la azotea esta noche, Ryan ha tratado de darme un poder, pero no ha funcionado. —Viktor da una patada en el suelo—. Soy un inútil incluso aquí, en el mundo real.

Ben niega con la cabeza.

—No. No, no lo eres. Eres un Hargreeves, incluso aquí fuera.

—Sí —asiente Luther—. Nos has avisado cuando ha mandado a su gente a por nosotros.

—Además —añade Allison—, has sido tú el que ha descubierto cómo funcionaban sus poderes. Tú has sido el que lo has relacionado con Dobbsville.

—Nos has cubierto las espaldas —le asegura Diego.

—Y esta noche estabas muy guapo con tu traje —añade Klaus.

Viktor resopla, pero ya no parece a punto de llorar.

—Mientras que Allison ni siquiera ha sido capaz de encontrar un par de zapatos decentes —Klaus pone los ojos en blanco en señal de burla.

—¡Eh! —protesta Allison, dándole un codazo a Klaus en las costillas—. Yo *llevaba* zapatos, pero no han sobrevivido a la pelea.

—No te juzgo —insiste Klaus—. Caminar descalza por la ciudad es una elección de moda atrevida.

—Al menos el vestido me quedaba bien —contraataca Allison—. Los pantalones de Diego son tan ajustados que se le transparentan.

Diego parece enfadado durante un segundo, luego está de acuerdo:

—Sí, llegó un momento en el que la costura ya no aguantó más. Señala un agujero cerca de la entrepierna que hace reír a todos.

Ben nunca se había sentido tan normal como en este momento: riéndose con sus hermanos, burlándose unos de otros por sus atuendos, en lugar de discutir sobre quién ha peleado mejor o se ha enfrentado a más villanos.

—Vamos —sugiere al final Ben—. Vamos a casa.

Comienza a andar y no se vuelve a mirar si sus hermanos lo siguen. Klaus ha aparcado a Hermes cerca de la tienda de segunda mano, pero Ben pasa de largo. Necesita despejarse; no le apetece estar apiñado en el coche con sus hermanos. De todos modos, Klaus es el único que sabe conducir, y está demasiado colocado como para ponerse al volante.

Ben debería saber conducir. Ben debería sacarse el carnet, tener su propio coche y la posibilidad de ir a donde quiera cuando quiera. De repente, la casa donde ha vivido toda su vida no parece un hogar, ni siquiera parece una escuela o un centro de formación. Parece una trampa.

Ben escucha los pasos de sus hermanos detrás de él durante el largo camino de vuelta a la Academia.

ALLISON

Ella no sólo lucha. Es capaz de mucho más.

Allison piensa en Jenny, May y Letitia. Han sido sus amigas, aunque por poco tiempo. Las chicas más guais de la fiesta: bien vestidas, llenas de cotilleos y con la cantidad justa de angustia. Allison se fijó en ellas desde el otro lado de la sala porque se lo estaban pasando en grande, apretujadas en aquel sofá, sentadas tan cerca que las piernas se rozaban, pasándose una copa, compartiendo risas como si se conocieran de toda la vida.

Su charla risueña y juguetona dio paso a confidencias, que a su vez acabaron en pelea. ¿Habría ocurrido eso si Allison no hubiera estado allí, haciendo correr rumores para que la aceptaran? Se habían ocultado secretos; quizás la verdad habría salido a la luz tanto si Allison hubiera estado allí como si no. Y cuando empezaron a pelearse, Allison trató de impedirlo. No quería peleas. No esa noche.

No es cierto que *nunca* quiera luchar. A veces, en las misiones, se siente increíble con lo que su cuerpo puede llegar a hacer, con todas sus habilidades. Los años de duro ejercicio físico exigido por Hargreeves la han hecho fuerte; los simulacros la han hecho rápida; los acertijos la han hecho inteligente. Sabe que Luther nunca se siente mejor que en una misión:

su cuerpo se mueve exactamente como fue entrenado para hacerlo. Quizás como nació para hacerlo.

¿Será ésa la razón por la que ella y sus hermanos nacieron cuando nacieron, como nacieron, con los poderes que cada uno tiene? Quizás estén destinados a luchar. Eso explicaría por qué sus padres biológicos (madres; no hubo padres, supone Allison) se los entregaron tan alegremente a Hargreeves cuando llamó a sus puertas. Quizás esas madres y sus familias sabían que no estaban preparadas para criar a esos bebés que habían nacido de forma espontánea.

O quizás les horrorizaba el fenómeno mágico que se había producido en sus cuerpos y querían olvidarlo.

A Allison le duelen los pies. El camino a casa no es corto, y sus pies descalzos están ensangrentados y doloridos. La melena le cae por los hombros; se ve los rizos por el rabillo del ojo, cómo le salen del cuero cabelludo. Se le han bajado las mangas del vestido y lleva la falda rasgada y deshilachada. Siente nostalgia de su uniforme: zapatos planos, chaqueta entallada, incluso la máscara sobre los ojos. Le pica la piel donde la ha tocado el polvo tóxico. Está deseando volver a casa y lavarse bien.

Aun así, esta noche ha habido algo *diferente* en la lucha. Luchar contra esas chicas, sus casi amigas, la ha mantenido alerta. Esta noche ha tenido que *pensar* antes de enfrentarse a Letitia; sólo gracias a su conversación anterior, Allison sabía dónde golpearla. Quizás porque llevaba un traje que ella misma había elegido, o porque ha luchado contra chicas con las que hacía poco había estado riéndose. Quizás porque ha peleado contra alguien con poderes similares a los suyos, o porque no era una misión impuesta por Hargreeves... Nada en el combate de esta noche ha resultado robótico. Y eso ha hecho que fuera especial; eso ha hecho que *Allison* se haya sentido especial.

Luther tiene razón: Ryan también habría estado mejor si Hargreeves lo hubiera adoptado. Allison se pregunta si Hargreeves lo intentó y la madre biológica de Ryan rechazó la oferta. Si lo hubiera dado en adopción, seguiría vivo.

Es probable. ¿Qué le habría ocurrido a Cinco si Hargreeves no hubiera convencido a su madre para que lo dejara marchar? Sin la supervisión de Hargreeves, ¿se habría perdido antes en los confines del universo? ¿O habría tenido menos ganas de salir a explorar si se hubiera criado en un hogar ordinario?

Allison suspira con pesar. Luther, Diego e incluso Ben creen que, a pesar de todo lo que ha salido mal, esta noche han logrado algo. No lo que se proponían (pasar una noche normal, como adolescentes normales), sino algo más grande.

—Esta noche hemos salvado el mundo, Allison —afirma Luther, ajustando el paso para caminar a su lado—. Diego creía que la amenaza era que Ryan pudiera construir su propio ejército, pero eso no era lo más peligroso. Esos chicos habrían hecho un agujero en el mundo si no los hubiéramos detenido.

—Ahora sólo han hecho un agujero en una manzana —dice Allison, intentando sonar tan alegre como su hermano.

Luther se ríe.

—Unos cuantos edificios en ruinas son un pequeño precio a pagar por neutralizar una amenaza como Ryan.

—«Neutralizar» es una bonita palabra para lo que le ocurrió —observa ella.

Luther asiente con sobriedad.

—A mí también me habría gustado sacarlo de allí, pero él no quería irse. Aun así, no cabe duda de que es mejor así. Todo el mundo está más seguro de esta manera.

Allison asiente, pero no está muy convencida. ¿Es de verdad el mundo más seguro ahora que esta mañana?

Pensaban que habían neutralizado la amenaza en el norte y después han descubierto que el origen del desastre había estado todo el tiempo al otro lado de la ciudad, a unos kilómetros de la Academia.

—Demasiada casualidad —suelta Allison, lo bastante alto para que la oigan todos sus hermanos—. El terremoto del norte fue provocado por Ryan. ¿Y luego resulta que hemos ido a una fiesta en la que estaba él?

Diego se encoge de hombros.

—Como reza el refrán: «el mundo es un pañuelo». Quiero decir, míranos, nacimos en distintos puntos del planeta y aun así hemos acabado todos en el mismo sitio.

Giran hacia su bloque. Diego señala su casa. Su traje negro parece casi totalmente blanco, de lo cubierto de polvo que está. Allison piensa que es probable que su vestido morado ya no se vea como un horrible vestido de graduación, sino como un espantoso traje de novia. Está deseando quitárselo.

—Hemos acabado todos en el mismo sitio porque papá lo ha querido así —opina Allison. Se pregunta qué habrá sido de los zapatos de tacón que perdió durante la pelea. Probablemente estarán entre los escombros. Se imagina a alguien que se los encuentra y los tira. O quizás estén tan enterrados entre los cascotes que puede que construyan una nueva casa de fraternidad encima.

Allison sacude la cabeza, y el polvo le salpica desde el pelo hasta los hombros desnudos. Hay algo en todas estas casualidades que no le cuadra.

—¿Qué opinas tú, Ben? —pregunta. Si alguien puede dar sentido a esto, es él.

Ben se encoge de hombros.

—La verdad, estoy harto de pensar en todo esto.

—¡Aleluya! —grita Klaus, levantando los brazos por encima de la cabeza. Es medianoche y el bloque está oscuro y en silencio. La voz de Klaus resuena entre los altos edificios como si estuvieran caminando por un cañón—. Ben nunca antes se había cansado de pensar. —La risa de Klaus retiñe como una carcajada.

—Déjalo ya —le amonesta Ben—. Vas a despertar a todo el vecindario.

—¿A quién le importa? Les vendría bien un poco de emoción —Klaus gira en círculo, bailando al son de una música que sólo oye él. Por alguna razón, su traje está cubierto de menos polvo que el de los demás. Las salpicaduras blancas en su falda escocesa y su jersey parecen intencionadas, como si las hubieran hecho así de forma deliberada.

Allison recuerda la forma en que los *paparazzi* solían agolparse en su bloque, esperando echar un vistazo a la célebre Academia Umbrella.

Pero hace años que todo está tranquilo. No recuerda la última vez que vio a sus vecinos. Quizás Hargreeves compró toda la manzana para tener más intimidad y que nadie oyera lo que pasaba en la Academia Umbrella.

—Vale, pero no queremos despertar a papá —señala Ben—. Tenemos que averiguar cómo colarnos dentro sin que suene la alarma —mira a Klaus.

—¿Por qué me miras a mí? —pregunta Klaus, deteniéndose a medio giro.

—Has dicho que tenías un plan para regresar.

Klaus niega con la cabeza.

—Eso no suena a algo que yo haya dicho.

—¿Estás de broma? —grita Diego.

—Shhh —chista Ben.

—Bueno, ¿cómo demonios vamos a entrar? —Diego levanta las manos impotente—. Papá nos matará si se entera.

—No creo que tengáis que preocuparos por colarnos dentro —dice Viktor en voz baja.

—¿Qué insinúas? —Las manos de Diego se cierran en puños como si buscara a alguien a quien pegar—. Claro que tenemos que colarnos. ¿Qué, quieres que nos limitemos a llamar a la puerta principal hasta que Pogo abra?

—No vais a tener que esperar —dice Viktor, con voz tranquila.

Está temblando por el aire fresco de la noche; Allison se pregunta qué habrá sido de la chaqueta que eligió en la tienda de segunda mano hace horas. Viktor señala la puerta principal.

Está abierta de par en par. Silueteado contra el haz de luz proveniente del vestíbulo está Hargreeves, perfectamente erguido, como si supiera exactamente el momento en que iban a llegar a casa.

—Mierda —suelta Klaus.

«Estamos apañados», piensa Allison.

KLAUS

—¿**P**uedo traerle algo, señor? —pregunta Pogo mientras Klaus y sus hermanos entran en fila en el salón. Pogo les sigue con su andar inconfundible que, a los oídos de Klaus, retumba como una canción. «Un buen DJ», piensa Klaus, «tomaría una muestra del sonido de las pisadas de Pogo y la pondría sobre una línea de bajo y una percusión machacona hasta que toda la discoteca gritara pidiendo más». Inventarían un baile llamado «el pogo», que arrasaría en todo el país. Klaus lo está viendo: Pogo protagonizando su propio vídeo musical, enseñando a bailar al mundo entero. La gente se disfrazaría de Pogo: la chaqueta y la corbata, las gafitas sobre el puente de la nariz, la cadena en el chaleco. Lo llamarían «ir de pogos».

—¿Qué haces esta noche?

—¡Voy de pogos!

Klaus se ríe para sus adentros mientras se desploma en el sofá de cuero oscuro. Está empezando a recuperar la sobriedad, pero sonríe al recordar las pastillas que lleva en el calcetín.

—Me encantaría un chocolate caliente, Pogo —solicita Klaus con un escalofrío exagerado—. Hace frío ahí afuera.

—Por supuesto, señor —responde Pogo.

—¿Y me traes también cinco mini nubes de azúcar? —añade Klaus.

—Por supuesto.

—¿Y nata montada?

—¡Número Cuatro! —La voz de Hargreeves suena antes de que Pogo pueda contestar—. Esto no es un restaurante y Pogo no es tu camarero.

—Se ha ofrecido él —murmura Klaus encogiéndose de hombros. Más alto, añade—: Pedir chocolate caliente no es un delito.

—Ya basta —ordena Hargreeves.

Por enésima vez, Klaus se pregunta por qué Hargreeves le asignó el Número Cuatro. Ben merece estar más arriba que él; seguro que tener tentáculos es más útil que hablar con los muertos. En serio, ¿cuándo ha sido útil ese talento en una de sus misiones? Klaus ha entrenado su cuerpo como sus hermanos: da patadas y puñetazos como los demás. Pero, a diferencia de Allison, no es capaz de convencer a un criminal para que se entregue, ni puede, como Diego, lanzar un puñal y acertar en el ojo de un villano a una milla de distancia. Sus poderes son inútiles en una pelea.

Cinco ha desaparecido, pero antes de eso podía teletransportarse en el espacio y el tiempo; eso debería bastar para merecer un lugar por encima de Klaus en la jerarquía. Incluso Viktor... bueno, quizás no Viktor, pero asignar a Klaus el número Seis habría tenido más sentido que el Cuatro. Klaus sacude la cabeza con incredulidad. ¿En qué estaría pensando su padre?

Es imposible saber qué piensa Hargreeves. Para empezar, nunca ha explicado por qué creó la Academia Umbrella. A veces, Klaus cree que colecciona niños como quien colecciona obras de arte, sólo que estos niños son sus piezas maestras para decorar la casa.

—¿Y bien? —pregunta Hargreeves, acomodándose en un sillón de cuero oscuro situado entre los sofás donde están sentados Klaus y sus hermanos.

—¿Y bien qué, papi? —pregunta Klaus—. Bueno, yo sigo esperando mi chocolate caliente.

Será la forma más deliciosa de tragarse las nuevas pastillas. Ojalá vuelva a su habitación mientras aún esté caliente. Ni siquiera necesita llegar hasta su habitación. Puede tomarse una pastilla en las escaleras, sin que nadie lo note.

Los extremos de la sala se vuelven más nítidos a medida que desaparece el efecto de las drogas. Klaus no tiene problemas para luchar drogado. El entrenamiento de combate le ha sido inculcado desde que aprendió a caminar; a estas alturas, es memoria muscular. «La verdad», piensa, «es más difícil luchar sobrio». Cuanto más fuertes sean las drogas, más silenciosos serán los fantasmas y mejor se concentrará. Ésa es otra razón por la que su poder es inútil en una misión.

Ya ha empezado a oír voces que le susurran al oído, y lo distraen de su familia. Klaus sacude la cabeza, frustrado.

A diferencia de los vivos, los fantasmas no se cansan. No tienen que pararse a dormir, comer o descansar. *Y hay tantos*. A veces piensa que ni sus hermanos, ni siquiera Hargreeves, son capaces de imaginar la cantidad de fantasmas que hay. Hay muchos más fantasmas que personas vivas en la Tierra.

—Bueno, ¿qué tal la velada? —pregunta Hargreeves—. ¿Ha sido un éxito o un fracaso?

Luther declara con voz firme que la velada ha sido un éxito.

—¿En serio? —pregunta Hargreeves, acariciándose la barba.

—Papá, sé que estás enfadado porque nos hemos escapado —se apresura a decir Luther—. Pero menos mal que lo hicimos. No te imaginas lo que ha pasado.

—¿Ah, no? —ironiza Hargreeves, y Klaus nota que Ben se sienta más erguido.

—Mierda —suelta Ben. Niega con la cabeza y se vuelve hacia Allison—. Tenías razón. Demasiada casualidad

—Pero ¿qué dices? —pregunta Luther—. Estoy intentando contarle a papá lo de Ryan...

—Papá no necesita que le hables de Ryan —ataja Ben con firmeza.

Hargreeves continúa su interrogatorio como si Ben no hubiera hablado.

—¿Y habéis conseguido neutralizar la amenaza que representaba Ryan?

Luther parece confuso, pero Allison interviene.

—Sí —responde, con voz tranquila y uniforme. Sea lo que sea lo que Ben ha averiguado, Allison también lo sabe.

—Bien hecho, Número Tres.

—¿Bien hecho? —repite Viktor con incredulidad, y se da cuenta de lo que están hablando Ben y Allison—. ¿Nos has enviado tú allí para matarlo?

Hargreeves lo mira sorprendido. Viktor no suele participar en las reuniones. Es entonces cuando Klaus se da cuenta de que eso es exactamente lo que están haciendo; puede que estén repartidos en sofás en lugar de sentados alrededor de la mesa del comedor, pero sin duda se trata de una reunión de revisión de misión.

—No te he enviado a ninguna parte, Número Siete. —La voz de Hargreeves es tan tranquila como si estuviera hablando del tiempo—. De hecho, no me esperaba que tú fueras. Pero supongo que todos los hijos sorprenden a sus padres de vez en cuando.

—¿Sorprenden? —repite Ben—. Has planificado toda esta noche, incluso que Pogo nos dijera cuando no sonaría la alarma. Lo ha hecho por tus intereses, no por los nuestros. No ha habido nada sorprendente esta noche.

—¿De qué estáis hablando? —Luther y Diego sueltan casi al unísono. Klaus pensaba lo mismo, aunque no quería hacer el esfuerzo de preguntarlo. Además, él también empieza a entender.

Ben se vuelve hacia Klaus, con el rostro lleno de ira.

—¿Lo sabías? ¿Qué te prometió papá si nos llevabas a la fiesta adecuada?

Klaus parpadea, intentando enfocar la habitación. Se siente mal, y no sólo porque las drogas y el alcohol estén abandonando su cuerpo.

—No lo sabía —musita Klaus, con voz frágil—. Yo sólo quería que pasáramos una noche juntos.

—Estamos todo el tiempo juntos en misiones —interrumpe Diego.

—¡Eso es diferente! —alega Klaus—. Quería que hiciéramos algo divertido juntos.

Ben lo mira atentamente, y Klaus sabe que Ben le cree.

Diego se levanta de repente, con los dedos crispados como cuando quiere sujetar sus cuchillos. A Klaus le recuerda a un yonqui en busca de una dosis, aunque nunca lo haya dicho. Es el tipo de comentario que haría que Diego lanzara un cuchillo en su dirección.

—¿Por qué no me contáis de qué demonios estáis hablando? —pregunta finalmente Diego.

—Papá planificó toda la noche —explica Ben—. Nos ha enviado allí para encontrar a Ryan.

Hargreeves golpea la mesa con la mano.

—Os envié allí para remediar la chapuza de misión que habíais hecho por la mañana.

—¡No era ninguna chapuza! —grita Diego—. Salvamos a toda la gente de ese pueblo. Gracias a nosotros, no murió ni una sola persona en aquel terremoto.

—Puede que sea así, pero no habíais *completado* la misión.

—¿Cuál era la misión, si no era salvar vidas? —Luther parece realmente confuso.

Antes de que Hargreeves pueda responder, Viktor habla, con la voz aún ronca:

—Querías que mataran a Ryan.

—Quería que la Academia Umbrella neutralizara la amenaza que representaba.

—¿Qué creías que le iba a pasar? —gruñe Viktor—. Por supuesto que lo han matado. Sabías que lo iban a hacer. ¿De qué otra forma podrían haberlo neutralizado?

Klaus no cree haber oído nunca a Viktor tan enfadado. No está acostumbrado a oírlo, de ninguna forma.

—Hicimos lo que teníamos que hacer —insiste Diego.

—Y no lo matamos —añade Luther—. Intentamos sacarlo de allí, pero no quiso irse.

—Lo sé —afirma Viktor—. Pero el caso es que papá quería eliminarlo. —La voz de Viktor suena como si hablara a niños pequeños que no entienden que uno más uno es igual a dos.

Klaus trata de hacer caso omiso a las voces de sus hermanos. Ben, a su lado, está callado. También Allison sentada de brazos cruzados en el sofá que tiene delante. Ben se agarra las rodillas con las manos. Klaus quiere mirar a Allison y a Ben el tiempo suficiente para averiguar qué están pensando. Pero aquí hay demasiado ruido para concentrarse.

Los fantasmas han vuelto. *Claro que han vuelto. Siempre vuelven.*

Sólo se callan cuando está colocado. Entonces, ¿qué demonios hace sobrio? ¿Cuándo le han hecho a él algún bien los fantasmas?

Aunque la sesión de espiritismo no estuvo nada mal. Fue casi... agradable. Hizo preguntas y le respondieron. La abuela, el chico que había pertenecido a la fraternidad. Tenían muchas ganas de participar en la conversación. Lo gestionó todo con bastante acierto. Aparecieron porque él se lo pidió, en lugar de presentarse sin haber sido invitados. Sin Hargreeves dándole órdenes, Klaus logró abstraerse con los muertos sin que lo criticaran por ello. Hargreeves nunca ha comprendido que lo que busca es imposible: no quiere que Klaus utilice drogas para acallar las voces de los muertos, pero tampoco cree que las voces de los muertos deban frenar a Klaus en lo más mínimo. Esta noche, Klaus ha podido elegir cuándo escucharlas y cuándo silenciarlas.

—¡Basta! —anuncia Hargreeves, y se pone de pie. Se vuelve hacia Luther—. Número Uno, espero un informe completo en mi mesa por la mañana. Antes del entrenamiento.

—Sí, señor —dice Luther.

—¿Cuándo se supone que va a dormir? —pregunta Allison.

—Si tanto os preocupara dormir, no os habríais escabullido en mitad de la noche.

—Tú *querías* que nos escabulléramos —acusa Allison.

—Seguía siendo vuestra elección —espeta Hargreeves antes de salir de la habitación.

Ben se ríe sin ganas.

—Como si tuviéramos libertad de elección en algo de todo esto.

La voz de Ben tiene algo que Klaus nunca había oído antes: una ira, una crispación, que es nueva. Si Klaus se esfuma ahora, quizás nadie se dé cuenta. Se desliza por el sofá de cuero como una serpiente y marcha de puntillas hacia la puerta. Pero antes de que pueda llegar a la escalera, allí está Pogo, con una taza de chocolate caliente en una bandeja.

—Aquí tiene, señor Klaus.

—Gracias, tío —responde Klaus.

Se sienta en el primer peldaño y aprieta la taza contra su pecho. Está agotado de escuchar siempre las mismas voces: Hargreeves, sus hermanos, y los interminables fantasmas. Se baja las mangas de la camisa de malla todo lo que puede. Por la mañana volverá a ponerse el uniforme. Cuando vuelva del entrenamiento, la ropa que ha llevado esta noche habrá desaparecido. Se pregunta qué hace mamá con toda la ropa que encuentra metida debajo de la cama después de sus salidas nocturnas, la que él se olvida de dejar en las alcantarillas.

«Esta noche no ha sido un fracaso total», reflexiona Klaus. Antes de que estallara la pelea, sus hermanos se estaban *divirtiendo*, de eso está seguro. La próxima vez que vayan a una fiesta, tendrán alguna idea de qué hacer, y eso es más de lo que podría haber dicho antes. Y claro, puede que todo fuera una maniobra de Hargreeves, pero se escabulleron, cruzaron la ciudad (papá tendrá que ir a buscar a Hermes por la mañana), eligieron su propia ropa (por muy cuestionables que fueran algunos de los modelitos elegidos por sus hermanos) y se divirtieron. Quizás la noche no ha resultado tan distinta de lo que Klaus esperaba.

Klaus rebusca en su calcetín y saca una pastilla. La deja caer en el chocolate caliente, donde flota un segundo entre las mini nubes de azúcar antes de hundirse. Se lo bebe todo lo más rápido posible. Nota cómo la tensión en sus hombros empieza a disminuir.

LUTHER

—Lo estáis viendo de forma equivocada —insiste Luther—. Recuerda lo que ha sentido cuando aquel chico le ha abrazado, el que tenía serpientes en lugar de pelo, como una gorgona. Después de una misión, Hargreeves nunca les deja hablar sobre lo que ha salido bien, sólo sobre lo que han hecho mal. Además, nunca les deja pasar ni un minuto con las personas a las que salvan. Le ha sentado muy bien conectar de verdad con alguien esta noche.

—Dime cómo deberíamos enfocarlo —le pide Ben, hundido en el sofá como si quisiera desaparecer en el cuero y esconderse bajo los cojines.

—Dos misiones en un día. Una sin Hargreeves al mando. Es terrible que Ryan tuviera que morir, pero piensa en toda la gente *que no ha muerto* porque lo detuvimos a tiempo.

Luther niega con la cabeza. Nunca había visto al equipo abatido por una *buena* noticia. Ben parece desconcertado, Allison, alicaída, Viktor con lágrimas en el rostro y Diego con aspecto de querer arrancarle la cabeza a alguien. Y Klaus... bueno, Klaus se ha escabullido, pero eso no es nada nuevo.

—¡Esta noche hemos salvado vidas! —A Luther le sorprende que tenga que recalcarlo. Otra vez—. ¡Venga, Allison, que salvar el mundo debería hacer que te sintieras bien!

Luther rota los hombros hacia atrás. Se alegra de haber acabado llevando la americana del uniforme toda la noche. Está orgulloso de la insignia bordada en el pecho. Por supuesto, tras usarla para apagar las llamas, la acabó dejando en la casa de fraternidad. Se pregunta si los bomberos la encontrarán entre los escombros.

—Sí, debería —empieza Allison, no muy convencida—. Es sólo que...

—¿Sólo que qué? —Luther está realmente desconcertado.

—¿No crees que a lo mejor nos sentimos bien porque, no sé... porque nos han entrenado para sentirnos así?

—No, no creo que se necesite entrenamiento para sentirte bien por haber evitado un desastre que podría haber hecho que la Tierra saliera de su órbita —Luther se estremece con sólo pensarlo: todos esos jóvenes provocando terremotos, uno tras otro, desplazando las placas tectónicas bajo sus pies y liberando polvo tóxico en el aire. Lo visualiza claramente: la Tierra desviándose del sistema solar, sin gravedad, sin mareas, precipitándose hacia el Sol.

—Ya... —Allison asiente, y se muerde el labio inferior—. Pero... quizás haya una razón por la que nos creemos los responsables de que la Tierra gire como se supone que debe hacerlo.

—Sí, porque somos buenas personas —opina Luther—. ¿No es puro sentido común querer que el planeta funcione correctamente?

—Quizás haya algo más. ¿Nunca te has sentido un poco...? no sé...

—Como si te hubieran lavado el cerebro —sugiere Ben.

—¿Lavado el cerebro? —repite Luther, incrédulo—. ¿Porque queremos *ayudar*? Luther no puede imaginar nada más importante que rescatar a gente inocente.

—Porque sentimos que tenemos que ayudar —explica Ben—. Esta noche queríamos salir a divertirnos. En vez de eso, acabamos en una pelea.

—¿Así que tendríamos que habernos quedado de brazos cruzados cuando Ryan suponía una amenaza existencial para el planeta y para todos sus habitantes?

—Claro que no —precisa Allison—. Pero empezamos a luchar incluso antes de saber qué tipo de amenaza representaba Ryan.

Ben continúa:

—Y luego, cuando descubrimos lo que ocurría con Ryan, luchamos *más duro*. Hubo una escalada de violencia. Porque eso es lo que nos han enseñado a hacer.

—A mí no —disiente Viktor en voz baja—. Eso no es lo que a mí me han enseñado a hacer.

—Yo no quería matar a Ryan —interrumpe Luther—. Quería traerlo a casa y que papá lo entrenara como al resto de nosotros.

Ése era el objetivo de Luther desde el principio. Fueron sus hermanos quienes se opusieron.

—Y sí, me fastidia que no haya sido de este modo, ya lo creo, pero, aun así, esta noche hemos salvado muchas vidas.

Luther sacude la cabeza, y se pone de pie. ¿Cómo pueden sus hermanos quedarse ahí sentados? Rebosa energía, como siempre que completan una misión. No pegará ojo esta noche, y no sólo porque papá le haya encargado que redacte un informe completo.

Da un salto.

—Si ha tenido que morir una persona para que literalmente todos los otros habitantes del planeta estén a salvo, entonces creo que es una misión cumplida.

—Pero ésa es la cuestión —arguye Allison, con una voz casi tan baja como la de Viktor—. ¿Tenía que morir Ryan para que el mundo estuviera a salvo? ¿Y si esta noche no se hubiera convertido en una batalla?

—Sí, ¿y si no hubiéramos salido esta noche? Ryan habría seguido dando poderes a esos niños, y ellos habrían seguido provocando terremotos y emanaciones de gases tóxicos...

—¿Así que crees que papá hizo lo correcto al engañarnos para que saliéramos esta noche? —pregunta Ben.

Luther hace una pausa para pensarlo.

—Sí, eso creo.

A él no le había entusiasmado tanto como al resto escaparse esta noche. Lo hizo por Allison; lo hizo porque Diego se habría burlado de él si no lo hubiera hecho. Pero siempre preferirá salir de misión que ir de fiesta. No puede evitar alegrarse de que esa fiesta en concreto se haya convertido en una misión.

Quizás los demás no lo entiendan porque no son el Número Uno. No tienen el deber de tomar la iniciativa. Y aunque coordinar a sus hermanos a veces sea como poner orden en una jaula de grillos, Luther ha tomado el mando esta noche, tal y como le han enseñado. Dirigir una misión, evitar la catástrofe... nada sienta mejor. ¿Y qué si papá lo ha hecho de forma subrepticia? ¿Acaso el fin no justifica los medios?

—Luther —implora finalmente Allison, y tira de él para que se siente a su lado. El vestido que eligió con tanto orgullo está rasgado, arrugado y sucio de polvo y mugre—. Tienes razón. Si no hubiéramos estado allí esta noche, las cosas tal vez se habrían torcido de mil maneras. Pero *estábamos* allí y aun así se han torcido de mil maneras distintas. Por eso es tan complicado.

—¿Qué es tan complicado?

—Esto —suelta Allison y abre los brazos para incluir a sus hermanos, la habitación, la Academia—. Sería fácil si supiéramos con certeza que estamos ayudando, pero no lo sabemos. Todos esos robos que hemos evitado: quizás la policía los habría evitado sin nuestra ayuda. Quizás el número de muertos habría sido menor sin nosotros. O quizás habría habido más bajas. No lo sabemos. No podemos saberlo.

Luther niega con la cabeza.

—No somos normales, Allison. Como dice papá, somos extraordinarios de nacimiento.

—Sí, pero no nacimos en la Academia Umbrella. Si lo hubiéramos hecho, papá no habría tenido que comprarnos a los siete a nuestras madres biológicas.

—Seis —corrige Ben tajantemente.

—De acuerdo, entonces —concede Luther—. Digamos que es culpa de papá y de la Academia que tengamos este impulso de evitar catástrofes en lugar de utilizar nuestros poderes para cualquier otra cosa. ¿Qué tiene eso de malo?

No hay otra cosa en la que Luther prefiriera emplear su fuerza. Quizás no nació líder; quizás Hargreeves lo convirtió en uno. No, Hargreeves debió de intuir las dotes de liderazgo de Luther desde el día en que lo trajo a casa siendo un bebé. ¿Por qué si no iba a ser Luther el Número Uno?

Por primera vez, Luther intenta imaginarse a sí mismo como un bebé que llega a esta enorme casa. Trata de imaginarse diminuto e indefenso: es imposible. Aun así, *sabe* que una vez fue pequeño y vulnerable. Se pregunta si Hargreeves lo sujetó alguna vez entre sus brazos, pero eso es aún más difícil de imaginar. Se puede imaginar a mamá abrazándolo, incluso a Pogo, pero no a papá.

—No somos normales— continúa Luther—. Nunca tuvimos la oportunidad de ser normales. Ninguno de los nacidos ese 1 de octubre la tuvo, ni siquiera los que no fueron adoptados por papá. Ryan lo demuestra. Al menos papá nos enseñó a canalizar nuestros poderes hacia algo útil, a salvar el mundo en lugar de *destruirlo*.

Esta noche, Luther era el líder sin Hargreeves detrás, tirando de los hilos. Ha dirigido a sus hermanos a la victoria. Y eso le ha sentado muy bien.

Ésa es la verdad, aunque los demás no puedan entenderlo.

CAPÍTULO 44

DIEGO

Lo último que quiere hacer Diego es darle la razón a Luther, pero Número Uno tiene razón. Nunca iban a ser normales. No habiendo crecido en esta casa, con una madre animatrónica, un mayordomo chimpancé y un padre distante y autoritario.

Diego no recuerda por qué se exasperaron tanto hace unas horas, cuando Hargreeves les engatusó para que se escaparan en busca de aventuras propias de su edad. ¿Por qué mordieron el anzuelo? ¿Cómo sabía Hargreeves que lo harían?

Diego se remueve en su asiento, y se palpa los cuchillos que lleva debajo de esos pantalones demasiado ajustados. En la tienda de segunda mano eran negros, pero ahora están manchados de polvo blanco. Diego los dejará dentro de poco hechos una bola en el suelo de su habitación, y mañana por la mañana, mamá, cuando Diego no la vea, los recogerá y los tirará. Para entonces, volverá a llevar su uniforme, con esos bolsillos a medida que mamá ha cosido con tanta paciencia.

Pero a Diego le ha encantado luchar con esta ropa esta noche, con las prendas elegidas por él mismo. Sin chaleco, sin americana, sin máscara. Todo de negro, tal como lo había imaginado. Nada cursi; nada a juego con sus hermanos.

Diego se levanta y camina detrás de los sofás. Debería estar agotado después de todo lo que ha pasado esta noche, pero en cambio rebosa de la misma energía nerviosa que ha sentido antes, al llegar a la fiesta: los dedos crispados, el pulso acelerado, la mandíbula apretada.

Se siente capaz de enfrentarse a una docena de Ryans. A una docena de ejércitos. Luther cree que esta noche los ha llevado a la victoria, pero Diego sabe la verdad. Desde el principio, ha sido él quien ha comprendido que sólo había una forma de acabar con eso. Ryan tenía que morir. Matar al perro para acabar con la rabia. Un verdadero líder lo sabría. Un verdadero líder haría lo que fuera necesario para mantener a salvo a su equipo, por desagradable que fuera. Por eso Luther nunca será un verdadero líder. Su alegre mentalidad de *boy scout* siempre se interpondrá en su camino.

Diego se pasa una mano por el pelo, le cae polvo en la cara y tose. Le ha sentado bien luchar esta noche, no sólo contra Ryan y su horda, sino antes. Trasegar cervezas no le ha calmado los nervios, pero lanzar puñetazos sí. Diego no ha necesitado la supervisión de Hargreeves para ganar un combate, y desde luego no ha necesitado que Luther llevara la voz cantante. Diego no se ha equivocado con Ryan. Nunca había sentido que su contribución a una misión importara tanto como esta noche.

Bailar con la chica pelirroja, de ojos azules y mejillas pecosas, también le ha hecho sentirse bien. Coquetear con ella (hacerle bromas, sonreírle) era agradable. Diego recuerda la forma en que las yemas de sus dedos jugaban con las caderas de ella, el aroma de su bálsamo labial de cereza cuando tenía su rostro cerca, el olor a vainilla de su champú cuando se alejaba. Se sentía bien bailando al ritmo de la música. Su cuerpo sabía exactamente qué hacer, igual que en una pelea, aunque nunca lo habían entrenado para bailar.

Se pregunta qué más sabrá hacer su cuerpo a pesar de que no lo hayan entrenado para ello. Se pregunta qué más podría hacerle sentir tan bien. Quizás Allison esté equivocada: quizás sean mucho más que aquello para lo que los han entrenado.

Diego sabe una cosa con certeza: no le ha sentado bien que Luther irrumpiera de pronto e hiciera que todo el combate girara a su alrededor, como siempre hace. Luther no ha sido capaz de ver que Diego no necesitaba su ayuda. Diego estaba estirando el chicle, prolongando el combate, adormeciendo a su oponente con una falsa sensación de seguridad al crearle la ilusión de que podía vencerle. Pero en todo momento, Diego sabía exactamente cómo iba a terminar la pelea. Había estado posponiendo lo inevitable para divertirse, algo que un *boy scout* como Luther nunca comprendería.

Diego no necesita a la Academia Umbrella para ganar. No necesita formar parte de un equipo para evitar la catástrofe. Quizás está hecho para ser un lobo solitario. Diego mira a sus hermanos, los escanea, uno a uno. Incluso mira a Klaus, tumbado todo lo largo que es, al pie de la escalera. Esta noche se han reído, han trabajado juntos, pero también se han enfrentado entre sí.

No existe el Número Dos cuando estás solo.

ALLISON

En realidad, la misión de esta noche, aunque no lo supieran, había sido orquestada por Hargreeves. Y ahora, mientras reflexiona sobre lo ocurrido, Allison no puede evitar un suspiro.

—Me gustaban mucho esas chicas —murmura. Apenas estuvo veinte minutos charlando con ellas antes de provocar, sin querer, que se peleasen. Aun así, le entristece pensar que probablemente no tendrá otra oportunidad de ser su amiga.

—¿Te gustaban? —repite Luther—. Pues parecía que os estabais peleando.

—No, no lo estábamos —asegura Allison. Los demás se estaban tirando los trastos a la cabeza. Y Luther no sabe lo mismo que Allison: no querían hacerse daño de verdad, sino que habían evitado utilizar sus poderes entre ellas. Y más tarde, cuando una de ellas estuvo realmente en apuros, lo dejaron todo para ir en su ayuda.

Luther se encoge de hombros.

—No importa. Nunca volverás a verlas.

Allison oye algo en la voz de Luther que no cree haber oído nunca. Tarda un segundo en identificarlo.

Luther está *celoso*. Antes de esta noche, Allison nunca había mostrado el menor interés por hacer nuevos amigos. Nunca pensó que *necesitara* a nadie más. Sabe que Luther la quiere; ella también lo quiere a él. Pero el amor de una persona no es suficiente. Allison quiere más.

Se ha sentido muy bien hablando con esas chicas. Claro que Allison había hecho correr el rumor de lo maravilloso que eran su vestido, su pelo, sus zapatos..., pero, aun así, se ha sentido muy bien. Le recordaba a los días en que salía en las portadas de las revistas y en los programas de entrevistas, cuando los fans la esperaban cada vez que su coche llegaba a la puerta de casa. Pero esto era mejor, porque en vez de admiradores aullando en la distancia, era una conversación real, cercana. Allison se ha enterado de la vida privada de Jenny, May y Letitia: no las ha animado a tener miedos y dudas, sino a revelarlos. Letitia había copiado en un examen de álgebra porque tenía miedo de no entrar en la universidad si no hacía trampa. Jenny lucha contra un trastorno alimentario porque teme que, si no controla su cuerpo, no vale nada. May roba ropa porque no puede permitirse los últimos modelos y cree que, sin esas prendas, no le gustará a nadie.

¿Es eso tan distinto de lo que ha hecho Allison: convencerles de que hablaran con ella, le hicieran cumplidos, la escucharan? Todas han hecho algo de lo que se avergonzaban porque tenían miedo de lo que podría ocurrir si no lo hacían, de sentirse incómodas por todas las formas en que no eran lo bastante buenas.

Entonces, de pronto (al igual que Allison), Jenny, Letitia y May se enfadaron. Y se pelearon.

Allison no es tan diferente de esas chicas. Pero, de algún modo, saberlo no la hace sentirse *menos* especial; de hecho, tiene el efecto contrario. Hay algo muy especial en no estar sola. Y cuando esas chicas (esas chicas guais, pero inseguras) le dijeron que les gustaba su vestido, sus zapatos, su pelo. Eso la hizo sentirse aún *mejor*.

Luther tiene ese tipo de subidón que se siente al dirigir una misión, pero Allison nunca se había sentido así hasta esta noche: parte de algo y a la vez líder.

¿En qué otro lugar puede encontrar esa embriagadora combinación: la aceptación de sus compañeros y su admiración? ¿La sensación de que, a la vez que no está sola, es la chica más especial de la sala? No está segura de dónde encontrarlo, pero está decidida a averiguarlo.

Hay algo que Allison sabe con certeza: su subidón desapareció en el instante en que su noche se convirtió en una misión, incluso antes de enterarse de que, desde el principio, todo había sido planificado por Hargreeves. Lo que significa que no podrá tener esa sensación si se queda aquí.

Con Hargreeves. Con sus hermanos. Con Luther.

No puede quedarse aquí para siempre. No si quiere volver a sentirse así de bien.

Aun así, sonríe. Por ahora, le basta con saber que esa sensación está ahí fuera, esperando a que algún día vuelva a encontrarla.

BEN

Ben no está seguro de haberse sentido nunca antes tan enfadado. Está cubierto de un polvo tóxico que le provoca picores, su ropa nueva está desgarrada por donde sus tentáculos se han abierto paso. Hace poco más de una hora estuvo a punto de morir, y después ha sacado de entre los escombros el cadáver de alguien de exactamente su misma edad.

Hargreeves lo maquinó todo, quería que sucediera todo aquello. Fue él quien les metió en la cabeza la idea de escabullirse. Debía de saber que Klaus les conduciría al campus universitario, donde la fiesta de Ryan sería inevitable. Hargreeves sabía que nadie más podría haber contenido a Ryan y a su horda como lo han hecho Ben y sus hermanos.

Por un momento, Ben se siente como si Hargreeves se le hubiera introducido en el cerebro. No sólo Hargreeves controla adónde va y lo que hace, sino que ni siquiera los *pensamientos* de Ben son privados. La idea hace que Ben se retuerza en su asiento.

«¿Qué más podría saber Hargreeves?».

Ben niega con la cabeza, aunque no está hablando con nadie más que consigo mismo. Hargreeves no puede conocer los pensamientos secretos de Ben. Recuerda el desdén con el que su padre ha utilizado la palabra «normal» en la cena; Ben sabe que Hargreeves nunca habría imaginado que los miembros de la

Academia Umbrella se comprometieron a no utilizar sus poderes esa noche. Nunca comprendería *por qué* alguno querría ser normal.

Allison cuestionaba si las cosas no se habían agravado por la participación de la Academia Umbrella, pero Ben lo tiene claro: la policía, los bomberos e incluso la Guardia Nacional no habrían podido hacer lo que han hecho ellos esta noche. En eso Hargreeves tenía razón.

Pero eso no significa que lo que han hecho sea *bueno*.

Ni tampoco que lo que han hecho sea lo *correcto*.

Hay algo más que Hargreeves no sabe: esta noche Ben ha decidido que nunca más va a utilizar sus tentáculos para matar a otra persona. A partir de ahora, cuando le den una orden en una misión, no va a precipitarse para complacer a papá y a su cronómetro. Ben se permitirá vacilar. Elegirá salvar vidas, aunque lleve un poco más de tiempo, aunque sea un poco más arriesgado. Y nada ni nadie se lo va a impedir.

La misión de esta noche era diferente, porque Hargreeves no estaba allí para dirigir el cotarro. Y eso le ha sentado muy bien. Cuando mira alrededor, tiene la sensación de que sus hermanos piensan igual.

—Papá actúa como si hubiéramos nacido para evitar la catástrofe —suelta Ben de repente—. Como si nuestros poderes fueran dones. ¿Y si se trata de otra cosa?

—¿Como qué? —pregunta Luther.

Ben se encoge de hombros, aunque tiene la palabra en la punta de la lengua. Sus poderes no son un don, sino una maldición.

—Pensadlo. Nadie más podría haber detenido a Ryan y a sus amigos esta noche.

—¡Exacto! —vitorea Luther levantando un puño en el aire, pero nadie más parece tan contento. Allison tira del brazo de

Luther hacia su regazo y sacude la cabeza. Diego pone los ojos en blanco.

Ben continúa:

—No obstante, si nosotros y el resto de los nacidos el 1 de octubre no existiéramos, no habría habido nada que detener.

—¿Qué se supone que significa eso? —pregunta Diego acaloradamente.

Ben se levanta, recordando que las multitudes que se agolpaban frente a la Academia no siempre eran de admiradores. A veces había detractores mezclados entre los fans. Había gente con carteles en los que rezaba que su existencia era abominable, una señal del fin de los tiempos, algo antinatural. Algo que debía ser encarcelado, contenido e incluso destruido.

Ben sabe que sus tentáculos no son normales, pero son perfectamente naturales: nació así. Igual que Luther nació fuerte y Klaus habla con fantasmas desde siempre. Aunque, en realidad, Ben supone que eso no es del todo exacto. Klaus no pudo nacer hablando con fantasmas. Incluso ahora, el dominio del idioma es, por parte de Klaus, cuando menos, dudoso. Ben mira a su alrededor, buscando a su hermano para burlarse de él, pero Klaus ya ha desaparecido. Qué sorpresa. En cualquier caso, Klaus era capaz de comunicarse con los muertos incluso antes de aprender a hablar.

—No sé lo que se supone que significa —responde Ben con franqueza—. ¿Pero no has pensado nunca que quizás el mundo estaría mejor sin nosotros?

—No —se burla Diego—. Pero quizás estaríamos mejor sin...

Diego se interrumpe bruscamente.

—¿Sin qué? —pregunta Luther.

—Nada —murmura Diego.

—¿Sin qué? —Ahora Luther se levanta, apoyando los pies en el suelo como si se preparara para asestar un golpe.

Ben pone los ojos en blanco:

—¿De verdad vais a empezar a pelearos *otra vez*? La rivalidad entre vosotros dos cansa.

—¿*Cansa*? —Diego parece ofendido. Se pone las manos en las caderas, con los dedos tamborileando en la cintura.

—¿Rivalidad? —Luther también parece ofendido, aunque no por el mismo motivo. Ben sabe que Luther no considera a Diego un rival, sino un subordinado, lo que, para Ben, no es del todo culpa de Luther, dada la forma en que los ha educado Hargreeves.

Ben se pregunta cómo será en otras familias. La rivalidad entre hermanos es habitual, ¿no? Quizás la competitividad entre Luther y Diego sea una de las pocas cosas normales de su familia. La idea casi le hace reír. ¿Qué puede haber más normal que las discusiones entre hermanos?

Se pregunta qué superpoder habría elegido si hubiera sido uno más de los amigos de Ryan esta noche. ¿Habría sido capaz Ryan de conferir el don de la normalidad, de quitarle los tentáculos? Además, los poderes de Ryan probablemente tampoco habrían funcionado con Ben, si no lo hicieron con Viktor.

—Ha sido una noche muy larga —concluye Ben—. Me voy a la cama.

—Yo también —coincide Allison.

—Ya somos tres —añade Luther—. Bueno, a la cama no, a mi habitación a redactar el informe para papá.

Ben se maravilla de que la voz de Luther siga sonando alegre. Por un momento se pregunta si ése es el verdadero superpoder de Luther: la capacidad de ver lo mejor de cada cosa.

—Seguro que mañana papá nos despierta una hora antes para darnos una lección —refunfuña Diego mientras sigue a sus hermanos hacia la escalera—. Si tan sólo me dejara planificar mi agenda...

—Si tú planificaras tu agenda, dormirías hasta mediodía —Allison golpea a Diego en las costillas, riéndose.

Ben no puede evitarlo: sonríe. Eso es lo que pasa con sus hermanos: en un momento se están tirando de los pelos y, al siguiente, son tan amigos. Es inevitable, con toda la historia y las bromas que comparten.

Ben pasó horas en aquella fiesta con los tentáculos bien escondidos. No le importa que su poder sea perfectamente natural; por una vez, estar sin él le sentó bien. No le importa que la Academia Umbrella haya evitado la catástrofe esta noche. Está harto de sentirse como una marioneta atada a una cuerda. Quiere libre albedrío, como cualquier otra persona del planeta.

—¿Vienes, Viktor? —pregunta Ben.

—Claro —dice Viktor—. Aunque papá, *a mí*, no me hará madrugar —añade con una sonrisa.

Por un momento, Diego parece celoso de Viktor. Ben y sus hermanos se dirigen hacia las escaleras. Ben ve a Klaus acurrucado en el primer escalón y tira de él para que se ponga de pie. Luther lo agarra por el otro lado y suben las escaleras a trompicones con Klaus sujeto entre los dos.

—Gracias, *mon frères* —balbucea Klaus en un francés penoso.

—Me dan ganas de dejarte aquí —farfulla Ben, y se sube a Klaus al hombro. Si utilizara sus tentáculos, sería mucho más fácil. Pero a Ben le gusta sentir el peso de su hermano; le gusta la sensación de sostenerlo.

—Sabes, lo has conseguido —suelta Viktor.

—¿El qué? —indaga Ben.

—¿Acaso no querías una noche normal?

—No creo que hayamos tenido una noche normal —insiste Ben, pero Viktor sigue hablando.

—¿Qué hay más normal que salir a escondidas y que tu padre te pille y te castigue con tareas extra al día siguiente?

Ben abre la boca para disentir (Hargreeves no los ha pillado, lo había planificado; no los están castigando con tareas extra, sino con entrenamiento extra), pero, en lugar de eso, se echa a reír.

—Tienes razón, Viktor —coincide Luther, y suelta un gruñido por el peso de Klaus—. Ha sido una noche totalmente normal.

—Sí, vamos, yo he estado cotilleando con unas chicas muy guais —añade Allison.

—Y yo me he peleado con un borracho imbécil —añade Diego.

—Yo he hecho amigos jugando al billar —comenta Ben.

—Y yo me he drogado —murmura Klaus.

—Y yo he tenido que meterte en la cama —añade Luther, que aparta a Klaus de Ben y se lo echa al hombro.

—¿Y qué tal? —pregunta Klaus, con la voz apagada contra la ancha espalda de Luther—. ¿Mañana a la misma hora?

Ben y sus hermanos ríen con más ganas mientras suben las escaleras. De repente, su noche de juerga no parece en absoluto un fracaso: no porque hayan utilizado los poderes, ni porque Hargreeves lo haya organizado todo. De hecho, esta noche sabe a victoria.

Los seis han empezado juntos, luego cada uno ha encontrado su camino por separado y luego han vuelto a unirse. Y como ha dicho Viktor, no hay nada más normal que salir a escondidas y que te pillen al volver.

Sabe a victoria porque ahora se ríen mientras suben las escaleras juntos, como una familia.

CAPÍTULO 47

VIKTOR

Y yo he conocido a un solitario en la oscuridad —añade Viktor, pero sus hermanos se ríen demasiado alto para oírle.

Si sus hermanos hubieran sabido desde el principio que la fiesta era una misión, probablemente no hubieran dejado que Viktor fuera con ellos. No, probablemente no, *seguro*.

Si no hubiera ido esta noche, nunca habría conocido a Ryan.

Si nunca hubiera conocido a Ryan, no habría descubierto que hay alguien más en el mundo que se siente (o se sentía) tan impotente como él.

Viktor se estremece al pensar hasta dónde estaba dispuesto a llegar Ryan para sentirse *poderoso*. Sabía que ponía en peligro a la gente y no le importaba. Para Ryan, cualquier cosa era mejor que quedarse sólo con sus propias debilidades.

Hargreeves ha enseñado a los hermanos de Viktor que la mejor forma de tratar a alguien como Ryan era deshacerse de él. Viktor piensa en la gente a la que la Academia Umbrella ha herido en sus misiones a lo largo de los años, en los cadáveres que han dejado a su paso en nombre del cumplimiento de una misión, de un trabajo bien hecho. Viktor se pregunta si Hargreeves llevará un recuento de cadáveres junto con el resto de sus cifras y números.

Puede que Hargreeves haya enviado a Viktor y a sus hermanos a buscar a Ryan, pero su padre no lo sabe todo. Hargreeves cree que vigila atentamente a los miembros de la Academia Umbrella, pero está demasiado centrado en el control del tiempo y las revisiones de rendimiento como para ver las cosas que ve Viktor. O, mejor dicho, a Hargreeves no le importan las cosas que observa Viktor.

Viktor ve que Luther nunca se siente mejor que cuando ha dirigido con éxito una misión. Cuando Hargreeves critica su actuación, Luther le recuerda a Viktor a un perro herido, que suplica otra oportunidad para demostrar que puede hacerlo mejor.

Viktor ve que Diego está harto de ser el Número Dos y que no está dispuesto a vivir así para siempre.

Viktor ve que Allison anhela ser una estrella, adorada por los fans, rodeada de amigos. Viktor no sabe (no cree ni siquiera que Allison lo sepa) si estaría dispuesta a dejarlos a todos atrás para perseguir eso.

Viktor ve que Klaus hará cualquier cosa por acallar las voces de su cabeza, y a Viktor le preocupa que Klaus llegue a extremos que, en el camino, puedan destruirlo. Viktor también sabe que a Ben también le preocupa Klaus.

Viktor ve que Ben odia ir de misión, que odia usar sus poderes. Esta noche, Viktor cree que Ben lo ha odiado más que nunca.

Hargreeves no sabe lo que hace Viktor, porque no presta atención a esas cosas. Aunque Hargreeves observe a los miembros de la Academia Umbrella, no los entiende como Viktor. Por primera vez, Viktor se da cuenta de que su empatía es una especie de superpoder. Le ha dado la capacidad de ver lo que nadie ha visto todavía: sus hermanos no van a quedarse aquí, en esta casa, juntos para siempre. Viktor no está seguro de quién será el primero en marcharse ni de cómo lo hará, si se mantendrá alejado o volverá corriendo. Pero no tiene ninguna duda: la Academia Umbrella no va a seguir igual.

Y eso incluye a Viktor. Hay un mundo ahí fuera lleno de gente a la que no le importa ni la Academia Umbrella ni sus superpoderes. Hay un mundo de gente como él, gente que quiere encontrar su lugar, que los quieran por lo que son y no por lo que puedan hacer. Gente que notará que Viktor es especial, aunque sea de un modo distinto al de sus hermanos.

Viktor no cree que vaya a ser el primero en marcharse. Quizás ni siquiera el segundo. Sabe que no es el más valiente de los hermanos.

Pero Viktor también sabe que esta noche, ahora mismo, nadie (ni siquiera él) quiere marcharse. De momento, son demasiado felices riendo juntos como para pensar en largarse. A pesar de todo lo ocurrido, Viktor y sus hermanos se han divertido esta noche. Han trabajado juntos, sin que Hargreeves estuviera allí controlando.

Viktor espera que puedan volver a sentirse así. Algún día.

AGRADECIMIENTOS

Gracias a todas las personas encantadoras y con talento que han participado en la creación de este libro: Steve Blackman, Angie Busanet, Emily Daluga, Brann Garvey, Mollie Glick, Anne Heltzel, Pete Knapp, Diego Lopez, Marie Oishi, Elliot Page, Kelsey Parrotte, Alex Rice, Michael Rogers, Andrew Smith, Stuti Telidevara, Susan Weber.

Y una vez más, gracias J. P. Gravitt, por todo.

«La vida de los perros es demasiado corta. En realidad, es el único defecto que tienen».

Agnes Sligh Turnbull

Esta obra se imprimió y encuadernó
en el mes de julio de 2024,
en los talleres de Impregráfica Digital, S.A. de C.V.,
Av. Coyoacán 100–D, Col. Del Valle Norte,
C.P. 03103, Benito Juárez, Ciudad de México.